AF280197

Tack till min fru Marie som så tålmodigt gått igenom manuset och hittat massor av fel.

Axel Vilde

Även ett skitliv kan levas

Förlag: BoD – Books on Demand, Stockholm, Sverige
Tryck: BoD – Books on Demand, Norderstedt, Tyskland

ISBN: 978-91-7969-000-7

Hej på er. Mitt namn är Gunnar Brage. Jag sitter här på ett äldreboende och skriver ner min livshistoria. Inte för att jag tycker det är så jävla roligt att skriva, utan mer för att ha något att göra. Det är historien om ett allt igenom bedrövligt liv, fyllt av besvikelser och spruckna förhoppningar. Vad skulle då någon ha för glädje av att läsa något sådant? Uppriktigt sagt så skiter jag i det. Jag gör det bara för att fly bort från den här trista tillvaron där det mest intressanta samtalsämnet är värk och åkommor. Ibland hettar det till ordentligt om någon skitit löst eller pissat blod. Då kan det bli riktigt livliga diskussioner. Men för det mesta är det som att sitta i ett dödens väntrum omgiven av spöken. Man kanske hoppar till av en brakskit eller väcks ur sin slummer av att någon ramlar och bryter lårbenshalsen. Allt som kan lindra tristessen är välkommet.

Jag flyttade hit för ett par år sedan då jag fyllt 85. Min diabetes hade blivit värre och jag var tvungen att amputera en fot. Då fanns inte så mycket att välja på, så nu sitter jag här med ett glatt gäng och våndas över livets orättvisor.

Ja, fy fan säger jag. Det är inte roligt det här. Men ändå mycket bättre än min tidigare tillvaro. Nu kan det ju tyckas förment att beklaga sig på det här viset när det finns andra som har det mycket värre. Jag har i alla fall sluppit uppleva både krig och svält och det är ju något att vara tacksam över. Dessutom har man ju sin fria vilja att sätta stopp för allting om det blir för tungt. Men det har sällan varit aktuellt i mitt fall. Jag har lärt mig att uppskatta de små glädjeämnen som då och då skymtat fram bakom livets grå draperi. Så det här är egentligen ingen klagosång, utan precis det som titeln säger, berättelsen om att även ett skitliv kan levas.

***

Mitt första minne har jag från fyraårsåldern. Det var en gång då jag fick ordentligt med stryk av mina fosterföräldrar.

Jag kommer inte ihåg vad jag hade gjort för rackartyg, men de turades om att slå mig riktigt rejält. Varför jag minns det så tydligt är nog för att min fosterfar fick rottingen i ansiktet då jag duckade för kärringens slag. Då blev han vansinnig. Det är ett fint minne. Inte för min egen smärta, utan för vetskapen att gubbjäveln fick ett rapp i nyllet. Det gläder mig än i dag när jag tänker på det.

Ont i arslet hade jag ständigt, men det var liksom något naturligt. Det var först när jag blev lite äldre som jag förstod att min fosterfar var pedofil och att värken inte enbart uppkommit av sparkar och slag. I yngre tonåren såg jag till att gubbjäveln fick vad han förtjänade, men det återkommer jag till senare.

Förmodligen var min biologiska mor en missbrukare eller psykiskt störd på något vis. Det har aldrig gått att få reda på vem hon var och jag har aldrig varit särskilt intresserad. Något gravt fel måste det ha varit med henne. Varför skulle hon annars ha lämnat sitt barn utanför polisstationen i Arboga mitt i vintern, nedpissad och skitig och utan tillräckligt med kläder? Den som gjort henne på tjocken var säkert ovetande och vem det än var så har jag aldrig hyst någon önskan att få veta. Utom kanske hur han såg ut. Om jag var lik honom. Han var säkert väldigt ful precis som jag.

I alla fall så blev jag omhändertagen den där smällkalla januarinatten 1933, samma dag som Hitler tog makten i Tyskland. Men allt det där är bara ett svart hål och något jag fått berättat för mig långt senare.

Jag fick ganska snabbt komma till fosterföräldrar på en liten gård utanför Kungsör och det är någon gång runt 1937 som jag har mina första minnen.

Jag måste ha fått tillräckligt med mat, för jag var ganska tjock. Det sa i alla fall mina skolkamrater när jag började första klass. "Titta där kommer fete Gunnar" skrek de i kör varje morgon. När jag berättade för mina fosterföräldrar att jag blev retad i skolan, fick de sig ett gott skratt och började även de att kalla mig fete Gunnar.

I hela småskolan fick jag stryk mest varje dag. Det var inget som jag tyckte var särskilt konstigt. Det var vardagsmat hemma och om det gick någon tid utan stryk, kunde jag nästan tycka att det kändes obekvämt. "Lite pisk har ingen dött av", brukade Harald skrocka när han var på fyllan.

Harald Brage var min fosterfar. En helt igenom usel människa som njöt av att plåga och förnedra. Smal som en sticka var gubben, till skillnad från Ingeborg som fostermorsan hette. Hon var fet och luktade illa av svett och piss. De hade inga andra barn som tur var. Det hade kanske varit roligt att ha syskon att leka med, men så här i efterhand kan jag tycka att det var bra att inga fler barn fick fara illa på den gården.

Strax innan jag fyllde elva blev jag adopterad och jag kan inte för mitt liv begripa hur i helvete de där galningarna kunde godkännas som adoptivföräldrar. Men det var väl inte så noga på den tiden och någon djupare bakgrundskontroll gjordes väl inte.

Livet lunkade på utan några större dramatiska vändningar, tills en dag då jag blev satt att hugga ved. Jag hade fyllt tretton år och så smått börjat inse att allt inte stod rätt till hemma och att det levnadssätt som mina föräldrar valt, inte var normalt. Det gick inte så bra med vedhuggningen och Harald stod och tittade på med bister min.

"Nu får du väl skärpa dig ungjävel" sa han och kom fram och gav mig ett hårt slag i magen. Jag hade lärt mig att spänna bukmusklerna just innan slagen kom, så det kändes inte så mycket. Han tog upp en vedklabb, ställde den på huggkubben och höll i stadigt med båda händerna.

"Se nu till att träffa ordentligt ungjävel så vi blir klara med vedhögen någon gång."

Jag höjde yxan och som av en ingivelse började jag tänka på vad gubbhelvetet gjort mot mig genom åren. Jag vet inte om det var med flit eller om det var en olyckshändelse, men jag tog i så mycket jag kunde och i stället för att klyva vedklabben, högg jag av honom ena handen. Den ramlade ner bredvid vedkubben och det ryckte till i långfingret några gånger innan den blev stilla. Han stapplade bakåt och såg ut som om han inte fattat vad som hänt. Sedan började han springa runt som en yr höna med armen i vädret och med blodet pumpande ut ur stumpen.

"Oj då! Det var inte meningen" kläckte jag ur mig och kände mig lite skamsen. Efter en stund föll han ihop på marken. När jag kommit till sans efter chocken, drog jag av honom svångremmen och snörde till stumpen så det slutade blöda. Sedan ropade jag till Ingeborg att hon skulle ringa efter ambulans. Hon svarade inte så jag sprang in.

Där satt hon orörlig i sin skitiga fåtölj, alldeles blå i ansiktet med tungan hängandes utanför munnen. Efteråt fick jag veta att hon dött av kvävning efter att ha satt en fläskbit i halsen.

Jag ringde efter ambulans, men den kom alldeles för sent. Gubben var redan död och det kändes inte särskilt sorgligt.

Ibland har jag undrat över om det bara var en slump allt som hände den dagen. Man skulle nästan kunna tro att det var en högre makt som grep in och befriade mig från mina plågoandar. Men alla spekulationer om det där har aldrig lett någonstans.

Att förlora båda sina föräldrar på en och samma dag var för min del ganska praktiskt. Det sociala kom och tog hand om alltihop och jag placerades på ungdomsanstalt trots att jag ännu inte fyllt femton år.

Det var som att komma till paradiset. God mat och en massa kamrater att umgås med. Då det var mycket hårt arbete hela dagarna, gjorde det att jag började förlora en del av min fetma och i stället lägga på mig muskler. Det var ingen som längre kallade mig fete Gunnar.

Den första tiden fick jag mycket stryk av de andra grabbarna förstås. Men jag var van vid sådant och tyckte inte det var särskilt jobbigt. Jag började slå tillbaka, mest för att se hur det kändes och det dröjde inte länge innan jag började tycka att det var riktigt roligt att slåss. Mina antagonister tyckte inte att det var lika roligt. När väl ryktet om att jag hade slagit ihjäl min styvfar med yxa börjat florera, upphörde alla trakasserier omedelbart. Då blev det ännu bättre. Det var nästan som jag blev behandlad som en kunglighet och det kändes väldigt bra. Livet lekte på ett sätt jag aldrig tidigare upplevt.

***

Nu sitter jag här och kommer på mig själv att jag berättar om stunder av glädje. Det var ju inte vad det skulle handla om. Men det är klart, så här när man ser i backspegeln är det nog lätt att förtränga det värsta och lyfta fram det som ändå varit värt att leva för.

Tiden på ungdomsanstalten var i jämförelse med mitt tidigare liv rena drömtillvaron. Så jag finner mig nödgad att gå tillbaka i tiden och berätta lite mer ingående om min skoltid

Jag minns så väl den första dagen. Alla andra barn hade sina mammor med sig. De var så vackra i sina klänningar och färgglada charletter. Jag var glad över att Ingeborg inte var med, då hade jag verkligen fått skämmas. Hon satt kvar hemma i sin nersuttna fåtölj, lyssnade på radio och åt. Hon vägde säkert mer än två vuxna karlar och det var inte ofta man såg henne lämna fåtöljen.

Jag nämnde tidigare att Harald var pedofil. Jag undrar om inte hon också var det, om man nu kan kalla ett fruntimmer för pedofil? I alla fall så var det vid flera tillfällen hon frågade om vi skulle leka att det var en koja under hennes morgonrock. Det var vad hon oftast hade på sig. En rosa morgonrock som gick ända ner till fötterna, full med mat och kaffefläckar. Det blev liksom ett tält när hon satt i fåtöljen, särade på knäna och sa till mig att krypa in. Stanken i kojan var en blandning av piss och skit. Jag minns att jag inte tyckte att det var någon rolig lek. Så här i efterhand börjar jag nästan hulka när jag tänker på det. Speciellt den gången då hon hade smetat in skrevet med sirap och frågat om jag ville smaka lite sött. Då kräktes jag.

Tillbaka till den första skoldagen och upprop. När jag skulle svara på mitt namn, var det någon som ropade "Fete Gunnar" innan jag hann svara. Alla i klassen började skratta och sedan dess blev det mitt tilltalsnamn både i skolan och hemma.

Lärarinnan hette Lovisa och var sträng. Hon hade en förkärlek till fysisk bestraffning och verkade nästan njuta av att låta pekpinnen vina över små fingrar eller rosiga kinder. Oftast var det jag som fick klä skott för allt rackartyg som förekom. Jag vet inte hur det kom sig, men på något vis föll det sig naturligt att jag skulle bära ansvar och ta på mig allas skuld, liksom Jesus på korset gjort. I stället för att kalla mig fete Gunnar, borde de kallat mig Gunnar frälsaren. Det hade varit mer passande.

Jag försökte alltid vara till lags och ställde oftast upp då mina kamrater bad mig ställa någon obekväm fråga till fröken Lovisa. Ofta handlade det om det sexuella, och det var inte precis hennes favoritämne. Ett tillfälle minns jag särskilt väl.

Det var när jag på uppmaning frågade om fröken visste hur stor en kuk kunde bli. Jag fick ett rapp med pekpinnen över ena ögat så jag inte kunde se på flera dagar. Det var på vippen att jag blev blind och ögat blev aldrig mer som det varit. Än i dag kan jag ha värk trots att det gått nästan åttio år. När jag berättade hemma om vad som hänt, skrattade de i kör och gubben tyckte att jag nog gjort mig förtjänt av bestraffningen. Kärringen nickade medhållande och mellan tuggorna pep hon att det var synd att inte fröken tagit i lite hårdare så ögat trillat ut.

”Då skulle du fått emaljöga” kved hon fram, och båda nästan kvävdes av skratt.

”Fy fan, du är så jävla rolig” skrockade gubben och slog näven i köksbordet så kaffekoppen hoppade högt.

Jag klippte till en läderbit och tillverkade en ögonlapp. Det lindrade värken lite och efter någon vecka var det ganska bra, även om jag fortfarande såg dåligt på ögat.

Fortsättningsvis blev jag lite mer restriktiv med att uppfylla mina klasskamraters önskningar. Jag var rädd om mitt friska öga och att riskera synen bara för att vara till lags, verkade inte särskilt klokt.

Det var inte mycket vettigt man fick lära sig i skolan. Men att lära mig läsa och skriva lyckades jag med efter ett par år. Räkning var nog mitt svagaste ämne. Det har jag fått lida för hela livet då jag alltid haft svårt att sköta pengar och blivit utsatt för bedrägerier ett otal gånger.

Fröken Lovisa vurmade för kristendom och lade nog den mesta tiden på det ämnet. Hon återkom ständigt till olika bibelcitat och försökte pracka på oss ungar vikten av ett gudfruktigt leverne och hur man skulle undvika att komma till helvetet. Det där snacket bet inte så mycket på mig och jag kände aldrig igen mig i hennes beskrivning om hur ett liv skulle levas. Jag var nog formad av mina hemförhållanden som var allt annat än gudfruktigt. Stryk och glåpord, det var min vardag och jag fick aldrig ihop det med bibelns så kallade kärleksbudskap som fröken Lovisa så starkt propagerade för.

Det fanns små ljuspunkter i skolan så det var inte allt igenom dåligt, det vill jag påpeka. Ibland hände det att fröken Lovisa var sjuk och det kom en vikarie. En ung kvinna vid namn Ulla. Hon var den mest ljuvliga varelse jag någonsin träffat. Så snäll och mild och aldrig någonsin benägen att ta till våld. Några av mina klasskamrater ville se hur hon reagerade och lyckades övertala mig att ställa en obekväm fråga. Naturligtvis om ämnet som låg dem varmast om hjärtat. Först var jag tveksam, men efter löfte om en strut karameller, föll jag till föga. Risken att jag skulle få pekpinnen i ansiktet föreföll minimal och jag började själv bli lite nyfiken på hur hon skulle reagera.

Jag räckte upp handen.

"Ja, Gunnar, vad har du på hjärtat?"

Jag harklade mig och det blev knäpptyst i klassrummet.

"Jo, jag undrar om fröken Ulla har knullat någon gång?"

Det hördes spridda fniss.

Först blev hon röd i ansiktet, men den förväntade reaktionen kom inte. I stället svarade hon med sin milda röst.

"Men Gunnar, sådant frågar man inte. Det hör till det privata och inget man delar med sig av till andra."

Det blev lite av en västgötaklimax och jag skämdes faktiskt. När skoldagen var slut, gick jag fram till henne och bad om ursäkt. Hon log och strök mig på kinden.

"Det är ingen fara Gunnar. Jag förstår att du blev lurad att ställa en sådan fråga. Nu glömmer vi det här."

Strykningen över kinden kändes i hela kroppen. Jag hade aldrig upplevt något liknande och kom vid just det tillfället till insikt om att det fanns något annat än slag och glåpord. Något varmt och behagligt som gjorde livet värt att leva.

Efter sex år i skolan var den epoken av mitt liv över. Skolplikten var visserligen sju år, men av någon anledning behövde jag inte gå tiden ut. Kanske var det för att jag gick de sista två åren i särskola och att man där inte hade så mycket

kontroll. Jag tror också att Harald hade ett finger med i spelet,
då han tyckte att jag kunde göra mer nytta hemma?

***

Det var väl ungefär i ett år efter skolan som jag fick gå hemma
och vara slavarbetare. Mina föräldrar var kvicka på att dra
nytta av en extra resurs och snart tillbringade båda sin mesta
tid framför radion. Ingeborg åt och Harald drack pilsner. Om
jag inte gjorde som jag blev tillsagd, blev Harald tokig och
började slå mig. Med tiden hade jag blivit ganska härdad och
for inte så illa av slagen längre. Det där började Harald se som
ett problem och letade snart upp en rejäl träbit som han täljde
till så den fick ett greppvänligt handtag. Det tog lite hårdare
och gjorde förbannat ont, så jag passade mig noga för att inte
göra som jag blev tillsagd.

Jag slapp i alla fall att leka i Ingeborgs tält. Det hade upphört
då jag börjat skolan och ont i arslet av Haralds behandling
hade jag inte haft på länge. Men minnet kom tillbaka som en
blixt från klar himmel, den där dagen då det hände så mycket
och de båda miste livet. Att det var det minnet som fick mig att
hugga handen av Harald, är jag medveten om. Men jag blev
också anklagad för att ha bragt Ingeborg om livet, hur nu det
skulle ha gått till? Kärringjäveln satte ju en fläskbit i halsen.

Visserligen var det jag som hade skurit upp bitarna, men hur det skulle kunna haft någon inverkan, har jag aldrig förstått. Det spelade inte så stor roll. Jag var inte straffmyndig för fängelse och på ungdomsanstalten togs ingen särskild hänsyn till de intagnas gärningar. Alla behandlades lika illa, vilket för min del innebar ett mycket behagligt liv.

Jag gör ett litet avbrott här för nu händer det grejer. Det ska visst komma en trubadur som ska underhålla oss under kvällsmaten. Det ska bli extra festligt och serveras både vin och snaps. Vi har blivit uppmanade att göra oss till lite extra. Jag får väl kränga på mig fotprotesen så jag slipper gå med en sko. Den där manicken är inte alls skön och duger inte att stödja på, men jag får väl försöka bjuda till.

Det ska bli intressant att se hur mycket man får dricka. Det var länge sedan jag var full, så nu skulle det sitta fint känner jag. Det fanns en tid då jag gick i ett ständigt rus, det kommer jag att berätta mer om senare. Det är länge sedan och jag lyckades ta mig ur det, men nu tycker jag inte att det spelar någon roll. Jag har inte lång tid kvar att leva så lite fylla då och då piggar upp. Ja, inte bara då och då. Ständigt skulle sitta bättre. Skulle det bara gå att få tag i så vore det inget problem. Det finns en del här som får sina leveranser av anhöriga. Jag har ju inga som hälsar på mig så jag får vara utan. Nog skulle jag kunna stjäla till mig lite drickbart från mina grannar, men tjuveri är jag klar med. Det har också funnits i mitt liv vilket ni kommer att få läsa om, men som så mycket annat är det historia och borta sedan länge.

"Gunnar, nu är det dags att göra sig i ordning. Kvällsmaten serveras om en timme. Vill du jag ska hjälpa dig med protesen?"

"Nej, jag klarar mig själv. Vad blir det för mat?"

"Det blir kalvstek med blomkålspuré. Det låter väl gott?"

"Jag tycker inte om blomkål. Finns det inget annat?"

"Nej, men du behöver ju inte äta om du inte vill. Så blir det vin också, det har du väl hört."

"Ja, och snaps."

"Det får vi allt se. Om inte Gunnar kan sköta sig blir det nog ingen snaps för hans del."

***

Hej på er igen. Nu är jag tillbaka efter gårdagens bravader. Lite trött och sliten men det är jag för det mesta. Det var en lyckad tillställning måste jag säga. Maten var väl inte precis någon höjdare och trubaduren verkade vara någon som man hittat på annons i Vakttornet. Han sjöng och spelade så illa att jag fick ont i öronen och det var bara religiösa sånger. Mellan sångerna berättade han om sin lyckliga uppväxt i Norrbotten. Det var väl meningen att det skulle vara underhållande och det var det säkert för de mest senila. Men jag blev full och det var det viktigaste. Man fick inte så mycket att dricka, men jag hade tur att hamna mitt emellan två kamrater som inte protesterade allt för högljutt när jag tog deras dricka. Tre snapsar och tre glas vin, det räckte gott för mig.

Jag reste mig för att gå på dass, men hade glömt att jag tagit av mig protesen, så jag föll i golvet som en fura. Då fick jag hjälp att gå och lägga mig, sedan minns jag inte så mycket mer.

Det var annat förr i världen då jag ledigt kunde stjälpa i mig en sjuttiofemma utan att bli ostadig på benen. Nåväl, nu ämnar jag fortsätta min berättelse.

Det var på ungdomsanstalten jag fick lära mig hur man skaffade pengar utan att behöva arbeta så mycket. Flera av mina kamrater hade länge levt som gatubarn i olika storstäder och var riktigt duktiga på tjuveri av olika slag. Jag var villig att lära och det dröjde inte länge innan jag fick ryckte om mig att vara specialist inom området. Jag hade visserligen tillskansat mig ett gott rykte på grund av min stryktålighet och att jag oftast gick segrande ur ett slagsmål. Att nu också betraktas som en kriminell, gjorde tillvaron än mer behaglig. Jag fick snart en liten skara beundrare som troget följde mig och gjorde som de blev tillsagda. Inte för att det fanns så mycket att stjäla på hemmet, men personalen hade både det ena och andra som kunde vara till nytta. Det mest attraktiva stöldgodset var förstås mat i skafferiet och medicinen på sjukavdelningen. Det var naturligtvis väl inlåst, men vi hade våra knep att komma åt dyrgriparna. Oftast blev vi påkomna och hotade med kollektiv bestraffning. Jag tog alltid på mig skulden vilket gjorde att min status ytterligare förstärktes. Jag var kung och det kändes väldigt bra.

Det svåraste för de flesta var nog avsaknaden av flickor. Vi hade alla kommit in i puberteten och det mesta som rörde sig i våra hjärnor var tanken på hur vi skulle kunna få komma till skott med någon flicka. De som var lite äldre och hade blivit av med sin svendom, berättade villigt och brett om hur ljuvligt det var och det hjälpte inte precis upp situationen för oss övriga. Om kvällarna när lyset släcktes i sovsalen, kunde man höra rasslet från täcken och ibland kunde runktakten bli så synkroniserad att det började vibrera i möblemanget.

Vid ett tillfälle hade någon lyckats att smuggla in en fyllekärring genom en glipa i stängslet. Hon var villig att sätta upp arslet i vädret för tio kronor och det var en lång kö med grabbar framför buskaget där hon stod. När det blev min tur och jag kände lukten som påminde om Ingeborgs tält, tappade jag allt intresse och gick därifrån.

Ska jag vara ärlig så har jag aldrig varit överdrivet intresserad av det sexuella. Visst var jag ivrig som tonåring att få prova på hur det kändes, men när det väl blev av, var det inte någon större sensation. Jag har tänkt ganska mycket på det och kommit fram till att det nog var händelserna i min tidiga barndom som satt sina spår. Det var ju inte precis någon vacker introduktion jag fick av mina föräldrar. Ibland kan jag tycka att det var synd att de dog så plötsligt så att jag inte riktigt hann med att ge igen. Gubbjäveln fick vad han förtjänade, men kärringen borde ha fått leva ett tag till. Det hade varit idealiskt om båda hade hamnat på sjukhus och fått ligga där en tid och vänta på döden. Då skulle jag besökt dem varje dag och talat om hur illa omtyckta de var och att jag skulle uträtta mina behov på deras gravar. Undrar hur de skulle reagerat? Förmodligen inte alls. De var nog så pass störda att de inte riktigt förstod vad de ställt till med. Egentligen skulle båda ha suttit inlåsta på någon institution avskilda från omvärlden, det hade varit det bästa. Då kanske jag fått växa upp i en riktig familj och kanske fått en barndom att se tillbaka på med glädje. Vem vet?

***

Den trivsamma vistelsen på ungdomsanstalten började lida mot sitt slut. En mulen höstdag strax efter att jag fyllt sjutton år, stod jag plötsligt utanför grindarna med en pappkasse kläder och ett paket smörgåsar som någon vänlig själ i kökspersonalen ombesörjt. Det hela hade gått så fort att jag inte riktigt hann fatta vad som hänt. Förmodligen ville de bli av med mig. Jag var ju inte precis någon källa till glädje för personal och anstaltsledning. Hur som helst så stod jag där utan en aning om vart jag skulle ta vägen. Mitt barndomshem var sedan länge sålt på exekutiv auktion och hade det inte varit det, skulle jag i alla fall inte velat sätta min fot där.

Jag kände i byxfickan och tog upp några slantar. Det var åtta kronor och femton öre som jag stulit från personalen några dagar innan. Det skulle i alla fall räcka för att köpa något ätbart i några dagar.

Jag hade ingen aning om åt vilket håll jag skulle gå. Till vänster skulle jag komma till samhället, men vad skulle jag där att göra? Till höger var det landsbygd och med tanke på att det fortfarande var ganska varmt i luften, skulle kanske några dagars naturvistelse vara bra för kropp och skäl. Jag bestämde mig för att leva vildmarksliv ett tag. Mina smörgåsar skulle hålla hungern stången åtminstone ett dygn och det fanns säkert gott om bär i skogen.

Det kändes faktiskt befriande när jag väl bestämt mig. Jag var inte särskilt bortskämd med ett bekvämt liv och trots att jag inte hittade i trakten, skulle jag nog klara mig alldeles utmärkt. Bara den nu inte blev sämre väder.

Det är klart att det blev. Sämre väder alltså. Efter en timmes promenad, stod regnet som spön i backen och jag var genomblöt. Det tidigare så goda humöret byttes snabbt till frustration. Jag fick i alla fall syn på en hölada ute på en äng. Där tog jag skydd mot regnet och försökte få mina kläder torra. Jag hade hoppats på att regnet snart skulle upphöra, men det bara fortsatte. Snart blev det mörkt och jag fann mig ingen annan råd än att övernatta i ladan.

Det var rått och fuktigt. Kläderna i kassen jag försökt skydda mot regnet, hade blivit blöta. Att sitta i bara kalsongerna i gammalt hö är ingen höjdare, men jag hittade som tur var en tom pappsäck som jag vecklade ut och kunde ha som underlag. Hungern började göra sig påmind så jag tog fram smörgåsarna. Det hade nog varit klokt att ransonera lite, men jag var hungrig och smörgåsarna smakade gott. Jag åt upp alla och somnade snart mätt och belåten.

Det måste ha varit mitt i natten för det var helt svart, när jag vaknade av ljud. Genast förstod jag att jag inte var ensam i ladan. Jag är inte typen som är lättskrämd, men nu kände jag mig faktiskt lite rädd. Jag låg blick stilla och lyssnade. Kanske var det något djur som rörde sig? Snart blev det tyst, men jag anade att det som kommit in i ladan fortfarande fanns kvar. Det började bli jobbigt att ligga still och lyssna och jag började jag bli pissnödig. Om det nu var ett djur, skulle det säkert vara ganska enkelt att skrämma bort och det fanns ju inga farliga djur i trakterna. Efter att ha funderat ett slag, bestämde jag mig för att försöka skrämma bort djuret. Det måste ha kommit in under golvet eller genom någon glipa i plankväggen. Har den kommit in så kommer den nog ut, tänkte jag och klämde i med ett gallskrik det starkaste jag förmådde, samtidigt som jag reste mig och började stampa i höet och vifta med armarna. Det som sedan hände, var något som fick blodet att frysa till is i mina ådror och något jag aldrig glömmer. Mina förväntningar var att det skulle rassla till och djuret skulle fara iväg snabbt som ögat. I stället hördes ett ännu starkare vrål från bortre ändan av ladan. Det där kom inte från något djur om det nu inte var en björn, var min första tanke. Men björnar har inte funnits i trakterna på många hundra år. Vad i helvete kunde det då vara? Jag fortsatte att vråla och hoppa, men det som fanns där ville inte ge sig iväg utan fortsatte att vråla än högre. Jag famlade efter min fickkniv, men den låg i fickan på byxorna jag hängt på tork. Nu var jag så pass rädd jag kunde bli. In i det längsta hoppades jag att det bara var en otäck dröm. Så förändrades allt när jag hörde:

"Vad i helskotta är det?"

Det var alltså en människa. Det borde naturligtvis fått mig att bli ännu räddare, men jag blev genast lugn. Jag ropade tillbaka.

"Det är jag, Gunnar."

Det blev tyst.

"Ska du skrämma livet ur mig pöjk. Vad gör du här?"

"Vad gör du själv här? Jag tog skydd för regnet och försöker sova."

Det grymtade i andra änden av ladan.

"Hmm… ja då sitter vi i samma båt. Jag heter Ivar men kallas för Vedagubben i trakten. Du kanske hört talas om mig?"

"Nej, jag är inte härifrån."

Det visade sig att Ivar var en luffare som rörde sig i bygden och överlevde genom att hugga ved hos bönder mot lite mat och övernattning i något uthus. Det här var 1950 och det fanns fortfarande en hel del, mestadels gubbar, som såg sig som fria själar utanför samhällets beskydd och omsorg.

Vi pratade en lång stund tills han föreslog att vi skulle sova. Jag gick ut och pissade och när jag kom in hördes ljudliga snarkningar. Det var inte särskilt behagligt att ligga och lyssna på, men jag var trött och somnade snart.

På morgonen när det ljusnat, fick jag se hur han såg ut. Han låg fortfarande och sov och under hans skäggiga ansikte kunde jag ana en stilig karl som inte var så gammal som jag trott.

Jag kände på mina kläder som torkat så pass att de dög att ta på sig.

Luffaren vaknade och stirrade på mig med pliriga ögon.

"Jaså, du har vaknat nu pöjk? Så det är så där du ser ut. Du som höll på att skrämma vettet ur mig."

"Tala för dig själv du. Jag trodde det kommit in en björn i ladan."

Luffaren skrattade.

"Ja, det hade varit snyggt. En björn i Västmanland. Det var nog tvåhundra år sedan det fanns några björnar så här långt söderut."

"Jo, jag vet, men vad skulle man tro? Om du hade givit dig till känna med att säga något, hade allt blivit så mycket lättare."

Gubben nickade och log.

"Jag får väl säga detsamma. Skrika och bära sig åt som en galning. Vad skulle jag tro? Inte att det var en björn i alla fall. Snarare något övernaturligt som en demon eller något skogsrå. Inte för att jag tror på sådant skit, men ibland kan man inte vara alldeles säker."

Det började kurra i magen av hunger och jag ångrade att jag tidigare varit så glupsk. Men Ivar visade sig vara en vänlig själ och delade generöst med sig av sin matsäck, som bestod av

ostsmörgåsar och svagdricka. Visserligen var det svarta
tummar på osten och brödet var väl inte precis pinfärskt, men
hungern är bästa kryddan så jag lät mig väl smaka.

Vi språkades vid en lång stund. Ivar berättade om hur han
fördrev dagarna och vad som drivit honom att leva det liv han
gjorde. Det var helt och hållet självvalt och inget han klandrade
varken samhället eller någon annan för. Det visade sig att han
deltagit i första världskriget, som frivillig. Han hade stridit på
engelsmännens sida och efter freden hade han känt att han
inte längre ville vara delaktig i den värld som höll på att
formas. Han kände sig inte hemma i sällskap med andra och
den starka lockelsen till naturen fick honom att ta steget att
leva det liv han nu gjorde.

Hans historia fick mig att börja tänka på min egen framtid.
Han berättade så målande om kriget och dess fasor, att jag så
sakteliga började ifrågasätta min längtan att ta värvning.
Värnplikten skulle jag så klart göra. Det var lagstadgat, men en
framtid inom det militära, verkade nu inte lika lockande. Han
beskrev också i målande ordalag, den frihetskänsla och lycka
han kände när han vandrade fram längst skogs och byvägar
om höstarna. Hur vackert det var när naturen sprakade i sin
eldprakt och flyttfågelsträcken syntes tätt på himmelen när de
drog söderut. Det lät fint och jag behövde inte tänka så länge
innan jag beslutade mig för att det var en tillvaro jag också
skulle vilja prova på.

"Du kan gå med mig i några dagar så får du känna på"
Skrockade Ivar och log lite underfundigt. Jag hade ju inget
annat för mig så jag tackade ja.

***

"Gunnar! Nu är det dags för din medicin. Nu har du väl skrivit
tillräckligt för i dag? Du måste ju röra på dig också så du inte
sitter och rostar ihop alldeles."

Fan också. Det är den där jävla häxan som började här för ett
par veckor sedan. Elak och lömsk, dessutom är hon
karlhatare.

"Tack Elisabeth, medicinen tar jag gärna, men röra på mig har
jag gjort tillräckligt i mina dagar så det kan du glömma. Jag
har några sidor kvar att skriva och det tänker jag göra."

"Hördu Gunnar, nu ska du inte vara sån där. Jag ska hjälpa
dig upp så tar vi några varv runt bordet så ska du se att det
känns bättre sen."

Jag visste vad som skulle komma. Varje gång hon tog i mig,
borrade hon in sina fingrar och knep åt något alldeles
förskräckligt. Det var inte med alla hon gjorde så. De som
klagade och jämrade sig var hon lite mer varsam med, men de

som bet ihop och låtsades som om det inte kändes, verkade
hon se som en utmaning. Hade det varit för tjugo år sedan
skulle jag daskat till kärringen i arslet och bett henne dra åt
helvete, men nu har jag inte så mycket att sätta emot. Stark är
hon också, men de blir väl det, flatorna, när de ska bete sig
som karlar.

Tre varv runt bordet och förbannat ont i stumpen.

"Skulle det inte kunna gå att få en protes som passar?"

"Nu ska inte Gunnar jämra sig. Det finns många som har det
värre. Så småningom kommer du att vänja dig vid protesen och
kunna gå ganska obehindrat själv."

Jo tjena. Det kan hon tro. Nu har jag haft eländet i flera år och
inte har jag märkt någon förbättring. Om hon bara kunde låta
mig vara ifred.

När hon gått, vecklade jag upp skjortärmen och tittade på
armen där hon greppat mig. Jodå, mycket riktigt. Skarpa
märken efter hennes häxfingrar. Men vad är det egentligen att
gnälla för? Det är ju rentav skönt i jämförelse med den
behandling jag fick som liten.

Jag undrar varför jag aldrig riktigt kan släppa tanken på mina
föräldrar trots att det gått så lång tid? Jo, jag kallar dem för
föräldrar trots att de inte var mina biologiska. Jag hade ju inga

andra och det fanns papper på det. Ibland verkar det som om de aldrig funnits, men då och då kommer minnen upp som länge legat dolda och då är man tillbaka i helvetet igen. Sist var häromnatten när jag hade svårt att somna.

Det var innan jag börjat skolan så jag var nog i fem eller sexårsåldern. Vi hade just ätit kvällsmat så både Harald och Ingeborg var ganska fulla. Harald satt och trummade med fingrarna på köksbordet djupt insjunken i egna tankar. Så tittade han upp och såg på Ingeborg med ett illmarigt flin.

"Om vi skulle ta och se vad pojkjäveln tål? Om det är rejält virke i honom."

Ingeborg sken upp.

"Vad har du nu hittat på för tokigheter?"

"Ungjäveln behöver härdas. Det här kommer han att tacka mig för när han blir äldre."

Jag kommer inte ihåg om jag blev rädd eller bara nyfiken på vad som nu skulle komma. Jag var ganska van vid Haralds nycker och smärta var inte något som skrämde mig särskilt mycket.

"Vi ska se om han tål kyla. Klä av dig pojk och gå ut på farstutrappan så ska vi se hur länge du klarar det."

Ingeborg skrattade och klappade händerna, men blev sedan allvarlig.

"Är det inte farligt? Det är ju kallt och snö."

"Men för helvete! Det är ju det som är meningen. Av med paltorna nu i rappet."

Jag klädde av mig i bara kalsongerna och när jag gick förbi Ingeborg, stoppade hon mig.

"Nej du lille man. Allt ska av, så vi får se om den lille korven blir ändå mindre av kylan."

Harald och Ingeborg skrattade så tårarna rann.

De var verkligen som klipp och skurna för varandra. Två med så lika humor har jag aldrig senare stött på i mitt långa liv.

Jag gick ut genom ytterdörren och hörde hur den låstes. Kallt som fan var det. Det värsta var att det var snö på trappan och att det gjorde ont i fötterna. Jag trampade och hoppade och försökte hålla värmen. Efter en halvtimme stod jag inte ut längre utan började ropa. Inget hände och jag förstod att de hade somnat. Ett tag tänkte jag ta mig till vedboden, men det skulle förmodligen vara lika kallt där. Efter moget övervägande, bestämde jag mig för att krossa rutan på dörren så att jag skulle komma åt nyckeln. Konsekvenserna skulle inte bli trevliga, det förstod jag, men i alla fall lindrigare än att stå kvar ute i snön och kanske frysa ihjäl. Jag tog kvastskaftet och stötte till glasrutan så den gick sönder. Då kom jag åt nyckeln och lyckades låsa upp.

Jag minns att jag lyckades tejpa fast en kartongbit över den trasiga rutan innan jag gick och lade mig.

Som väntat blev det inte roligt dagen därpå när Harald upptäckte att rutan var trasig. Ingeborg höll fast mig och Harald gav sig på mig med svångremmen tills ryggen började blöda. Det var inte lönt att protestera. Bara att bita ihop och hoppas att gubbjäveln snart skulle bli trött i armen. Förmodligen hade de glömt vad som föranlett det hela och att påminna dem, skulle inte göra saken bättre.

Men smärta går över. Efter några dagar kändes det nästan inget alls.

***

Nej, nu tänkte jag fortsätta att berätta om tiden med Vedagubben, eller Ivar som han egentligen hette.

Jag slog följe med honom ända fram till våren då det hände något tråkigt. Kommer till det.

Ivar var en av få personer som jag tyckt om. Det var han, vikarien fröken Ulla i småskolan och så en till som jag nästan

inte vill berätta om, men jag blir nog tvungen till det längre
fram har jag en känsla av. Sen är det klart att det fanns några i
marginalen som svept förbi, men så är det väl för alla.

Ivar var religiös och det hade jag lite svårt för. Vi hade många
och livliga diskussioner om det under våra vandringar. Han
berättade att han blivit frälst under kriget då engelsmännen
skulle storma en skyttegrav i Normandie. Tyskarna hade rustat
sig med kulsprutor och när den första vågen rusade fram till
anfall, blev samtliga nermejade. Det var flera tusen soldater.
Befälen verkade inte ta någon notis om de svåra förlusterna
utan kommenderade fram en andra våg. De soldater som
vägrade, blev genast avrättade med ett nackskott. Det gick lika
illa med den andra vågen. Ivar ingick i den tredje vågen och
hade inget annat val än att lyda order. Han visste vad som
väntade och bad en stilla bön innan signalen för framryckning
ljöd. Kulorna ven och runt om föll soldater som käglor, träffade
av tyskarnas kulor. Ivar snubblade på en stupad soldat,
stukade foten illa och blev liggande. Då kom flygunderstöd och
började bomba tyskarnas skyttegravar. Under tiden han låg
där, fick han en uppenbarelse av vad han uppfattade som en
ängel. Den log mot honom och sa att han inte skulle vara rädd
och att det ännu var för tidigt för honom att komma till Guds
rike. Han hade mycket kvar att uträtta i jordelivet. Jag tyckte
mest det lät som fantasier som berodde på stark press, men
Ivar var övertygad och sedan dess betraktat sig som troende.

Bortsett från det religiösa, var Ivar en mycket snäll och sympatisk man. Han lärde mig mycket om hur man skulle uppträda hos bönderna för att vinna deras förtroende och få sin försörjning. Det blev mycket vedhuggning, men också snickerier och att laga stängsel.

Vintern blev hård och kall det året, med oerhört mycket snö. Det gjorde vandringarna besvärliga. Vi lyckades övertala en godsägare på en stor gård i norra Västmanland om att få stanna över vintern mot att vi skottade och höll väg på gården. Vi fick bo i en liten stuga med kamin, och fick ved och mat så vi klarade oss. Det var kanske den lyckligaste tiden i mitt liv vad jag kan påminna mig om. Visserligen var det hårt arbete från morgon till kväll, men Ivar och jag kom varandra nära och hade många fina stunder. Jag minns att jag ofta låg och drömde om att Ivar var min riktiga pappa. Tänk vilken skillnad mot den vidriga Harald.

Usch! Jag blir upprörd när jag tänker på Harald. Vilken usel person. Hoppas att han kom till helvetet och får springa omkring där och vifta med sin stump till arm. Synd att han dog så snabbt. Om han överlevt skulle jag väntat ett tag och sedan huggit av honom den andra handen också. Men om det nu är som Ivar säger, att det finns en Gud och ett paradis där alla blir förlåtna och får leva lyckliga och glada, vill jag inte att det ska vara sant.

Det där med himmel och helvete har jag aldrig riktigt begripit. Om nu gud förlåter alla, är det ju ingen som behöver komma till helvetet och vad ska det då tjäna för syfte? Nej, det är nog något som folk hittat på för att skrämmas eller få sin vilja igenom. Ivar blev nästan förbannad när jag ifrågasatte hans tro, men han brukade sällan brusa upp och han var inte långsint.

Livet som luffare visade sig vara mycket behagligt och passade mig bra. Allt såg så ljust ut ända till den ödesdigra vårdagen då allt förändrades.

Ivar och jag hade jobbat på bra och det hade godsägaren noterat. Han erbjöd oss att stanna lite längre för att hjälpa till med vårbruket och det var vi villiga att gå med på. Vi kände oss lite som anställda, trots att vi bara jobbade för mat och husrum. Någon liten slant fick vi ibland och jag passade på att plocka några fickor då tillfälle gavs. Ränderna från ungdomsanstalten satt fortfarande i och det var ju lättförtjänta pengar. Det var tur att inte Ivar fick reda på det, då hade han kastat ut mig med hull och hår, ärlig som han var.

Det vankades till vårfest på godset. Det var en tradition sedan länge och det samlades ett stort antal människor från grannskapet för att äta och dricka gott. Ivar och jag hade fått en korg med läckerheter från köket som vi fick avnjuta i vår

stuga. En av drängarna hade även förbarmat sig och ställt in
en halv flaska brännvin. Ivar var inte så glad i rusdrycker, men
dagen till ära gjorde han mig sällskap med ett par supar att
skölja ner köttbullar och inlagd sill med.

Vi satt länge och åt verkligen med andakt. Något så gott hade
jag aldrig ätit förut. Då jag var liten fanns det visserligen rejält
med mat, men det var mest smaklöst fläsk som dallrade av fett
och klimp förstås. Klimp ja, det måste vara en maträtt som fan
själv komponerat. Det här var något helt annat. Efter några
supar kände man sig som en kung.

När det börjat skymma fick vi se genom fönstret hur ett
sällskap kom gående åt vårt håll på vingliga ben. Vi tog inte så
stor notis om det förrän de slet upp dörren och stövlade in. De
var fulla och skränade om att de ville se på luffarna. De
betedde sig ganska illa och jag såg att Ivar blev illa berörd. När
jag uppmanade dem att gå därifrån, blev stämningen aggressiv
och en av dem började mucka gräl. Ivar försökte hålla mig
lugn, men jag reste mig och gick bryskt fram mot den mest
aggressive. Han måttade ett slag som jag enkelt duckade för,
sedan drog jag en rallarsving rätt över munnen på honom så
att blodet skvätte och han föll i golvet. Det såg nog mer otäckt
ut än vad det var så ingen annan försökte mopsa upp sig. De
tog med sig den nedslagne och skyndade tillbaka till
storstugan. Ivar ruskade på huvudet.

"Det där var nog ingen bra idé Gunnar. Nu är nog vår tid
räknad på den här gården."

Det visade sig vara värre än så. Efter bara en kort stund kom
en polisbil körande och stannade på gräsmattan en liten bit
utanför vår stuga. Några karlar från festen skyndade till och
pekade ivrigt mot stället där vi satt. Två stora poliser stövlade
in och tittade allvarligt på oss.

"Jaha, vad har vi här då? En våldsman som inte ska gå lös
bland hyggligt folk."

Ivar försökte lugnt förklara vad som hänt och att det hela bara
varit i självförsvar. Men poliserna lät sig inte blidkas.

"Det rör sig om en allvarlig misshandel som kunnat sluta
mycket illa, så du får följa med till stationen på en gång."

De satte på mig handfängsel trots att jag var lugn och
medgörlig och ledde mig ganska våldsamt ut till polisbilen.

Det var sista gången jag fick se Ivar. Långt efteråt försökte jag
få fatt i honom men när jag äntligen kom honom på spåren, var
det för sent. Han hade blivit påkörd av en timmerbil och avlidit
av sina skador. Att vårt avsked blev som det blev, har ständigt
plågat mig genom åren. Ivar den gode människan som lärde
mig så mycket och var som den fadersgestalt jag saknat.

Det blev fängelse för grov misshandel. Hade det inte varit för min tidigare bakgrund på ungdomsanstalt hade jag klarat mig lindrigare undan, men det var en försvårande faktor som domstolen lade stor vikt vid. I och med domen, försvann också möjligheten att få göra lumpen, vilket jag sett fram emot.

***

Det blev ungdomsfängelse på Skenäs. Där fick jag en gedigen vidareutbildning i tjuveri som jag hade stor nytta av då jag blev utsläppt ett halvår senare.

Skenäs var lite som en semesteridyll i mina ögon. Alltid bra mat och personalen var hygglig, med några få undantag. Det fanns en där som hade rykte om sig att vilja tafsa. Han var alltid kvick på att göra kroppsvisitering. Egentligen var jag inte säker på om han bara var noggrann och nitisk, men ryktet fanns där och jag var ganska allergisk mot karlar som tafsade på pojkar. Nu var den här vakten i stort sätt inte mycket äldre än mig och jag var vuxen, så min avsky var något mindre än om han varit en gubbe. I alla fall så gick han en dag för långt när han stoppade ner handen i mina kalsonger för att leta efter något påstått smuggelgods. Jag stelnade till och skulle precis ge honom en dansk skalle, när han hastigt drog undan handen och såg mig i ögonen.

"Förlåt. Jag förstår om du tycker det är obehagligt, men jag lyder bara order. Jag tycker själv inte det är särskilt trevligt att rota runt i era kalsonger, men gör man inte som man blir tillsagd så får man se sig om efter ett annat jobb."

Jag såg i hans ögon att han menade allvar, men frågade ändå.

"Så då är du alltså inte homofil som det ryktas om?"

"Nej, det är jag inte. Men om jag nu vore det, skulle jag då varit mindre värd som människa?"

Vid det tillfället var mitt svar ganska givet.

Det smiddes planer bland de intagna, på att ta hand om fikusvakten. När jag fick reda på det, såg jag till att det gick i stöpet. Jag hade tidigt satt mig i respekt och efter bara några veckor av min vistelse, var det få som vågade gå emot mig.

När jag först kom till anstalten, visste jag mycket väl vad som väntade. De krakar som kom dit utan erfarenhet, råkade mycket illa ut, såvida de inte var oerhört starka eller skickliga på slagsmål. Själv var jag fullständigt orädd för fysiskt våld efter mina tidigare erfarenheter. Redan första kvällen i sovsalen blev jag utmanad av en storvuxen grabb som nog skulle kunna skrämma vettet ur vem som helst bara genom sin blotta uppenbarelse. Jag hade varit uppmärksam redan från början och noterat att han nog inte var den som styrde och ställde bland grabbarna. Han som verkade vara chefen, satt en bit bort och studerade intresserat vad som skulle ske.

Slagskämpen stirrade på mig och spottade en snorlobba på golvet precis framför där jag satt.

"Hörru din skit! Alla som är nya här ska underkasta sig och göra som de blir tillsagda. Du kan börja med att göra rent på skithuset. Det verkar vara en lämplig sysselsättning för en sådan som du."

Det hördes ett dovt skratt från de övriga. Slagskämpen flinade och tittade bakåt. Då gav jag honom en snabb spark i skrevet så att han vek sig dubbel. Sedan knäade jag honom på hakspetsen så att han förr ihop som en trasa på golvet. Det blev helt tyst i salen och alla satt med gapande munnar och undrade vad som hände. I det läget stegade jag raskt fram till den som jag misstänkte låg bakom tilltaget. Han reste sig, men kom inte långt innan min högernäve träffade hans ansikte och han blev liggande på golvet. All vedhuggning sedan barnsben hade gjort nytta och mina slag var inte att leka med. Jag gick med bestämda steg tillbaka till min slaf utan att säga något, lade mig ner och började bläddra i en tidning till synes oberörd av det inträffade.

Det blev några ytterligare tafatta försök från de drabbade att försöka vinna tillbaka lite värdighet, men det slutade alltid på samma sätt.

Ibland har jag funderat över hur jag så lätt kunnat klara mig
så bra i slagsmål. Vanan är ju naturligtvis en faktor, men jag
var inte särskilt storvuxen eller överdrivet stark. Visserligen
snabb och senig, men alls ingen bärsärk. Det är nog i huvudet
det sitter. Förmågan att inte visa svaghet och rädsla.

I alla fall så lyckades jag avvärja misshandeln av den påstådda
homofilvakten och det är något jag är mycket nöjd över.

På Skenäs satt många som liksom jag, hamnat snett i livet på
grund av svåra uppväxtförhållanden. Några få kom från bättre
förhållanden, men hade inte kunnat tygla sitt heta
temperament. Det där har jag funderat mycket över, om en del
verkligen föds med dåliga egenskaper eller om det bara är yttre
påverkan som gör en del till sämre människor? Det är klart, en
del har ju något fel i hjärnan och det har väl kommit med från
början. Som Harald och Ingeborg till exempel. Där var det
säkert något gravt fel som inte skulle gått att rätta till.
Likadant var det nog med min biologiska mor, fast där kan
man ju misstänka att det var droger med i spelet.

Nu var ju inte alla på Skenäs några dåliga människor trots att
de var kriminella. Det fanns en del med hjärtan av guld som
under andra omständigheter skulle ha betraktats som mycket

goda människor. Själv hörde jag väl inte till dem, förutom att jag vurmade för rättvisa och att inte oskyldiga skulle drabbas.

Det här med tjuveriet var nog ingen som ansåg att det var några särskilt onda gärningar. Det var en allmän uppfattning att de som hade mycket, inte alltid hade rent mjöl i påsen och då var legitima offer. Jag tyckte nog likadant vid den tiden och kan nog tycka så än i dag. Även om jag senare fick lära mig att många tillskansat sig sina pengar genom hårt arbete eller snille.

Det var i alla fall en bra skola med stort utbyte av erfarenheter och när jag återigen stod utanför anstaltens portar som en fri människa, visste jag hur jag skulle försörja mig och kanske tillskansa mig ett gott liv.

***

Någon mönstring blev jag aldrig kallad till. Det var väntat och inget jag sörjde över. Visst hade det varit roligt att få göra lumpen och springa omkring med bössa i skogen, men det är ju förståeligt att de inte ville ha in några kriminella element i Försvarsmakten. I stället började jag utnyttja mina kunskaper inom tjuveri.

Det var ungefär samma förutsättningar nu, som när jag senast blev utsläppt från anstalt. Skillnaden var att jag hade lite mer pengar på fickan. Det mesta hade jag tjänat genom kortspel, men jag hade också länsat några fickor, det sista jag gjorde.

Nu hade jag råd att ta droska in till stan och även få i mig en bit mat på restaurang. Tak över huvudet hade det sociala ordnat och bara jag skötte kontakten med min övervakare, skulle det nog inte bli några problem.

***

Det blev alltså Norrköping som skulle vara den stad där jag under tio års tid skulle göra karriär inom den kriminella världen. Tio år av berg och dalbana mellan lyx och misär. Stundtals levde jag ett mycket gott liv med pengar på fickan och ett stort kontaktnät. Men däremellan tog alkoholen ett allt hårdare grepp och jag hade svårt att värja mig från begäret. Men på det stora hela var det en rolig tid. Femtiotalet bjöd på många nymodigheter och välståndet i samhället blomstrade. Det var inte svårt att försörja sig på tjuveri och de få gånger jag åkte fast, blev straffen så lindriga att jag mest såg det som en välbehövlig semester.

Men nu var det väl inte det ljusa jag skulle berätta om. Det hände förstås en massa skit som jag helst skulle velat haft ogjort. Jag ska väl inte trötta er med bagateller, men en

händelse som sånär höll på att förändra allt, vill jag berätta
om.

Vi brukade samlas, ett gäng, på ett litet ölcafé nere vid hamnen
runt tretiden varje dag. Ta en pilsner och utbyta erfarenheter.
Det var trevliga stunder och ibland hände det att någon hade
med sig en ny kamrat som han presenterade för gruppen. Just
vid det här tillfället hade John, som var den jag känt längst,
med sig en obehaglig typ som han börjat umgås med då han
satt inne senast. Han kallades för Korken och vad han
egentligen hette, fick jag aldrig reda på.

Den där Korken var tydligen en hejare på att råna folk. Han var
stor och stark och ärrig i hela ansiktet efter otaliga
knivslagsmål. Jag var aldrig särskilt imponerad av de som
brukade våld mot oskyldiga. Själv försökte jag i möjligaste mån
undvika att hamna i handgemäng. Jag klarade mig gott på
inbrott i villor och garage. Att råna var inget för mig.

Korken hade i alla fall fått nys om en person som skulle sitta
på väldigt mycket kontanter hemma. Det var tydligen någon
slags antikvitetshandlare som bodde i en tjusig villa mitt i stan.
Det var ju i och för sig någon jag tänkte gott kunde dela med
sig. Grejen var den att Korken hade beslutat sig för att råna
honom på natten i hemmet, och att med milt våld få bytet i
hand, menade han skulle vara den bästa lösningen.

Milt våld! Jo tjena. Jag var naiv som trodde honom, men han lyckades i alla fall övertala John och mig att hänga på.

Efter några dagars planering blev det så dags. Jag hade redan från början varit skeptisk. Korken hade målat upp en bild av att mannen i fråga skulle vara samarbetsvillig och att det rörde sig om stora pengar. Kanske upp emot hundra tusen.

Jag kan än i dag inte begripa hur jag kunde gå med på det. Jag borde förstått att det hela skulle sluta illa, men omdömet var väl inte i toppskick vid det tillfället.

Det var mitt i natten och tomt på gatorna. I några fönster lyste det fortfarande och man kunde skymta gestalter som vankade fram och åter i väntan på att tröttheten skulle hinna ifatt dem.

Korken var ivrig och verkade nästan överdrivet stirrig. Förmodligen hade han knaprat några piller för att hålla nerverna i styr. I alla fall så betedde han sig inte särskilt proffsig och det gjorde mig lite nervös. John lirkade med dyrken i källarlåset och det dröjde inte lång tid innan det klickade till i låset och dörren gick att öppna.

Vi tände våra ficklampor och smög så ljudlöst vi kunde upp för källartrappan. Det var tur att det inte fanns någon hund i huset, med det hade Korken tagit reda på i förväg.

Det var svårt att vara flera och försöka förflytta sig ljudlöst i en främmande miljö. Naturligtvis var det någon som klantade till det och en vas föll i golvet med ett brak. Sovrumsdörren öppnades och plötsligt stod vi öga mot öga med fastighetsägaren och hans hustru. De stirrade yrvaket på oss. Korken lyste med ficklampan i ansiktet på dem.

"Håll er bara lugna och tysta så ska allt gå bra. Gå fram till kassaskåpet och ge oss det vi vill ha, så är det över sedan."

Frun började grina, men karln verkade allt annat än samarbetsvillig och visade inte den minsta rädsla. Han hötte med näven och började skrika samtidig som han gick emot oss.

"Jävla patrask! Försvinn ur mitt hus."

Reaktionen var oväntad. Vi var tre hårda karlar med tillhyggen i händerna. Vem som helst skulle ha skitit i byxorna av rädsla, men inte den här inte. Hans ansikte var förvridet av ilska när han rusade mot oss, till synes helt likgiltig för vad som skulle kunna hända. Inte var han stor heller. Korken drämde till honom med kofoten i skallen så han segnade ner och blev liggande livlös. Det var just en snygg inledning. Vem skulle nu låsa upp kassaskåpet? Vi tittade på Korken.

"Vad gör vi nu? Ska vi vänta tills han kvicknar till?"

Korken blev ännu mer stirrig.

"I helvete heller. Kärringen känner säkert till kombinationen."

Kärringen ja, henne hade vi nästan glömt bort. Hon hade sprungit tillbaka in i sovrummet och låg och tryckte under täcket, alldeles livrädd.

Korken drog undan täcket, tog ett stadigt grepp om hennes hår och lyfte upp henne så hon blev sittande.

"Nu gör du precis som jag säger så blir det inte värre. Lås bara upp kassaskåpet så är allt snart över."

Kvinnan var helt skräckslagen och det gick nästan inte att höra vad hon sa, men så mycket förstod vi, att det tydligen inte existerade något kassaskåp. Korken blev ursinnig, ruskade henne i håret och slog henne i ansiktet.

"Ljug inte kärringjävel! Det finns pengar det vet jag. Nu plockar du fram dem, annars ska du få se på annat."

Vid det här laget började jag tycka att det gått för långt. Jag tittade på John, som verkade vara av samma uppfattning. Han tog tag i Korkens arm och uppmanade honom att sluta, men det fick inte avsedd effekt. Han blev bara ännu argare.

"Finns det inga pengar så ska jag jävlar ha betalt på annat sätt" skrek han i örat på kvinnan. Med ett våldsamt ryck, slet han av henne nattlinnet så hon blev liggande i bara underkläderna.

Det här blev droppen för mig. Jag gick fram och måttade ett våldsamt slag mot huvudet på honom. Han föll ihop och blev liggande på golvet bredvid sängen. Jag drog täcket över kvinnan och sa till henne att hon inte skulle vara rädd.

Nu var det John som såg skräckslagen ut.

"Va fan ska vi göra nu? Vi måste dra härifrån, men vad gör vi med Korken och gubben i hallen?"

Jag hade inte något bra svar. Det snurrade i huvudet på mig och det enda jag tänkte, var att komma bort så det stackars fruntimret slapp vara rädd.

"Ja, jag vet inte John, så här får det i alla fall inte gå till. Det sa jag från början, men den där idioten ville inte lyssna."

Det hördes stön från hallen och gubben började kvickna till.

***

"Hej Gunnar, dags för din medicin igen. Det var värst vad du skriver. Det blir väl en hel roman till slut?"

Fan också. Just när jag hade sådant flyt.

"Hej Elisabeth! Du kommer olägligt. Kan det inte vänta någon timme?"

"Nej, det är inte så bra att skjuta på intervallerna, då gör inte medicinen lika stor nytta. Förresten så börjar det bli sent och du måste hinna med din träning innan kvällsmaten."

"Vad fan ska jag träna för? Jag sitter ju här och väntar på döden. Det är väl fullkomligt meningslöst att jag ska gå omkring med den där jävla protesen, som jag i alla fall aldrig kommer att använda. Förresten så tycker jag inte om när du lyfter mig och borrar in dina klor i armarna på mig."

"Vadå, tycker du att jag är hårdhänt? Det är nog bara för att du är så tung och jag måste ta i så mycket."

"Nej du, jag har nog märkt att du är karlhatare, och nu har du hamnat på rätt plats där du kan få utlopp för dina aggressioner mot försvarslösa gubbar. Är det något som hänt i ditt liv, som får dig att bete dig på det här viset?"

"Men Gunnar, nu tror jag du svamlar mer än vanligt. Skulle jag ha något emot karlar? Nej du, där är du fel ute."

"Det tror jag nog inte. Flator är väl sådana."

"Hahaha.... Flator! Var har du fått det ifrån? Nu tycker jag nog att du får skämmas. Förresten, vad har du emot flator? De är väl människor de också? Du är allt en riktig gammal insnöad stofil. Nu tar du din medicin och slutar vara elak."

"Jag gör väl det då. Men jag går inte mer än tre varv den här gången. Och så får du dra in klorna när du hjälper mig upp."

Ja, vad ska man säga? Att man inte kan få vara i fred.

Hur var det nu? Jo! Korken ja, han rörde inte på sig. Vi ruskade på honom men han verkade helt borta och rosslade när han andades. Gubben i hallen hade satt sig upp och stirrade på oss med blodet rinnande ner från skallen och kvinnan låg under täcket och grinade. Det här var en utveckling vi inte hade räknat med. John var nästan hysterisk och föreslog att vi skulle springa. Men nu var vi igenkända och då skulle det inte dröja länge innan polisen var oss i hälarna.

Tanken som då kom, vill jag bara glömma. Jag kan inte riktigt förklara, men den uppenbarade sig liksom utom kontroll. Naturligtvis skulle jag aldrig ha gjort det, men bara det att tanken dök upp, skrämde mig verkligen. Ja, ni förstår väl vad jag syftar på? Att se till så inga vittnen fanns.

Den varade bara för ett kort ögonblick och jag ruskade snabbt av mig alla sådana funderingar. Jag såg på de skräckslagna människorna.

"Hörni, nu tar vi det lugnt och stilla. Jag och min kamrat går härifrån och ni tar och ringer efter polis och ambulans. Tjuven ligger ju här och ni kan gärna berätta hur det gick till. Men vi skulle vara oerhört tacksamma om ni inte mindes så väl hur vi två såg ut. Ni gör ju naturligtvis som ni vill, men om ni går oss till mötes så lovar jag att ni aldrig mer ska få någon påhälsning av oss. Vi ska även se till att sprida ut bland våra bekanta att det här är ett skyddat hem.”

Gubben nickade försiktigt och vi skyndade oss ut.

Det verkade som om de tagit fasta på det jag sagt, för vi hörde aldrig av polisen i det ärendet. Korken fick fel i huvudet och blev inlagd på dårhus. Sedan dog han i lunginflammation efter ett par år.

Den händelsen blev lite av en vändpunkt i mitt kriminella liv. Jag lovade mig själv att aldrig bruka våld mot någon oskyldig, och det har jag hållit fast vid. Våld har jag brukat åtskilliga gånger efter det, men då bara mot de som gjort sig förtjänt av det.

***

Det blev snart allmänt känt i våra kretsar, att jag tagit itu med Korken. Han var beryktad för sin galenskap och det faktum att det var jag som satt stopp för honom, gjorde att jag steg ordentligt i hierarkin. Det gick rykten om att jag slagit ihjäl en hel dröse människor både med yxa och med mina bara händer. Det fanns ju en viss sanningshalt i ryktena även om de var kraftigt överdrivna, men jag kan med gott samvete säga att jag inte ångrar något.

Det var ganska behagligt att ha fått ett så högt anseende. Jag behövde sällan betala för mig på krogen och jag bemöttes med en respekt jag inte var van vid. Nu kunde jag mest sitta och beställa de uppdrag jag innan varit tvungen att utföra själv.

Det var under den här tiden som jag blev fast i drickandet ordentligt. Jag hade det gott ställt och kunde unna mig utsvävningar jag tidigare bara kunnat drömma om. Det var krogliv nästan varje kväll med ryggdunkningar och galanta damer som flockades runt mig. Om jag ska vara riktigt ärlig, så passade jag nog inte med den sortens liv. Någon större glädje av damerna hade jag inte då jag för det mesta var full och inte kapabel att få till det vad gäller det sexuella. De var vackra och inbjudande, men jag var ju inte så naiv att jag inte förstod vad de var ute efter. Hade jag inte haft pengar och anseende, skulle de inte velat ta i mig med tång. Det var ingen behaglig känsla. Det hade varit skönt att bli uppskattad på ett annat sätt. Den tomhet jag kände på den tiden, bidrog säkert till att mitt drickande eskalerade och tog mig in på ännu farligare vägar med andra typer av droger.

***

Det skedde en liten förbättring i mitt dystra sinnelag, i slutet av sextiotalet då jag kom i kontakt med LSD. Jag hade ganska lätt för att anpassa mig till olika livsstilar och när flower-powereran gjorde sitt intåg, var jag inte sen att hänga på. Min så kallade affärsrörelse hade utvecklats bra och jag hade råd att leva ett glamoröst liv och inte sällan i sällskap av halvkända artister och konstnärer. På de fester jag var på, flödade droger av olika slag, men det var LSD jag föll för och som tog mig på de mest svindlande äventyr i mitt inre. Fantastiska färger i fantasifulla mönster som snurrade och blinkade. Känslan av att vara viktlös och betrakta omvärlden från ett annat perspektiv. Det var en euforisk känsla som jag nu ibland kan sakna.

Men det var så klart inte särskilt hälsosamt och efter några år började jag märka att kroppen tog stryk. Ja, inte bara kroppen. Huvudet fick naturligtvis ta en del av smällen. Inte för att jag tidigare varit särskilt smart, men nu började det bli riktigt illa. Minnet försämrades och ofta kom jag inte ihåg vad jag gjort dagen innan.

Min halvsovande hjärna gjorde att jag snart blev offer för bedragare. Vänliga själar som lovade att mina tillgångar skulle växa till sig något så oerhört. Jag skulle aldrig mer behöva lyfta ett finger för att försörja mig.

Jo tjena! Naturligtvis gick jag på det. Utan att jag förstått hur det gått till, stod jag plötsligt helt utblottad, utan vare sig bostad eller någon som ville ha med mig att göra. Det hela hade naturligtvis utvecklats under en längre tid, men under ständigt

rus, hade jag tappat tidsuppfattningen och helt missat vad som
höll på att hända. I mitt huvud hade allt skett på en gång.

Det blev jag varse när jag kom till sans en kylig morgon då jag
vaknade i ett soprum och upptäckte att jag var illa
misshandlad, skitig och utan ett öre på fickan. Sakta började
minnet från kvällen innan, återvända. Vi hade festat rejält, jag
och några ytligt bekanta. Festen hade urartat i gräl och så
småningom lett till handgemäng. Tydligen hade de andra gått
samman och tagit hand om situationen på det sätt de ansåg
var smidigast. Jag minns inte vad bråket hade handlat om och
vad som fick det att urarta, men misstänker att jag själv inte
var helt oskyldig.

Jag lyckades i alla fall ta mig ut och blev nästan bländad av det
starka solljuset som reflekterades mot snön. Just i det
ögonblicket, när jag såg solen och kände den bitande kylan,
började jag inse att det mesta hade gått åt helvete.

Minnet började återvända och jag kunde sakligt konstatera att
jag själv var vållande till hur min situation blivit. Någon
återvändo till mitt tidigare liv kunde jag inte se, och mina
tidigare så kallade vänner hade jag ingen lust att besvära. Jag
hade tidigt förstått vad deras vänskap grundade sig på, och att
nu komma och kräva något i gengäld, kändes inte som någon
god idé.

Jag spatserade fram längs Motala ström och höll på att frysa ihjäl i min tunna skjorta. Vid något tillfälle kom tanken att jag kanske skulle göra slut på hela skiten och hoppa i, men det skakade jag snart av mig. Det låg inte för mig att fega ur och ge upp och jag kom att tänka på hur Harald och Ingeborg hade härdat mig den gången då jag var pojke och de låste ut mig naken mitt i vintern. Kanske var det just därför som jag stod ut nu och inte bestämde mig för att hoppa i ån?

***

”Men Gunnar! Sitter du uppe ännu fast det är så sent? Är det inte dags för dig att sova nu?

”Hej du Elisabeth. Som du ser så sitter jag och skriver.”

”Jo, jag ser det. Hur långt har du kommit i din berättelse?”

”Som om du skulle bry dig.”

”Hör du Gunnar, jag bryr mig faktiskt. Bara för att jag ibland måste vara bestämd, betyder det inte att jag är elak. Du ska veta att det inte alltid är så lätt att handskas med gamla surgubbar som dig. Det är faktiskt inte så roligt när du kallar mig satkärring och karlhatare, för det är inte sant. Du skulle förmodligen vara sängliggande och oförmögen att ta dig upp om jag inte tagit hand om din träning. Lite tacksam borde du nog vara.”

”Ja, förlåt då. Men det är väl inte så konstigt att jag är som jag är? Jag satt just och skrev ner saker jag minns från sjuttiotalet. En tung period i mitt liv, om man bortser från barndomen förstås.”

”Vad var det som hände då, som var så tungt?”

”Har inte du annat att göra än att sitta här och lyssna på en gammal surgubbe? Det är ju fler boende här som behöver din hjälp. Du kan gå, så får jag vara ifred. Jag är inte trött ännu.”

”Ja du Gunnar, du är dig lik. Förresten så sover alla nu och jag är heller inte så trött. Så du kan gott berätta lite för mig.”

”Vad ska jag berätta? Det blir ju inget sammanhang om jag inte tar det från början”

”Det gör inget, jag vill bara höra vad det är du skriver om.”

”Det blir ju lite konstigt, men det handlar om när jag hamnade på gatan i Norrköping utan någonstans att ta vägen.”

”När var det här?”

”På sjuttiotalet. Det var ingen munter tid. Jag hade just blivit hemlös och Norrköping var ingen bra plats att vistas på just då. Kallt och jävligt och utan rejäla vinterkläder höll jag på att frysa arslet av mig.”

”Men kunde du inte gå till det sociala? Ingen behöver svälta eller frysa i Sverige, det vet du väl?”

”Hellre dog jag väl än att ta emot allmosor. Nej du Elisabeth, det fanns inte på kartan.”

”Men varför? Var det någon slags stolthet som hindrade dig? Skämdes du?”

”Ja stolthet kanske, jag vet inte? Men så var det.”

”Tydligen kom du på fötter i alla fall.”

”Det gick inte precis i ett nafs. Det fanns en plats där jag kunde få mat och värme utan att be om det, och det var finkan. Så jag knallade sonika fram till polisstationen och slängde en gatsten genom ett fönster. Sedan var det bara att vänta.”

”Oj då, det var drastiskt. Fick du vänta länge?”

”Nej, de kom springande efter ett par minuter. Två stadiga konstaplar som släpade in mig. Väl inne, pucklade de på mig ordentligt med batongerna, men det var riktigt skönt. Det värmde gott och snart fick jag sovplats och en tallrik soppa. Den natten sov jag gott, kan jag säga.”

”Sova ja, den som ändå fick göra det. Nu börjar jag själv att bli lite trött. Fortsätt att skriva en stund till du, om du känner för det, men i morgon klockan åtta blir det träning. Det slipper du inte undan. God natt Gunnar.”

Hon kanske inte är så elak i alla fall. Men det lär dröja innan jag får riktigt grepp om henne. Det är inte första gången jag träffar på fruntimmer man inte begriper sig på, och det var just vad jag gjorde när jag på våren kom ut från ett kortare fängelsestraff.

Jag åkte in på två månader för stenen jag slängde in i polisstationen. Hade det bara varit för fönsterrutan, hade jag klarat mig med villkorligt eller böter, men oturligt nog, eller tur för mig, landade stenen på axeln på en anställd, så jag åkte dit på misshandel.

Det blev i alla fall en räddningsplanka för mig och jag fick tid att tänka över min situation. Jag undvek droger i fängelset och när jag släpptes ut var jag drogfri. Inte för att jag hade tänkt att sluta helt med drickat. Det ruset kunde jag hantera ganska bra, men jag kände inte längre något sug efter de tyngre preparaten som svärtat ner mitt omdöme.

När jag stod utanför fängelsemuren med solen i ögonen och andades in den friska vårluften, kände jag mig som en ny människa. Jag hade tänkt en hel del där inne, och bestämt mig för att ändra inriktning på mitt liv. Inte för att jag exakt visste vad jag skulle sysselsätta mig med, men det skulle i alla fall inte vara något kriminellt. Så mycket att välja på fanns inte, men jag var stark och van vid hårt arbete, så någon form av

kroppsarbete på ett lantbruk var det som låg närmast till
hands.

Nu var det ingen större brådska då sommaren hägrade och jag
gott kunde klara mig på det jag hade. Jag mindes tiden med
Ivar och hur bra jag mått då vi vandrat längs vägarna. Det var
de minnena jag bar med mig när jag började gå västerut för att
se var jag skulle hamna.

***

Det gick snart upp för mig att det var nya tider nu. Det var
åttiotal och fria själar som vandrade fram längs byvägar och
försörjde sig på dagsverken, fanns inte längre. Vart jag än kom,
möttes jag av misstänksamhet. Efter någon vecka i gråkallt
väder, började jag inse att luffarlivet inte var något att sträva
efter. På gårdarna hade bönderna skaffat sig maskiner som
gjorde att det inte behövdes så mycket handkraft, och på
byggen och andra arbetsplatser tog man inte längre in några
dagsverksarbetare. Det började gro en känsla av hopplöshet
och sakta men säkert vaggades jag in i mörka tankar och
nedstämdhet. Kanske var det den kriminella banan som var
ämnad för mig, i alla fall? Jag mindes Ivars ord om moral och
ärlighet och brottades med motstridiga känslor. Till slut hade
jag i alla fall bestämt mig. Jag skulle förbanne mig inte ge upp

nu. Jag hade passerat femtioårssträcket och det var verkligen
dags att få ordning på livet.

***

Ibland krävs det lite tur också. Det kan man väl säga att jag
hade då jag stannade till vid en kiosk och köpte korv.

Samtidigt passade jag på att köpa en penninglott som jag
stoppade ner i bakfickan. Jag vet inte vad som fick mig att göra
det. Nu i efterhand verkar det nästan som om det var Guds
finger som knackat mig på axeln. Men spel och dobbel är ju
ingen kristlig sysselsättning, i alla fall enlig Ivar, så det var
förmodligen bara en slump. I alla fall så visade det sig efter
några dagar, att jag vunnit hundratusen på lotten. Det var
svårt att ta in och min första tanke var att fira ordentligt. Men
efter att det värsta glädjeruset lagt sig, började jag inse att
tidpunkten för en verklig förändring nu infunnit sig. Det var
mycket pengar på den tiden och skulle gott räcka till en enkel
bostad. Ett eget hus på landet var en dröm jag länge haft. En
stuga och lite mark där jag kunde odla grönsaker och kanske
ha några hönor.

Jag började läsa annonser och snart hittade jag en stuga i
hjärtat av Sörmland. Ägaren skulle ha åttiotusen och då ingick

tillgång till en större hage där man kunde ha betesdjur om man önskade.

Jag tittade på huset och blev genast förälskad. Det var inte stort och det fanns varken vatten eller avlopp indraget. Men det fanns el och det var tilläggsisolerat. Jag slog till direkt och ägaren fick kontanter i handen.

Nu följde en tid som jag kan se tillbaka på med glädje. Jag jobbade hårt för att få ordning på allt innan vintern. Avlopp och toalett var högt prioriterat, för jag ville inte skita i kyla. Tiden gick fort och plötsligt stod jag där i mitt paradis, med inomhusdass, ved för hela vintern, rinnande vatten och en stor frysbox på vinden. Det var en härlig känsla. Nu kunde en ny fas i mitt liv ta sin början.

Stugan låg ganska ensligt och det var långt till närmsta granne. Jag brukade ta en liten morgonpromenad när det var fint väder för att göra mig hemmastadd i trakten. Varje gång jag gick förbi grannen, tittade jag lite extra men jag såg aldrig till någon. Ibland rörde sig gardinen, så jag förstod att det fanns någon därinne som var nyfiken. Jag tänkte inte så mycket på det utan gick mest i egna tankar och gladde mig åt den friska luften och det vackra vädret. Så en morgon kunde jag på långt håll se att grannen var ute i trädgården. Först tänkte jag vända, men ångrade mig och fortsatte. Jag är inte folkskygg på något vis, men känner heller inget behov av något umgänge. Men det är klart, hälsa på sin närmsta granne när man är nyinflyttad är ju bara vanlig hövlighet.

När jag kom närmare kunde jag se att det var en kvinna och hon såg ut att vara ungefär i min ålder. Jag förstod att hon ännu inte upptäckt mig för hon krattade och tittade inte åt mitt håll. När jag var framme vid staketet stannade jag till och ropade hej. Hon ryckte till och blängde surt på mig. Jag presenterade mig artigt och berättade att jag köpt stugan borta vid skogsbrynet och att vi nu var närmsta grannar.

"Jaså" så hon bara och fortsatte kratta. Jag stod kvar en stund för att se om det blev någon mer reaktion, men hon ignorerade mig fullständigt. Underlig människa tänkte jag och fortsatte min promenad.

Det där hände flera gånger och till slut bestämde jag mig för att inte ens titta åt hennes håll då jag gick förbi. Hon kanske inte ville ha något med andra att göra, och det får man respektera. Men man kan i alla fall hälsa, det är väl inte för mycket begärt?

I alla fall så stannade jag till en morgon då hon var ute och krattade alldeles nere vid grinden. Det kändes lite konstigt att bara gå förbi då hon var så nära.

Hon fortsatte att kratta, men jag såg att hon blängde till lite då och då. Till slut slängde hon krattan och gick emot mig med bestämda steg. Nu tar det väl hus i helvete tänkte jag och förväntade mig en rejäl utskällning. Det var precis vad som hände. Hon slängde upp grinden och ställde sig framför mig med armarna i kors och med en uppsyn som kunde få vem som helst att lägga benen på ryggen.

"Vad i helvete håller du på med karlslok? Är du helt från vettet, komma hit och störa. Du märker väl att jag vill vara ifred."

"Ursäkta då, men vägen går ju här och du kan väl inte begära att jag ska gå ut på åkern då jag passerar ditt hus?"

Det var något i hennes blick som sade mig att det nog var läge att gå varsamt fram och väga sina ord. Hon kanske var störd på något vis eller så var hon bara genuint otrevlig. Jag harklade mig.

"Vi är ju grannar och då kan man väl hälsa?"

"Det har du ju redan sagt. Tror du att jag är döv? Pallra dig härifrån nu och visa dig inte mer. Nästa gång ska jag ringa polisen och anmäla dig för trackaserier."

Jag blev mållös av hennes utfall och gick därifrån utan att säga något mer. Jag fick faktiskt lite obehagliga rysningar, då jag drog mig till minnes min barndom och tyckte mig se en viss likhet med Haralds sätt att bete sig.

Fortsättningsvis tog jag en omväg över åkern då jag passerade hennes hus under mina morgonpromenader.

***

Det hade blivit vinter och jag höll mig mest inomhus. Det var trivsamt att sitta nära vedspisen och läsa. Jag hade också fått sällskap av en katt som brukade stryka förbi om höstkvällarna. Den var ganska skygg, men jag lyckades locka den med mat och till slut hade den blivit så pass tam att den vågade sig in i huset för att ta en titt. Den kom förbi nästan varje dag och när det blev kallare och började snöa, blev vistelsen inomhus allt längre. Till slut hade den gjort sig så hemmastadd att den bestämde sig för att det var här den bodde. Det dröjde ett tag innan jag kunde konstatera att det var en hankatt och i och med det, så döpte jag honom till Olof efter Olof Palme som var stadsminister vid den tidpunkten. Inte för att jag var någon beundrare av Palme och inte heller någon anhängare av Socialdemokraterna, men jag tyckte att katten liknade Palme på något vis. Lite arrogant och dryg, men ganska intelligent.

Olof gillade att ligga i mitt knä då jag satt vid vedspisen och läste. Han spann som en motor och blev irriterad då jag tog min hand från honom för att vända blad. Olof var en riktig vän och jag blev mer och mer fäst vid honom.

*****

Vid den här tidpunkten var jag ganska nöjd med min tillvaro. Jag hade det jag behövde även om lotterivinsten nu började sjunga på sista versen. Det skulle i alla fall räcka till våren, då jag planerat att försöka skaffa mig en ärlig försörjning. Det fanns förstås inte så mycket att välja på där ute, men lite skogsarbete eller annat grovgöra skulle jag nog kunna hitta.

Trots att jag hade det så bra, kunde jag inte undvika att ibland tänka tillbaka på min barndom och allt skit jag fått uppleva. Det gjorde mig nedstämd och jag hade svårt att släppa de tankarna.

Det var särskilt en händelse som ständigt dök upp. Jag skulle tro att jag var i tioårsåldern och hade precis kommit hem från skolan, blåslagen som vanligt. När jag klev in genom köksdörren märkte jag direkt att något var annorlunda. Fåtöljen där Ingeborg brukade sitta, var tom. Det hade vad jag kunde minnas aldrig hänt förut. Jag gick runt i stugan men där var alldeles tomt. Jag visste ju att Ingeborg hade svårt att gå på grund av sin fetma och var mycket förvånad att hon var borta. Jag gick ut och tittade och till slut hittade jag Harald sittandes på en sten, full som en alika.

”Var är Ingeborg?” Frågade jag och ställde mig framför honom. Han tittade upp på mig med sina grisögon och jag såg på hans ansiktsuttryck att nu var det fara å färde. Mer han jag inte tänka innan han sparkade undan fötterna på mig så jag slog i backen.

”Förbannade ungjävel” skrek han och reste sig från stenen och gav mig ett slag i magen så jag tappade luften.

"Om du hade varit lite mer hjälpsam och burit in ved så det räckt, skulle det här aldrig hänt."

Jag kippade efter andan och kunde till slut få fram lite röst."

"Men vad är det som har hänt?"

"Jo, det ska du få höra. Det blev tomt i vedkorgen så hon masade sig ut för att hämta mer. Då snavade hon och bröt armen. Så nu ligger hon på sjukhus, och det är din förtjänst."

"Men kunde inte du bära in lite ved då?"

Det där skulle jag aldrig ha sagt och när jag väl insåg det, var det för sent. Harald reste sig och började sparka på mig där jag låg på marken. Jag tänkte väl att han snart skulle tröttna, men den här gången verkade han ha krafter utöver det vanliga. Efter en stund förstod jag att det började bli allvarligt och att jag svävade i livsfara. Jag låtsades förlora medvetandet i förhoppning om att han då skulle sluta. Han slutade inte utan fortsatte med full frenesi. Jag kände hur livet började rinna ur mig och blev riktigt orolig för vad som skulle kunna hända. Snart förlorade jag medvetandet på riktigt och när jag vaknade, var jag helt blåslagen. Som tur var hade jag bara brutit några revben men jag lyckades till slut ta mig upp och stappla iväg till grannen där jag fick hjälp. Någon större medkänsla från granngubben märkte jag inte av. Han var suparkompis med Harald och ville nog inte komma på kant med honom. Hans fru

däremot, var vänlig och verkade i alla fall tycka lite synd om
mig.

Det blev inte några konsekvenser för Harald och ingen fick veta
något. Så här i efterhand kan jag klandra mig själv för att jag
aldrig konfronterade gubbjäveln. Ställde honom mot väggen
och försökte få honom att förstå hur illa det kunnat gå. Men
det hade förmodligen varit lönlöst. Så illa ställt i huvudet på
honom var det.

Nåväl, det är historia och om inte förlåtet så i alla fall inget som
tynger mitt sinne mer än att det då och då kommer upp till
ytan som ett tråkigt minne.

Jag har försökt att skjuta ifrån mig de tankarna när de dykt
upp. Det var ju så länge sedan. Minnena får mig inte att må
sämre, men jag blir frustrerad när jag tänker på att jag aldrig
riktigt fick tillfälle att ge igen på ett mer handfast sätt. Att få
handen avhuggen och sedan snabbt dö av blodförlust och
chock, är i mitt tycke inte något hårt straff.

Nej, hade jag fått leva om mitt liv, skulle vedergällningen blivit
en annan. Då skulle han fått smaka på sin egen medicin och
fått utstå samma misshandel som han utsatte mig för. Sedan
kanske jag hade slagit ihjäl honom?

***

Nu tänkte jag fortsätta skriva om min granne, den otrevliga
kärringen som på något underligt vis ändrade beteende och
sökte kontakt. Men nu känner att jag är så trött att jag nog får
fortsätta i morgon bitti. Nej förresten, det går ju inte. I morgon
kommer kyrkoherden och ska hålla gudstjänst. Det får bli
senare i stället.

Jag säger då det, mycket ska man behöva genomlida. Men det
vankas kaffe och wienerbröd och det är ju svårt att tacka nej
till. Jag frågade om jag fick slippa gudstjänsten och bara vara
med på fikat, men det sa de nej till, jävla tyranner. Nåväl, jag
kan väl sitta och tänka på annat när prästen messar sina
haranger från sagoboken. Tänk att vuxna människor kan vara
så lättlurade? Vad är det som säger att just den kristna guden
är den sanna när det florerar en uppsjö av andra gudar runt
om i världen? Det kan ju förstås vara så, men inte särskilt
troligt enligt min mening. Det där var något som ständigt dök
upp till diskussion under tiden då jag vandrade med Ivar.

Han var fullkomligt övertygad om att Gud fanns på riktigt och
att bibelns ord var komna från honom själv och vars innehåll
var vägen till paradiset. Det var inte helt lätt att argumentera
mot Ivar och när jag någon gång sade något som inte passade,
blev han irriterad och bytte samtalsämne.

Trots att jag inte är troende, har jag läst lite i den heliga skriften. Det fanns en bibel hemma när jag var liten. Det var nog den mest olämpliga plats man kunnat tänka sig.

På hedersplats i helvetet. Men det var intressant läsning, speciellt gamla testamentet. I skolan fick vi aldrig läsa i gamla testamentet och det var ju fullt förståeligt. Lära ut sådana barbarier och extrema åsikter till små barn. Men det är klart, de tio budorden är ju ett bra rättesnöre, i alla fall de flesta. Fast för min del var just budet om att visa aktning för sin mor och far inte särskilt relevant. Aktning var nog det de minst förtjänade. Det gäller förmodligen min biologiska mor också. Inte för att jag vet vad hon var för slags människa, men någon vidare aktningsfull individ var hon nog inte.

Nej, nu håller jag på att gå in i en sådant där destruktivt tankemönster igen som jag ofta gör. Dags att tänka på något annat. Lite skön sömn och få drömma om nygräddade wienerbröd kanske? Hoppas jag kan somna i kväll och slippa den förbannade fantomvärken i foten. Det återstår ett träningspass innan läggdags och snart kommer det väl någon skata in och ska tvinga mig. Hoppas det blir Elisabeth.

Jag börjar faktiskt att så smått ändra åsikt om henne. Att hon sätter klorna i mig när hon ska hjälpa mig upp, är ju inte så trevligt, men hon har lovat att försöka vara lite mer försiktig fortsättningsvis. Mina misstankar att hon skulle vara flata och karlhatare, har jag fått ta tillbaka. Hon är ganska barsk och hårdhänt, men till viss del kan jag förstå att det är nödvändigt i yrket. Det kan inte vara lätt att ta hand om en massa trilskande vrak, speciellt inte om de också är senila och överviktiga som de flesta här är. Jag hamnar väl i det stadiet jag också en vacker dag. Då blir det inte lätt för personalen misstänker jag. Men jag har sagt åt dem att då den dagen kommer när huvudet slutar fungera, ska de proppa mig full med starka mediciner så att jag blir lugn och foglig.

Nu kommer det någon.

"God kväll Gunnar, hur har vi det? Då var det dags för en liten promenad innan läggdags."

"Jaså det är du, det kände jag nästan på mig. Vi kan väl göra det kort den här gången. Jag är väldigt trött i kväll."

"Nog orkar väl Gunnar gå några rundor runt bordet även fast han är trött? Det gör nytta ska du veta. Du är ju faktiskt vid ganska god vigör och visst vore det väl roligt om du kunde känna att protesen börjar kännas naturlig att ha på sig."

"Roligt är väl kanske inte rätt ord. Vad är roligt här? Möjligtvis när någon av de senila kärringarna klär av sig naken och springer runt bland gubbarna. Då är det roligt att se reaktionerna."

"Ja, du har då en märklig humor. Det är väl mest tragiskt kan jag tycka. Tänk på de anhöriga, de tycker nog inte att det är lika roligt."

"Det är väl för fan klart att det är tragiskt. Hela livet är ju en enda tragedi. Just därför måste man få ha något som lättar upp, även om det är galghumor. Vad tycker du är roligt, Elisabeth?"

"Hmm, att titta på en rolig film kanske? Eller att leka med barnbarnen, det är nog det roligaste jag vet. Du har ju inga barn och barnbarn så du kanske har svårt att föreställa dig hur det är?"

"Ånej, jag kan nog förstå om jag anstränger mig, men det är inget som jag vill tänka på. Det gör mig bara ännu mer deprimerad."

"Varför blev det inga barn för din del? Hittade du aldrig någon kvinna du ville bilda familj med?"

"Nog hade jag kvinnor alltid och skulle väl kunnat avlat några avkommor om jag velat, men det var mest fnask och missbrukare jag umgicks med. Under perioden då jag hade det gott ställt var det mest lycksökerskor som hängde i hälarna, och att skaffa familj var nog det de minst önskade."

"Tråkigt att höra, men har du aldrig haft någon kvinna du hållit av? Har du aldrig varit förälskad?"

"Jag vet inte om man kan kalla det förälskelse, men det fanns en senare i livet som jag i alla fall tyckte mycket om. Nu var hon inte fertil så några barn kunde det inte bli. Jag har faktiskt kommit till den delen nu och ska börja skriva om henne i morgon efter gudstjänsten och fikat."

"Det ska bli spännande att höra om, men nu är det dags för din lilla promenad. Vi nöjer oss med fyra varv runt bordet den här gången."

***

Jaha, då sitter man här igen med penna och papper och helt utan inspiration. Gudstjänsten var då för bedrövlig. Inte nog med att prästfan var helt utan utstrålning. Han var skåning också, så jag hörde inte ett skit av vad han pratade om. Men det var väl det vanliga dravlet om Guds nåd och kärlek. Jag satt mest och tänkte på annat. Det gjorde nog de flesta, för ingen kunde väl höra vad han sa. Han kunde lika gärna ha pratat arabiska, det skulle inte gjort någon skillnad. Men wienerbröden var goda. Det var liksom belöningen för vårt lidande. Jag hade lite tur som fick två. Kärringen som satt bredvid mig, somnade så jag passade på att norpa hennes. Det var en i personalen som såg mig och blängde lite surt, men det blev ingen konsekvens av det.

***

Men nu ska jag väl fortsätta berätta om min granne. Jag hade undvikit att gå förbi hennes hus efter det att hon skällt ut mig, och jag hade inte ägnat henne en tanke. Hon fanns helt enkelt inte i min värld.

Det var en sen kväll i slutet av februari, kallt utav bara helvete och med vinden tjutande runt husknuten. Om jag inte missminner mig så måste det ha varit vintern 1985. Mig gick det i alla fall ingen nöd på. Jag hade eldat ordentligt och satt och läste framför kaminen med Olof spinnande i mitt knä. Jag tyckte jag hörde något, men antog att det var något som slog emot huset i blåsten. Så hördes det igen och jag förstod att det var någon som knackade på dörren. Jag reste mig och för säkerhets skull tog jag askrakan i näven ifall det var någon med skumma avsikter.

När jag öppnade dörren såg jag först inte vem det var. Att det var en kvinna gick inte att ta miste på trots att hon var påbyltad med tjocka lager av kläder. Men jag kunde inte föreställa mig vem hon var förrän hon började prata.

”Du kanske inte känner igen mig, men det är jag, din granne.”

Jag blev helt ställd. Vad i hela friden gjorde den där människan hos mig?

”Jodå, nu ser jag vem du är. Men vad gör du ute i det här ovädret? Kom in vet jag, du blir ju helt översnöad.”

Hon masade sig in och krängde av sig sin tjocka kappa.

”Jag förstår om du tycker det är konstigt att jag kommer förbi, men det är en nödsituation och jag har just inget val.”

Min första tanke var att bemöta henne med samma respektlöshet som hon visade mig när jag försökte få kontakt, men den tanken slog jag genast bort när jag såg hur förtvivlad hon var.

”Ja, lite förvånad är jag allt, men tala nu om vad som har hänt. Kom så går vi in i kammaren så får du värma dig. Jag sätter på lite kaffe. Vill du ha?”

Hon nickade och tog plats i fåtöljen där jag brukade sitta. Olof låg där och han blev mycket irriterad när hon flyttade på honom.

Medan pannan stod på spisen, gick jag in till henne för att höra vad som hänt.

”Det har gått åt skogen allting. Jag har varken el, vatten eller värme och jag har inte råd att anlita någon hantverkare. Först gick strömmen, sedan tjälade vattenledningen och värmerören. Skulle jag bli kvar i stugan över natten, fryser jag förmodligen ihjäl.”

"Oj då, det låter inget vidare. Har du ingen vedspis eller kamin du kan elda i?"

"Jodå, men det är något fel med skorstenen så det bara ryker in när jag försöker elda."

Tanken slog mig att jag skulle ta upp det här med hennes beteende i somras och att hon varit så avig, men det behövdes inte. Hon tog själv upp det.

"Jag begär inte att du ska hjälpa mig efter hur jag bemötte dig tidigare, men jag har ingen annan att vända mig till. Du förstår att jag har lite svårt att ta till mig andra människor och just när du kom förbi och sökte kontakt, var jag inte i bästa form."

"Var du sjuk?"

"Nej, det vill jag inte påstå, men jag var deprimerad och mådde väldigt dåligt, så någon kontakt med andra var det jag minst av allt önskade mig just då."

" Ja, så kan det vara ibland, men nu tänker vi inte på det. Det är klart att jag ska hjälpa dig. Vi är ju i alla fall närmsta grannar. Men det går ju inte att göra något nu så du får väl helt enkelt slagga över så hoppas vi att det är lite bättre väder i morgon. Inte för att jag har mycket plats, men vi kan bädda i soffan."

Jag hade inte förväntat mig någon översvallande glädjeyttring och jag såg på henne att hon tvekade.

"Ja, jag vet inte vad jag ska säga. Men om det inte blir allt för stort besvär, är jag ju så klart tacksam."

"Inga problem, och skulle Olof störa så är det bara att fösa undan honom."

Vi tog varsin smörgås och satt och pratade en lång stund. Förvånande nog visade det sig att hon hade lätt för att prata. Det var oväntat och ju längre kvällen led, desto mer började jag uppskatta hennes sällskap. Olof var först lite avvisande, men snart började han intressera sig för henne och det dröjde inte länge innan han låg i hennes knä och spann.

"Men herregud, jag har ju inte presenterat mig. Jag heter Gunnar."

"Jo, det gjorde du, men inte jag. Jag heter Anna. Trevligt att råkas, även om omständigheterna kunde varit lite bättre."

Hon berättade mycket om sig själv. Vi var ungefär i samma ålder men med helt olika uppväxtförhållanden. Hon kom från en välbärgad familj med vettiga föräldrar och verkade ha glidit fram på ett bananskal genom hela barndomen. Det var när hon blev tonåring som det började skita sig och hon blev introvert och avvisande. Det var inte något speciellt som hänt, utan det var väl bara något som förändrade sig i hjärnan. Hon började undvika kontakt med andra människor och trivdes bäst i sitt eget sällskap. När föräldrarna dött och hon som enda barn fick ärva hela förmögenheten, började bekymren på allvar. Hon började supa för att sedan övergå till allt tyngre droger. När hon kom till det kapitlet, började jag känna igen mig och hade lättare att förstå vad hon pratade om. Jag hade aldrig själv riktigt analyserat min situation om varför jag gjort de val jag gjort. Nu var det som om saker och ting föll på plats. Jag hade ju visserligen anledning till ett destruktivt leverne på grund av min barndomssituation, men likväl som hon föll ner i träsket trots en lycklig barndom, kunde jag mycket väl ha tagit en annan väg i livet. Det är väl ingen lag som säger att du måste bli kriminell och drogmissbrukare bara för att du haft en taskig uppväxt? Fast det är klart, det kanske inte är något man kan påverka? Det som händer i hjärnan bland alla hormoner och nervtrådar, det händer.

Jag berättade själv inte så ingående om hur jag haft det i livet, bara lite fragment så att hon skulle känna sig lugn. Detaljer som anledningen till att jag suttit så mycket på anstalt utelämnade jag. Annars kanske hon inte vågat stanna kvar, utan pallrat sig hem i snöstormen och kanske frusit ihjäl. Det ville jag inte riskera. Alkohol och droger var annars något vi hade gemensamt så det ämnet var lätt att prata om. Grannkärringen, eller jag kanske ska säga Anna, berättade hur hon tagit sig ur sitt missbruk med hjälp av terapi och mediciner. Själv har jag aldrig haft så stort förtroende för sådana hjälpmedel. Psykologer som själva skulle behöva gå i terapi och medikamenter som får en att pissa dåligt och få utslag. Anna blev förvånad när jag förklarade hur jag burit mig åt för att sluta med knarket. Det var helt enkelt så att jag bara bestämde mig. Jag fann inte längre någon glädje och fick ingen kick av ruset längre. Då fanns det ingen anledning att fortsätta. Någon abstinens kände jag aldrig, men det kanske berodde på att jag var i så pass dåligt skick. Jag hade ju brännvinet kvar i mitt liv och det hjälpte nog till, även om jag sällan drack mig full.

Olof hoppade ner från hennes knä, gick fram till dörren och med ett irriterat ögonkast förklarade han att det var läge att skita. Jag öppnade åt honom men när han såg ovädret tvekade han. Olov hade skitit inne förut så där var jag på min vakt. Med en lätt kick med foten fick jag ut honom och skyndade mig att stänga dörren. Det där reagerade Anna på och tyckte att jag var dum mot katten.

"Ska du verkligen låta honom vara ute i det här ovädret? Det är inte naturligt för en katt."

"Jo, för Olof. Han har trampat upp längs husväggen och jag har skottat undan i rabatten så han har sin plats där han alltid gör ifrån sig. Men han är så jävla bekväm av sig så är det bara aningen för kallt, varmt eller blött så föredrar han att skita inne. Jag tror inte du skulle uppskatta att behöva sova när det luktar kattskit. Har du katt själv?"

"Jo, jag har två."

"Hur går det med dem nu när du inte är hemma?"

"Jag har kattlåda och har ställt fram mat och vatten, så de klarar sig nog tills i morgon även om det kommer att bli kallt. De är norska skogskatter och ganska tjockpälsade."

Det hördes ett skrik utanför dörren. Högt var det så Anna hoppade till.

"Vad var det där?"

"Det var Olof som sa att han var färdig och vill komma in. Det där har han lärt sig, och vänta lite ska du få höra ett ännu värre skrik när han börjar tycka att det går för långsamt."

Väntan blev kort och snart hördes ett skrik som verkade sprunget från helvetet. Anna skrattade till. Det var första gången jag fick se henne le och genast blev hon lite mera mänsklig. Jag släppte in Olof och han visade tydligt att han inte uppskattade att det tagit så lång tid. Kattjävel, hur kan man tycka om någon som är så dryg?

Vi satt och pratade en stund till innan vi drog oss tillbaka. Anna kröp ner i bäddsoffan och somnade på ett ögonblick. Jag hade svårt att somna. Det var väl den annorlunda situationen som störde. Men snart kom Olof och lade sig vid mitt huvud och började spinna. Då somnade jag.

***

Jag tror att jag stannar upp här ett slag och återkommer i morgon. Det börjar bli sent och snart är det dags för mat och träning. Konstigt nog så börjar det kännas lite bättre med protesen. Det trodde jag aldrig. Det var Elisabeth som intalade mig att det skulle bli bättre bara jag hade lite tålamod. Vad ska man ha tålamod för när man ska dö inom kort, men just i det här fallet verkade hon ha rätt.

Döden ja. Den är inte så mycket jag tänker på förutom att den är oundviklig och står för dörren. Jag är i alla fall åttiofem år och så gammal trodde jag nog inte att jag skulle bli. Inte för att jag är rädd eller så, det är mest en nyfikenhet om hur det kommer att vara. Många av vraken som bor här är religiösa och tror på fullt allvar att de kommer till Guds rike och får träffa sina nära och kära igen. Det hoppas jag inte. Det skulle ju bli en fullkomlig katastrof. Tänk er att mötas av Ingeborg. Fet som en sjöelefant och med fittan insmetad med sirap. Eller Harald, med kuken i ena näven och knölpåken i den andra. Gud bevare mig, det vill jag inte uppleva. Nu är det väl ingen större risk att vi ska behöva mötas i något paradis. Blir det något möte kommer det förmodligen att ske i helvetet och där skulle jag nog känna mig hemma.

Nej, nu tror jag fantasin skenar iväg med mig. Jag är ju ateist och min tro är ju bara att allt tystnar och försvinner. Fast man kan ju aldrig vara säker. Är det egentligen att vara ateist? Jag kanske är agnostiker i stället, vad den nu skulle spela för roll.

Nu är jag hungrig. Jag känner redan hur doften av förkokt unken potatis och sur blomkålsstuvning slår emot mig.

Så där ja. Lite bukfylla och en skvätt kaffe är aldrig fel. Om jag nu bara fick skita ordentligt så vore allt frid och fröjd. Magen har krånglat i flera dagar och medicinen jag fått av läkaren gör mig bara trött och hängig. Inte har den då haft någon inverkan på förstoppningen. Vad jag misstänker, är att läkaren som kommer hit ibland, är så jävla trött på oss gamlingar att han skriver ut vad som helst bara för att få tyst på oss. Förmodligen har han egna problem att bekymra sig över. Han kanske har en elak kärring, eller så har han ingen kärring alls och lider av att inte få komma till. Vad vet jag? Det syns i alla fall på honom att han inte är tillfreds med tillvaron.

Nu knackar det och jag vet vem det är.

"Hej Gunnar! Det är dags för din träning. Elisabeth är ledig i dag men har gett mig instruktioner. Förresten, Gunilla heter jag. Tror inte vi har träffats. Jag är ny här."

"Nej, dig har jag aldrig sett förut. Är inte du lite för ung för att kånka med gamlingar och torka lea kärringar i arslet?"

"Så ung är jag allt inte. Men jag tar det som en komplimang. Vad gäller att torka folk i ändan så är det nog lika mycket lea gubbar som kärringar som behöver den omvårdnaden."

"Jo, så är det väl. Tack och lov så slipper du det med mig. Än så länge kan jag klara sådant på egen hand. När jag inte kan det längre så ska jag göra slut på eländet.

"Så där ska du nog inte resonera. Vi blir alla gamla och kommer att behöva hjälp av olika slag. Det är naturens gång. I början och i slutet är vi alla hjälplösa. Jag ser att du skriver. Vad handlar det om?"

"Äh, det är bara lite tidsfördriv. Något måste man ha att sysselsätta sig med, annars blir man tokig."

"Är det en roman eller en dagbok?"

"Det är en berättelse om mitt liv. Inget märkvärdigt, det är mest elände."

"Men det var tråkigt. Har du haft ett dåligt liv?"

"Det beror på vad man har för perspektiv, vissa skulle nog tycka att det var det. Själv vet jag inte vad jag ska tycka. Jag kallar i alla fall berättelsen för "Även ett skitliv kan levas."

"Intressant, du tycker att du haft ett dåligt liv, men att det ändå var värt något. Det tyder på en positiv livssyn."

"Tack, men det epitetet skulle jag nog inte använda."

"Det måste väl ha funnits många lyckliga stunder också?"

"Nej, eller det beror på hur man värderar olika saker. Jag ska faktiskt börja skriva om en tid som jag nog kan betrakta som lycklig med mina mått mätt. Även om det slutade illa så var det bra så länge det varade."

"Det låter som om det handlar om en kvinna?"

"Det kan nog äga sin riktighet."

"Det vore intressant att få ta del av din berättelse, men du vet hur vi har det. Det finns ingen tid, så det är bäst att vi sätter igång med din träning. På med protesen så tar vi en promenad."

Pust! Det var jobbigare än det brukar. Den där Gunilla hade nog missuppfattat instruktionerna. Men skit samma, jag börjar vänja mig och träningen har ju faktiskt börjat ge resultat. Nu kan jag gå en bra bit innan det börjar värka i stumpen.

Tanken slog mig nu, att om vi kommer att möta någon vi känner då vi dött, och jag träffar Harald med sin avhuggna hand. Det skulle se ganska komiskt ut. Två vilsna själar som blivit av med varsin kroppsdel. Nej usch! Det vill jag inte tänka på. Den enda jag skulle vilja möta på andra sidan, är Ivar. Jag har saknat honom genom hela livet. Och så Olof så klart. Honom har jag också saknat fast han bara var en dryg katt som då och då sket inomhus.

Anna, ja vad ska man säga? Skulle jag vilja träffa henne igen? Kanske, för att få svar på varför det blev som det blev.

Jag har faktiskt inte tänkt så mycket på henne. Det är över trettio år sedan vi sågs, och vad det blev av henne, har jag ingen aning om.

Det är väl bäst att berätta vad som hände, så jag fortsätter där jag slutade. Men det får bli i morgon. Nu ska jag se nyheterna och sedan blir det bingen.

***

Ja, då sitter man här igen. Med pennjäveln som börjar kännas som en extra kroppsdel. Det är nästan som om den börjar växa in i fingrarna. Nu har de ju datorer och skriver med, men det är inget för mig. Sitta vid en maskin och försöka få ut det man tänker och känner. Det kan inte bli så bra. Nej, jag tror nog att allt måste komma ut den naturliga vägen liksom, det är då det blir äkta. Från hjärnan, ut i handen och ned på pappret. De flesta håller nog inte med mig, i alla fall inte de som är lite yngre, men vad bryr jag mig om det? Inte ett skit.

Vad var det nu jag slutade sist? Jo, det där med Anna, min granne. Usch ja, hade nästan tänkt hoppa över det. Men det hade en stor påverkan på mitt liv och behöver nog nämnas, även om jag utesluter en del detaljer.

Den där kalla vinternatten då hon klev in i mitt liv och bad om hjälp. Jag hade just inte mycket att välja på. Hade jag avvisat henne, kunde det gått riktigt illa, så det gjorde jag inte.

Det kändes lite konstigt att vakna upp den morgonen och inte vara ensam. Först visste jag inte om jag skulle ligga kvar tills hon vaknade, men det där ordnade Olof på ett snyggt sätt. Han hoppade upp och strök sig mot hennes ansikte, och vips så reste hon sig. Då gjorde jag detsamma.

"God morgon. Har du kunnat sova?"

Hon såg sig förvirrat omkring och gnuggade sömnen ur ögonen.

"God morgon. Jo tack, jag har sovit gott. Hur ser vädret ut?"

"Det har i alla fall sluta blåsa så förbannat. Fast det verkar fortfarande vara ganska kallt, det ser jag på fönsterrutorna. Det är frost på insidan och då är det illa. Det är tur att jag har toalett inomhus. Du kan gå först om du behöver."

När hon var på dass, passade jag på att klä mig. Det skulle inte kännas bra att visa sig i skrynkliga kalsonger för en helt främmande människa.

Anna tog god tid på sig och jag hann både koka kaffe och duka fram frukost. Hon fick komma till dukat bord och det verkade uppskattat.

Vi pratade länge och väl och bestämde att vi skulle ta oss till hennes stuga så fort vi blev klara. Bäst att få saker gjorda så länge det var ljust. Det gällde att få igång strömmen, då skulle allt bli så mycket lättare.

Det hade yrt in för ytterdörren så jag fick ta i ordentligt för att få upp den. Olof verkade inte överförtjust i att behöva gå ut, trots att det nog var välbehövligt. Jag fick kasta ut honom mot hans vilja, men han landade mjukt i snön. Efter två minuter skrek han och ville in igen.

Vi pälsade på oss ordentligt och jag plockade på mig de verktyg jag trodde skulle behövas. Jag har alltid varit ganska händig och var tämligen övertygat om att jag skulle kunna hjälpa henne.

Det var rysligt kallt, precis som jag befarat. Vi pulsade fram i den djupa snön och kom efter mycket möda fram till hennes stuga. Den såg utkyld ut. Rimfrosten låg tät på fasaden och fönsterrutorna var alldeles igenisade.

"Det var tur att du kom till mig i går. Här hade du nog inte mått så bra i natt."

Anna nickade medhållande. Hon hade inte sagt så mycket under promenaden och vad jag kunde se så var hon ganska medtagen. Hon hade nog inte så bra kondition.

Det första jag gjorde var att kolla proppskåpet som satt på en stolpe intill huset. Det var det vanligaste felet när strömmen gått. Det var inte alltid det syntes på propparna att de var trasiga. Anna sa att hon kollat, men jag bytte i alla fall ut alla proppar mot nya. Det blixtrade till lite och en lampa tändes i fönstret.

”Så där ja. Värre än så var det inte. Du har nog haft för många element på samma uttag.”

Nu såg hon lite gladare ut. Vi skyndade oss in och möttes av två jamande katter som såg ganska frusna ut. Anna lyfte upp dem en i taget och borrade in näsan i deras päls. De var tjocka och fina och verkade inte ha tagit någon större skada av den kalla natten.

Jag såg mig om och blev lite förvånad över att det var så prydligt och välstädat. Intrycket jag fått av Anna, var att hon var lite av en slabbaheja, men där hade jag fel. Allt var perfekt ordnat och det luktade rent och fräscht.

Vi såg till att värmen kom i gång och att element och fläktar hon ställt fram, inte kopplades på samma uttag. Jag försökte förklara hur hon skulle göra för att inte proppen skulle gå något mer, och hon verkade fatta.

”Då ska vi se om vi kan få fart på vattnet. Var har du pumpen?”

Hon pekade på en lucka i golvet i hallen.

Det var lättare sagt än gjort att få ordning på vattnet. Rören hade fryst på flera ställen och det var inte förrän fram på eftermiddagen som det kom i gång.

Anna hade förberett lite och när vattnet började rinna, skyndade hon sig att laga mat och sätta på kaffe.

"Du, det vore nog bra om vi fick igång vedspisen också. Hade du haft den så skulle du sluppit få så nedkylt och vattnet skulle nog inte tjälat."

"Ja, det begriper jag väl, men jag vet inte vad det kan vara. Så fort jag försöker tända så ryker det in."

"Det är nog stopp i skorstenen. Har inte sotaren varit här?"

Anna ruskade på huvudet.

"Nej, inte vad jag kan minnas. Han var här när jag flyttade in men sedan har jag inte sett till honom."

I mitt stilla sinne tänkte jag att han kanske blivit bemött på samma sätt som jag, när jag försökte hälsa, och då förstår jag att han inte ville komma tillbaka.

"Vi kan ta en titt någon dag. Nu börjar det mörkna och det är väl inte så lämpligt att klättra på hustak."

"Nej, det ska du inte utsätta dig för. Nu har du hjälpt mig tillräckligt. Nu ska vi äta och dricka kaffe."

Anna hade stekt köttbullar och vispat till pulvermos. Mjölken var tjock av isklumpar, men det gjorde inget. Det började bli varmt i stugan och det var nästan så att man fick ta av sig tröjan.

Vi åt och fikade och hade pratade om allt möjligt. Det kändes riktigt bra och snart var det sent och mörkt ute.

"Nej, nu börjar det nog bli dags för mig att bege mig hem. Skulle tro att Olof inte är nådig när han behövt vara ensam så länge. Han har säkert skitit på golvet också. Inte för att han behövde, utan som en ren protest."

Anna skrattade.

"Du får väl skaffa kattlucka som jag. Då kan han gå ut och in som han vill. Det skulle han nog uppskatta."

"Jag ska tänka på saken. Det kanske inte vore en så dum idé."

Jag begav mig hem i mörkret. Anna hade en ficklampa som jag fick låna och det gjorde det hela lite lättare. Precis som jag befarat, luktade det kattskit när jag öppnade dörren. Olof stod och stirrade på mig med en ilsken blick. Han verkade tänka: "Här har du din jävel som låtit mig vara ensam hela dagen. Rätt åt dig."

***

”Hej Gunnar. Sitter du i mörkret och skriver? Det är väl inte så bra för dina ögon?”

”A fan, det tänkte jag inte på. Jag var så inne i berättelsen. Så du är tillbaka nu? Har du varit sjuk?”

”Nejdå, jag var ledig bara. Var med barnbarnen till Skansen. Man får passa på att ta vara på de små stunder som dyker upp. Hur gick det med Gunilla då? Tog hon hand om dig så du fick träna ordentligt?”

”Jovars, det gjorde hon allt. Jag vet inte vad du sagt till henne, men det blev bra mycket hårdare än jag är van vid.”

”Ja, det där är ju så olika hur man uppfattar instruktioner, men visst var hon trevlig?”

”Tja, det var hon kanske. Vi hann inte umgås så mycket.”

”Nog pratat, nu ska vi i alla fall ta ett litet pass. Visst börjar du väl märka av en förbättring? Du har i alla fall inte klagat så mycket på sista tiden.”

”Nog för att det är obehagligt att ta på protesen, men ska jag vara ärlig så har det nog blivit lite bättre. Det bär mig emot att säga det, men så är det.”

”Ja du Gunnar, det där satt nog långt inne, men kul att höra. Du ska se att om någon månad så känns det ännu bättre.”

”Ja, fast jag kanske inte lever så länge? Ibland kan det faktiskt kännas lite meningslöst.”

”Så ska du inte tänka. Du kanske lever tills du blir över hundra? Det är inte helt ovanligt. Då har du många år kvar. Nu tar vi några varv.”

”Så där ja, nu kan det räcka. Hur känns det?”

”För jävligt, men jag klagar inte.”

”Nä, precis. Vill du sova nu eller ska du gå in i samlingssalen och titta på tv? Det är visst en gammal svensk långfilm med Thor Modén. Det kanske du skulle tycka var roligt? ”

”Tror inte det. Den där jäveln har jag träffat en gång. Han bodde i Kungsör när jag var liten. En dryg fan som trodde han var guds gåva till mänskligheten. Han var för det mesta full och otrevlig. Det var allmänt känt.”

”Så du har umgåtts med celebriteter? Det var intressant. Har du träffat fler kändisar?”

”Ja, på sjuttiotalet när jag var stadd vid kassa, då var det inte ovanligt att man stötte ihop med en och annan. Det var ju rätt mycket kroghäng då.”

”Jag kan tänka mig det. Du kanske kan berätta lite mer när jag har mera tid. Nu ska jag gå till den sista i korridoren.

Du vet, Hildegard, den norska tanten som flyttade in för en vecka sedan."

"Usch ja, den galna. Skriker och slåss så man nästan blir rädd. Vore det inte bäst om hon bara fick en spruta så hon somnade in? Vad har hon för glädje av det här livet?"

"Ja du Gunnar, vad ska man tro? Vem vet vad som rör sig i huvudet när man kommit till det stadiet? Det kanske är lika bra att vi inte vet. Hej på dig så länge så ses vi i morgon. Om du tänker fortsätta skriva, så låt lampan vara tänd. Det är inte bra att anstränga ögonen för mycket."

***

Nu står jag i valet och kvalet om jag ska lägga mig eller skriva några rader till. Thor Modén har jag ingen lust att återuppleva. Han verkade så rolig och behaglig på film, men i verkligheten var han en jävla typ. Han stod ofta på torget och skröt och skrävlade om sin egen förträfflighet, full som en alika. När han gick och handlade så betalade han sällan. Han menade på att Kungsörsborna skulle vara tacksamma att de hade en sådan berömd person i bygden, och det var sällan någon vågade opponera sig. Nu ska väl inte jag klaga på just det, för det hade ju inte jag något ont av. Men varför jag ogillar honom, var att vi

personligen stötte ihop en dag. Jag visste mycket väl vem han
var så jag gick försiktigt fram då han satt och läste på en
parksoffa, och frågade om jag kunde få en autograf. Han tittade
på mig med avsmak och spottade en snorlobba som hamnade
på min sko. Det där har etsat sig fast i minnet och från den
dagen har jag tyckt illa om honom. Innerst inne kanske han
var en snäll person och bara var oregerlig då han var full, vem
vet? Men det förde i alla fall det goda med sig att jag aldrig lät
någon ostraffat spotta på mig mer. Visserligen gjorde mina
fosterföräldrar och skolkamrater det fortsättningsvis, inte
bokstavligt men ni förstår vad jag menar. Men ingen gjorde det
utan att det fick konsekvenser.

Nej, jag tar nog och skriver några rader till. Jag är inte särskilt
trött och nu tycker jag att det verkar flyta på bra.

***

Anna var innerligt tacksam för att jag hade hjälpt henne med
strömmen och vattnet. Tacksamheten blev inte mindre då jag
lyckades rensa hennes skorsten så att det gick att elda i
spisen. Hon började bli så himla sällskapssjuk och propsade
på att bjuda på mat och kaffe mest varje dag. Det kändes lite
konstigt till en början, men snart blev jag van. Jag hade väl
aldrig trott att jag skulle kunna få några känslor för en kvinna,

men sakta kom de krypande. Det var något annat än känslorna jag hade haft för Ivar och de jag hyste för katten. Jag minns i småskolan när vikarien Ulla strök mig på kinden och log, det var något liknande nu. Jag vet inte om Anna kände likadant just då, och det lär jag aldrig få veta. Senare fick jag i alla fall uppfattningen av att hon hyste varma känslor för mig, men där kan jag ha fel. Med tanke på vad som hände senare, så kan man ju undra.

Det blev i alla fall så att vi blev ihop. Jag vet inte precis när det hände. Möjligen när vi knullade första gången, men Anna sa att det hände när jag fixat skorstenen.

Det kändes ganska bra, åtminstone fram till sommaren då det började smyga in lite irritationsmoment. Vi var båda överens om att vi skulle bo på varsitt håll och bara träffas för att ha trevligt tillsammans. Anna var visserligen rejäl och klarade mycket, men hon började mer och mer tillkalla min hjälp för alla möjliga saker hon gott kunde fixa själv. Självklart hjälpte jag henne, men jag hade nog förväntat mig lite mer i gengäld. Kanske lite tvätt och strykning och sådant som jag hade svårt för. Jag påtalade det vid ett tillfälle jag tyckte var lämpligt, men det var det visst inte. Det lät ungefär så här vad jag minns:

”Du Anna, skulle du kunna komma hem till mig och hjälpa mig lite med tvätten. Du vet ju hur ohändig jag är med sådant.”

Hon blängde ilsket på mig.

"Nej, vet du vad. Vi har ju kommit överens om att vårt förhållande inte ska bygga på en massa måsten och krav. Vi ses för att ha kul och inte för en massa tråkigt arbete. Det där kan du nog fixa själv. Till slut så lär du dig."

"Jo, det kan så vara, men jag hjälper ju dig med en massa saker som du skulle klara själv och då är det väl inte mer än rätt om du hjälper mig också?"

"Jag hjälper väl dig. Du får både mat och kaffe och knulla får du göra så mycket du vill. Vad mer kan du begära?"

"Det är inte så att jag är otacksam, men det här med knullandet trodde jag inte var någon tjänst utan något vi båda hade glädje av. Så verkade det i alla fall förut."

"Inte är det till någon glädje för mig i alla fall. Det gör jag bara för din skull."

I det ögonblicket tappade jag helt lusten för någon fortsatt aktivitet i sänghalmen. Det hade varit skönt och trivsamt, men någon himlastormande upplevelse hade det inte varit. Då var det annat på sjuttiotalet när man kunde ha flera stycken knarkhöga snyggingar klängande på sig i alla möjliga positioner. Visserligen helt utan känslor, men med ett himla engagemang.

Jag hade aldrig berättat för Anna om mina tidigare sexuella erfarenheter varken från barndomen eller senare och hon hade aldrig berättat om sina. Hon kanske hade haft upplevelser som varit nog så obehagliga som mina. Det var väl det jag intalade mig när jag försökte analysera vad hon sagt.

Det blev i alla fall så att vi fortsatte umgås som tidigare men då utan knulleriet, men någon hjälp med tvätten fick jag aldrig. Fast jag fick ju mycket mat och kaffebröd. Baka kunde hon i alla fall.

Anna tycktes nöjd med hur vi hade det. Ska jag vara ärlig så kändes det inte så illa för mig heller. Grubblerier har aldrig legat mig för. Fast det där är ju inte riktigt sant om jag tänker efter. Det här med mina adoptivföräldrar har jag grubblat mycket över och gör det än i dag. Det vill inte släppa. Då och då ploppar det upp nya minnen och tankar om vad de utsatte mig för. Det gör mig inte ledsen längre utan mer förbannad. Jag ska berätta om några saker till, lite senare. Men nu är jag trött. God natt.

***

Å fy fan! I dag mår jag inte bra. Undrar om det var något fel på kvällsmaten? Jag var tvungen att gå upp och skita tre gånger i natt och det trycker fortfarande på. Det är väl bara att masa sig upp och få det gjort. Jag ska ta och ringa på hjälp så att jag kan få något som stoppar upp lite. Så här vill man ju inte ha det. Det får mig att tänka på när Harald och Ingeborg fick rännskita en gång. Jag hade nog inte fyllt tio ännu och jag förstod nog inte riktigt vad jag hade ställt till med. I skolan var det en av grabbarna som hade med sig en chokladkaka som han gav till mig. Jag minns att jag blev väldigt förvånad. Det hade väl aldrig hänt förut att någon ville ge mig något. Hade jag då vetat att det var laxermedel skulle jag naturligtvis handlat annorlunda, men hur skulle jag kunnat veta det? Jag skulle ju ha kunnat läsa på etiketten, men det var inget jag tänkte på. I alla fall så slog mig tanken att jag kanske skulle blidka mina föräldrar lite. Jag hade fått mycket stryk på sista tiden och kanske kunde det lätta upp om de fick smaka lite snask? Det var ju inte precis vanligt förekommande med något gott i vårt hem. Jag bestämde mig för att lämna förpackningen oöppnad och även fast jag var sugen så kunde jag hålla mig.

Det var riktigt roligt att se hur de båda sken upp när jag överlämnade chokladen och de glufsade snabbt i sig alltsammans. Det blev inget över till mig och det kan man ju vara tacksam över så här i efterhand. Det dröjde inte länge innan de började jämra sig och snart luktade det skit så det blev näst intill outhärdligt. Harald läste på etiketten och när han fick klart för sig vad det var de ätit, tog det hus i helvete. Jag fick så mycket stryk att jag nästan tuppade av, och som grädde på moset fick jag torka upp allt det som inte hamnat där det skulle.

Det var en hemsk upplevelse och jag förstod först långt efteråt varför jag blev bestraffad för något som var menat som en vänlig handling. När jag nu tänker tillbaka kan jag finna viss tillfredsställelse över hur de måste ha känt sig. Jag förstår att den händelsen gjorde att jag nu är så orolig, ja rentav skräckslagen över att hamna i en situation då jag inte själv kan ta hand om min skit. Det får bara inte ske.

"Hej Gunnar, du ringde."

"Ja, jag behöver något för magen som stoppar upp. Det började i natt och att springa på toaletten stup i kvarten med den här jävla protesen är inget som jag har lust med. Kan du komma med något?"

"Jag ska se vad jag kan ordna. Några koltabletter ska nog göra susen. Åt du något olämpligt i går?"

"Ja, inte fan vet jag. Jag äter ju bara det jag får här. Det kanske är kockjäveln som varit slarvig med hygienen?"

"Det tror jag nog inte. Då skulle fler ha blivit sjuka och det har jag inte hört något om. Ta det lugnt nu så kommer jag strax tillbaka med medicin."

Det var då för väl. Det hjälpte faktiskt. Men jag tror att jag tar det lite lugnt med ätandet i dag. Det får räcka med några smörgåsar och lite mjölk. Jag tror faktiskt att jag ska ta ordentligt med tid för skrivandet. Jag känner mig lite inspirerad i dag. Det ska nog handla om det tråkiga som hände med Anna. Först hade jag inte tänkt ta upp det överhuvudtaget, men det är ju en viktig händelse i mitt liv så det måste väl fram om det ska bli något sammanhang i berättelsen.

***

Som jag tidigare nämnt så umgicks vi en hel del, men utan det intima. Vi var nog mest som två kompisar. Vid något tillfälle visade Anna att hon kanske skulle kunna tänka sig att rumla om lite i sänghalmen igen, men med tanke på vad hon tidigare sagt, var det inget som jag hade någon lust med. Inte för att jag tänkte så mycket på det, men det är klart att det inte kändes bra att få höra att det inte fanns något nöje från hennes sida.

Det här tråkiga som hände, var nog på hösten 1986 om jag inte missminner mig. Jag hade varit ute och plockat trattkantareller och hittat så mycket att jag ville dela med mig. Efter att ha rensat svampen begav jag mig till Anna för att överraska henne. När jag började närma mig hennes hus, såg jag att hon

hade besök. Det stod en bil på gårdsplanen. En gammal Duett
tror jag det var. Först tänkte jag vända, men om de redan sett
mig skulle det vara lite förargligt, så jag beslöt mig för att gå in.
Jag knackade några gånger men då hon inte kom och öppnade,
gick jag in. Det stod ett par rejäla kängor i hallen så jag förstod
att det var en stor karl som var där. Kanske en försäljare eller
någon släkting tänkte jag och gick in i köket. Där var det tomt
men det hördes ljud från sängkammaren. Hade jag tänkt till
lite så hade jag nog förstått vad det var som pågick och gått
därifrån. Men dum som jag var, öppnade jag sovrumsdörren.
Där stod Anna spritt språngande naken på alla fyra i sängen.
Bakom henne stod en lika naken karl, frustande och alldeles
röd i ansiktet. Han var säkert två meter lång och alldeles luden
över ryggen. Båda fick syn på mig samtidigt och stannade tvärt
upp med det de höll på med.

”Vem fan är du?” Grymtade karln och stirrade på mig med en
blick som kunnat döda. Jag var ganska överraskad och stod
mållös för ett kort ögonblick.

”Jag heter Gunnar och är bekant med Anna. Ursäkta att jag
kom så oläligt, men jag hade ingen tanke på vad som
försiggick. Jag ska gå nu.”

Den ludne drog hastigt på sig sina kalsonger och gick fram till
mig.

"Hörru din jävla idiot! Går du bara in till folk hur som helst? Far åt helvete eller vill du jag ska vrida nacken av dig först?"

Han gav mig en kraftig knuff i magen. Det var jag inte beredd på, så jag for in i köket och ner på golvet som en trasa. Han blängde på mig en lång stund och när jag försökte resa på mig, gav han mig en känga i ansiktet så jag ramlade igen. Nu började jag bli riktigt förbannad. Inte så mycket för det han och Anna gjorde, utan mer över hans uppträdande. Jag reste mig hastigt och när han kom emot mig på nytt och måttade ett slag, var jag beredd.

Det hela var över på några sekunder. Han låg blödande på golvet och kved som en rädd unge. Han verkade inte fatta vad som hade hänt och stirrade på mig som om jag vore ett spöke.

Anna kom utspringande i en halvknäppt morgonrock och var alldeles hysterisk.

"Gunnar! Vad har du gjort? Har du slagit ihjäl honom?"

"Nej, det är ingen fara. Han klarar sig nog."

Anna verkade inte bli lugnare av det.

"Vi måste ringa efter en ambulans. Ser du inte vad han blöder?"

"Det räcker nog om du plåstrar om honom lite så ska du se att ni snart kan fortsätta med det ni höll på med. Nu ska jag gå hem och det lär nog dröja innan vi ska ses igen."

Jag tog med mig svampen och skyndade mig ut. På hemvägen kom tankarna som jag inte riktigt kunde hantera. Nog för att vi inte hade det där intima ihop längre, men vi var ju fortfarande ett par och nog hade hon väl kunnat göra slut innan hon hoppade i säng med någon annan. Det verkade inte som om hon hade haft så stort behov av det sexuella och på den punkten var vi ganska samspelta, men nu kändes det nästan som om det bara var med mig som det behovet var litet. Det var en sorglig känsla och ännu värre blev det när jag sedan blev anmäld för misshandel och Anna vittnade mot mig. Det var ett svek som jag aldrig kunnat glömma.

Jag fick bara villkorligt, men jag förlät henne aldrig, trots att hon bönade och bad.

Nyårsafton 1986 var den sista gången vi sågs. Hon kom förbi och berättade att hon skulle flytta. Jag blev inte särskilt ledsen över det, men lite arg blev jag när hon berättade att hon skulle flytta ihop med den ludne.

Nu kan man ju tycka att den där episoden i mitt liv inte var så dramatisk som jag kanske gett sken av. Ja, det är nog sant. Det är säkert många som råkat ut för svek av olika slag. Men för mig var det en händelse som inte riktigt velat släppa taget.

Precis som tråkiga minnen från min barndom som inte vill ge med sig trots att det var så länge sedan. Jag vet inte vad det beror på, men jag gissar att det har att göra med att Anna vittnade mot mig i rätten. Det var ett svek jag har svårt att acceptera. Känslor och funderingar är ju en sak, men när konsekvenserna blir konkreta och övergår i handling, blir det något annat. Och det var precis vad som hände.

Nu var det inte så att jag ständigt gick omkring och deppade över det som hänt. Det kom dagar då vi hade det ganska bra, jag och Olof. Jag läste mycket och Olof som började bli lite till åren, låg mest och sov i mitt knä.

Det gick någon månad med vardaglig lunk. Jag hade lite skogsarbete åt en bonde nere i byn. Inte särskilt mycket men så pass att jag kunde äta ordentligt och köpa det nödvändigaste. Tankarna på Anna kom lite då och då, men det var inget som jag led särskilt mycket av vid det tillfället.

Det var 1987, det kommer jag särskilt ihåg då det varit den kallaste januari i mannaminne. Jag fick elda så spisen var rödglödgad och ändå var det kallt inne. Jag klarade mig bra men Olof tyckte inte om det. Han vägrade att skita ute och när jag tvingade honom, blev han obstinat och till och med klöste mig vid ett tillfälle. Jag fick krypa till korset och ta in en låda med sand som han fick göra sina behov i de kallaste dagarna.

Men allt har sin ände och det blev vår den här gången också. Jag kände mig ganska väl till mods och såg fram mot sommaren.

Det kan tyckas märkligt, men det var just en sådan dag då jag kände mig på topp, som allt skulle förändras till det sämre.

Det hade varit en skön vårdag och alldeles lagom varmt. Jag hade påtat och rensat lite i vad som skulle bli ett jordgubbsland, då en bil kom körande väldigt sakta. Jag undrade vem det kunde vara. Det var inte vanligt med biltrafik på min väg då den slutade strax efter mitt ställe. Ibland var det någon som hade kört fel och då och då kom någon nybliven pensionär som var ute för att undersöka vägar som alltid funnits där men som aldrig blivit utforskade. Bilen stannade nedanför min uppfart och två bastanta karlar klev ut. Jag kände genast igen en av dem. Det var den ludne som Anna flyttat ihop med.

Jag kände genast på mig att det här inte skulle sluta på ett bra sätt. Det syntes på deras kroppsspråk och ansiktsuttryck att de inte var ute på någon artighetsvisit. Jag lutade mig mot spaden och inväntade deras ankomst. När de kom närmare kunde jag se att mannen som den ludne var i sällskap med var öststatare, förmodligen jugoslav. Jag hade många gånger varit i lag med sådana människor under min tid som kriminell och det var inte svårt att gissa vad som var i görningen.

De stannade några meter ifrån mig.

"Hej du, din jävla luffare" sa den ludne och blängde ilsket på mig.

"Jo, hej på dig själv" sa jag och spelade oberörd. De stod och stirrade ett bra tag. Jag förstod att de kollade läget för att se om jag verkade nervös eller kanske var beväpnad.

"Jaha, här står du och gräver i backen ser jag. Ska det bli potatisland?" Sa den ludne.

"Nej, snarare jordgubbar. Med lite tur kanske de blir klara till midsommar. Om ni kommer då i stället kanske ni kan få smaka. Just nu har jag inte mycket att bjuda på förutom kaffe och torra bullar. Men det är väl inte för att fika ni kommit förmodar jag?"

Vid det här laget, hade jag analyserat situationen och var beredd på vad som skulle komma. Det var inte första gången jag stått inför ett hot, även om det nu var länge sedan. Men takterna satt fortfarande i.

Den ludne kastade en snabb blick på juggen och sedan på mig.

"Du kanske kommer ihåg vad som hände nere hos Anna?"

"Jo, det mins jag allt. Självförsvar är vad jag kallar det, men du kanske inte ser det på samma sätt?"

"Jag fick men av det. Du skadade mig ganska illa och det vill
jag ha ersättning för."

"Du fick ju skadestånd i rätten."

"Den skitsumman räckte inte långt. Jag vill ha tiotusen till och
det ska du ge mig nu."

"Det blir nog svårt för så mycket pengar har jag inte. Du kan få
en rökt fårskånka som ligger i frysen, det är allt jag kan
erbjuda."

Jag förstod så klart att det inte skulle leda någon vart, men det
gav mig lite mer tid att tänka.

***

"Gunnar! Du ska väl inte missa kvällsmaten. Det blir ostkaka
som du tycker så mycket om."

"Javisst i helvete, det höll jag på att glömma bort. Jag var så
inne i skrivandet."

"Ja, jag förstår det. Men du måste passa tiderna. Vi kan inte
springa extra med mat bara till dig. Du vet väl hur stressigt vi
har det."

”Jo tack Elisabeth, det vet jag nog, men det flöt på så bra nu så jag glömde bort tiden.”

”Ingen fara, det finns ostkaka kvar. Hur långt har du kommit i din berättelse?”

”Det är 1987 och jag blir femtiofyra. Ett dramatiskt år då jag gör min sista resa som inlåst.”

”Satt du inne så sent i livet? Jag trodde du skötte dig efter det du fyllt femtio?”

”Det gjorde jag också, men det inträffade något jag inte räknat med. Jag ska börja skriva om det i morgon.”

”Det ska bli spännande att få läsa om. Kom nu så går vi till matsalen.”

Ostkaka är gott, med vispgrädde och jordgubbssylt. Synd bara att jag råkade hamna mitt emot dregelkärringen. Det förtar lite av smakupplevelsen att se när hon pular in lass efter lass och inte tuggar ordentligt. Det är klart, hon har ju inga tänder men det gör ju inte saken bättre. Så jävla senil är hon inte, det vet jag för hon brukar kunna föra ganska vettiga samtal, men äta som folk kan hon inte. Usch! Oavsiktligt kommer tankar på Ingeborg och hennes matvanor upp. Hon åt också dåligt.

Ja, inte att hon åt lite, utan det var bordsskicket jag syftade på. Tänk er en jättefet kärring som stoppar munnen full av dallrande fläsk med svålen kvar. Tuggar och smaskar med öppen mun så fettet rinner ner längs hakan och till skäggvårtan på hakspetsen, för att slutligen droppa ner på hennes skitiga rosa särk hon ständigt gick klädd i.

Att hon skulle dö av en fläskbit i halsen var nog Guds försyn. Han tyckte nog inte heller om hennes bordsskick. Nej fy fan, nu tappar jag aptiten. Men lite kaffe slinker alltid ner. Ska nog titta en stund på tv innan jag lägger mig. Det kommer en dokumentär om svenskar i utländska fängelser. Ska bli intressant att se om jag kommer att få ångest eller om det väcker ljuva minnen till liv.

***

Det var en skön natt med god sömn. Jag drömde att jag var på älgjakt och blev överfallen av en stor älgtjur som kunde prata. Var kommer sådant ifrån? Jag har aldrig jagat. Älgen stångade mig blodig samtidigt som han pratade skånska. Jag kommer inte ihåg vad han sa, men underligt var det.

Nu ska jag äta lite havregrynsgröt och dricka en kopp kaffe innan jag fortsätter mitt skrivande.

Det gläder mig att Elisabeth och jag har kommit varandra närmre. Hon verkar uppriktigt intresserad av min berättelse och det ska bli roligt att höra hennes åsikt när allt är klart. Om hon nu kommer att läsa? Hon säger att hon ska det. Kanske gör hon sig till bara för att jag inte ska vara så tjurig, men jag tror faktiskt inte det. Jag börjar tycka allt bättre om henne och skäms en hel del över mitt uppträdande tidigare. Tänk att jag trodde att hon var flata. Men hon ser lite ut som en sådan. Korthårig och lite grov i kroppen.

Dokumentären på tv var ganska intressant, även om jag inte kände igen särskilt mycket. Det handlade mest om Europa. Jag satt inne i Bolivia och det var något helt annat. Jag ska väl inte gå händelserna i förväg utan fortsätter där jag slutade. Men först frukost.

Sådär ja. Den ludne och hans juggekompis. Det blev startskottet på ett äventyr i både himmel och helvete. Så här i efterhand kan man tycka att det kanske skulle vara bäst om det vore ogjort, men hur hade resten av mitt liv sett ut då? Förmodligen hade jag bott kvar i min stuga med nya katter och levt i ensamhet tills jag dött? Vem vet, men det som hände fick mig i alla fall att få känna mig levande igen på gamla dagar.

Ska jag vara riktigt ärlig så ångrar jag faktiskt inte det som
skedde.

Nåja, för att komma till saken. Jag hade tidigt förstått att det
skulle bli handgemäng och var beredd. Någon rädsla kände jag
inte och vad jag kunde se på den ludne och juggen, fanns
ingen rädsla eller nervositet där heller. Det gjorde det hela mer
komplicerat. Om det är något att ta fasta på när man blir
attackerad så är det rädsla hos motståndaren. Minsta lilla
tecken på nervositet gör att man får ett övertag, under
förutsättning att man själv fullständigt raderat de känslorna.

Den ludna nickade åt juggen som gick emot mig samtidigt som
han drog fram en kniv. Jag lutade mig mot spaden och
väntade. När han kommit tillräckligt nära ställde jag mig rakt
med ena handen stadigt i spadhandtaget. Utfallet kom lite
kvickare än jag räknat med. Jag var inte lika snabb som i
ungdomen så oturligt nog fick jag ett jack i axeln. Men juggen
kom ur balans och jag kunde svinga spaden så pass att den
träffade handen där han höll kniven. Nu var han obeväpnad
och jag kunde med lätthet få in ett kraftigt slag i skallen på
honom så han segnade ner. Samtidigt grep den ludne in och
rusade emot mig. Han var tydligen inte så erfaren och litade
mer till sin storlek, vilket gjorde att jag kunde fälla honom till
marken utan allt för stor ansträngning. Nu var de båda
oskadliggjorda men jag blödde kraftigt från knivjacket. För att
inte riskera fortsatt handgemäng, drog jag av mig bältet och

knöt fast deras händer i varandra innan de kvicknat till. Hade det varit tidigare i livet skulle jag kanske övervägt att slå ihjäl dem och gräva ner dem, men nu var jag mer mänsklig i mina överväganden. Jag gick in, ringde polisen och berättade exakt vad som hänt.

Efter att ha lagt förband på mitt sår, gick jag ut och bevakade mina fångar. De hade kvicknat till och skrek och gapade okvädningsord hela tiden. Polisen kom efter en halvtimme.

De var båda kända av polisen, men det var jag också och det hela slutade i rättegång där utfallet blev till min nackdel.

Jag hade min villkorliga dom hängande över mig och den förverkades. Jag förstod tidigt att det inte skulle tjäna mycket till att överklaga. De båda hade en samstämmig och rimlig historia som gick ut på att de bara skulle besöka mig för ett lugnt samtal och att jag då blev aggressiv och attackerade dem. Det skulle bli ytterligare ett och ett halvt år bakom lås och bom.

Jag slapp i alla fall sitta häktad och det skulle dröja några månader tills jag skulle inställa mig på Hällbyanstalten utanför Eskilstuna.

Hade det varit tidigare i livet, skulle jag inte brytt mig, men den här gången kändes det inte särskilt lockande att krypa in igen.

Jag hade det bra som det var, en katt att ta hand om och ett jordgubbsland som skulle anläggas. Jag gick länge och tänkte på det och ju längre tiden gick, desto starkare blev önskan att slippa.

Vändpunkten som fick mig att fatta beslut, kom när Olof blev tagen. Jag misstänker att det var en lokatt för den hade jag sett vid ett flertal tillfällen. Olof var gammal och hade börjat se dåligt, så det var kanske inte så konstigt att han till slut blev en del av den grymma näringskedja som är högst naturlig.

Det var ett dråpslag och jag var ledsen under en lång tid. Men det förde det goda med sig att jag i alla fall slapp avliva honom. Det hade jag länge bävat för då han började bli gammal och skröplig. Katter drar sig undan när de känner att livet börjar närma sig slutet och tanken på att Olof skulle ligga ensam och dö under någon lada, gjorde mig förtvivlad.

Nu var det ur värden och då var det lätt att bestämma sig.

Nej, jag tänkte inte krypa in igen. Visserligen var det kort tid och jag skulle säkert vara ute efter ett år, men tiderna förändras och jag också. Jag hade fått nya perspektiv på tillvaron.

Mitt beslut var att jag skulle dra utomlands. Det längsta jag varit tidigare var en snabbvisit i Polen och någon vecka i Danmark. Den här gången skulle det bli längre bort. Mina tankar gick till Sydamerika och till Bolivia. Jag hade läst om att det skulle vara billigt att leva där och ett behagligt klimat. Risken fanns förstås att jag inte skulle få ut ett pass, men med lite tur skulle det nog gå. Samordningen mellan olika myndigheter var inte precis i världsklass vid den här tiden.

Bonden som jag ibland jobbade åt, hade någon gång nämnt att han kunde vara intresserad av mitt ställe om jag tänkte sälja, och nu var det dags. Det blev en snabb affär. Han fick det billigt, men jag fick i alla fall tillbaka det jag gett och lite till. Om det var sant det jag läst om Bolivia, skulle det räcka till många års vistelse. Och vem vet? Kanske skulle jag kunna hitta någon försörjning där nere också?

Passet blev det inga problem med och flygbiljetten var inte alls så dyr som jag räknat med.

Tidigt i juni 1987 satt jag på planet med lätt bagage och pengar på fickan. Jag hade fått besked att jag skulle infinna mig på Hällbyanstalten den tredje augusti. Då kunde de stå där med lång näsa och undra vart jag tagit vägen. Det skulle de snart få reda på, men knappast göra sig det besväret att försöka få hem mig. Nu var jag fri och ett nytt äventyr låg framför mig.

***

I dag blir det underhållning igen. Kyrkokören ska uppträda efter kvällsmaten. Skrivandet får nog vänta tills i morgon. Jag måste samla kraft för att orka utstå detta oerhörda lidande det innebär att sitta i timtal och lyssna på oljudet. Kyrkokören har varit här förut och består av ett tiotal äldre damer som totalt tappat kontrollen över sina sångröster. De kanske sjöng vackert när de var yngre, men nu låter det mer som en skock berusade säckpipeblåsare med ostämda instrument. Det är ju tragiskt. Hör de inte själva hur illa det låter? Förmodligen inte, för då skulle de väl inte hålla på. Om det ändå vore några trevliga låtar, lite modernare kanske? Nej, religiöst ska det vara. Gud hit och Jesus dit. Jag tror att det även gör ont i öronen på Gudfader själv om han nu finns och råkar höra. Förmodligen sätter han på sig hörselskydd och undrar i sitt stilla sinne hur han kunnat göra misstaget att möjliggöra detta. Inte går det att slippa heller. Då missar man kaffet och de färska wienerbröden som serveras efteråt.

"Hej Gunnar, så bra att du är vaken. Vi ska tidigarelägga din träning i dag. Du vet väl att det blir underhållning i kväll."

"Jo tack Gunilla, det är jag väl medveten om. Är Elisabeth ledig i dag?"

"Nej, men hon har lite annat att göra så vi arbetsroterar i dag."

”Jaha, jag trodde du bara blev inkallad när hon var sjuk. Är inte du vikarie?”

”Jo, men nu är det andra som är sjuka vet du. Jag vickar inte bara för Elisabeth.”

”Nej, det är klart. Ska du inte försöka få fast tjänst här?”

”Kanske senare, som det ser ut nu så passar det här mig alldeles utmärkt. Nu tar vi tag i träningen. Elisabeth säger att det börjar gå bättre. Känns det så?”

”Lite bättre är det. Det gör inte lika ont längre. Det är nästan som om protesen börjat anpassa sig till stumpen.”

”Då är det som det ska. Res dig nu så sätter vi igång. Den här gången ska vi gå upp för trappan och ner igen.”

Den var jobbigt. Jag var tvungen att stanna på halva vägen och vila. Men upp kom jag till slut, och ner igen. Gunilla stöttade mig och det kändes tryggt. Det skulle inte förvåna mig om jag skulle kunna gå själv i trappen om ett par månader. Om jag lever så länge förstås? Nu gäller det först att överleva kvällen.

Pust! Då var det över. Jag överlevde. Det var tur att jag stoppade bomullstussar i öronen annars hade jag nog blivit tokig. Men det skar igenom ibland. Ljudet av falska och gälla toner från skrumpna kärringstrupar. Inte för att jag själv kan sjunga, men jag har vett att hålla tyst. Kaffet och wienerbröden var det i alla fall inget fel på. Det smakade gott som vanligt. Nu ska jag försöka sova och i morgon ska jag skriva om min utlandsvistelse.

***

Då ska vi se, Bolivia ja. Det blev mellanlandning i London där vi fick vänta ganska länge innan vi kunde resa vidare. Sista biten sov jag mest hela tiden.

Så var vi då äntligen framme. Det blev lite av en chock när jag klev ut och kände den tropiska hettan slå emot mig. Det var ovant och inte helt behagligt om jag ska vara ärlig. Men jag vande mig snart och det började kännas riktigt skönt när jag väl tagit av mig min ylletröja.

Resebyrån hade skött sig bra och hotellrummet var helt till belåtenhet. I fyra veckor skulle det vara mitt hem och sedan skulle jag vara tvungen att hitta något annat boende. Undrar om polisen skulle vänta på Arlanda? Det skulle vara kul att se deras miner när de upptäckte att jag inte var med.

Tiden går fort när man har roligt. Det var ett himla hålligång mest varje kväll och jag kände nästan hur alkoholen höll på att koppla ett allt för hårt grepp om mig. Jag bestämde mig för att ta det lite lugnare med spriten. Det var ju ett vackert land med vänliga människor som nog förtjänade mer än att bara upplevas genom alkoholrus.

Det gick lätt och jag kunde bemästra suget utan allt för stor ansträngning. Det blev en ny upplevelse. Jag upptäckte saker jag inte tidigare lagt märke till, i både positiv och negativ bemärkelse. Det negativa som gjorde mig både arg och bedrövad, var det faktum att det förekom pedofili ganska öppet. Tidigare hade jag trott att de äldre män som gick och höll barn i handen, bara var mor eller farföräldrar. Det hände att västerländska män hittade en partner och bildade familj där nere. Men med tiden blev jag varse att det inte alltid förhöll sig på det viset. Det var något som mer och mer svärtade mitt sinne. Omedvetet drogs mina tankar tillbaka till min barndom och min uppväxt med Harald och Ingeborg. Det var också den här svärtan som till slut fick mig att tappa kontrollen och förändra min tillvaro på ett mycket drastiskt vis.

Det var en sen kväll och jag försökte sova. Det var alldeles för varmt i rummet och jag låg och vred mig fram och tillbaka för att få lite svalka av lakanet. Rummen var ganska lyhörda och nästan varje natt kunde jag höra stön och stånkanden och det var inte särskilt svårt att räkna ut vad som pågick. Men den här gången var det ett annat ljud. Det var gråt från ett barn. Jag visste att i rummet bredvid mitt bodde en tysk som nyss anlänt. Jag hade hälsat på honom dagen innan och han hade hälsat tillbaka. Jag har aldrig gillat tyskar.

Jag lyssnade en del på radion när jag var liten och fick då reda på vad de haft för sig under kriget. Jag förstod väl inte så mycket då när det pågick, men senare när hela sanningen gått upp för de flesta, kunde mitt hat blomma ut. Det fick jag lida en hel del för hemma. Harald var av en helt annan uppfattning. "Hitler var allt en rejäl karl" brukade han säga. Jag tror egentligen inte att han förstod så mycket, eller också var han bara ond. I alla fall så undvek jag i möjligaste mån att hamna i diskussion om nazisternas gärningar. Men ibland var det oundvikligt. Som en gång strax efter krigsslutet. De flesta anhängare hade snabbt bytt uppfattning och sällat sig till den majoritet som öppet uttryckte sin avsky. Men inte Harald.

Vi satt och åt kvällsmat när han i fyllan och villan började hylla sin vän Adolf i stora ordalag. Ingeborg höll som vanligt med. Hon fattade förmodligen ingenting men nickade gillande åt Harald när han upphöjde nazismen till skyarna och hyllade deras intention att hålla den ariska rasen ren och livskraftig. Jag tänkte i mitt stilla sinne att om tyskarna vunnit kriget och kanske invaderat Sverige, skulle nog både Harald och Ingeborg vara de första som hamnat i koncentrationsläger.

De skulle nog ha betraktats som lindrigt utvecklingsstörda och fått sluta sina dagar i gaskammare. Jag vet inte vad som flög i mig, jag kunde bara inte hålla tyst.

"Men nu när kriget är slut, kan i alla fall judarna andas ut."

Det skulle jag inte ha sagt. Harald blev rasande och det hela slutade med en sönderslagen rygg.

"Så där skulle Hitler också gjort om han fått höra hur du pratade, ungjävel."

Det sved i ryggen men jag bet ihop.

Harald var bara öppet nazist när han var full. Annars pratade han aldrig om det. Med tiden när allt mer fakta om tyskarnas illgärningar kom fram, verkade det som om hans politiska övertygelse började ebba ut. Själv var jag besviken på att inte amerikanarna fått fram atombomben lite snabbare. Då hade de kunnat släppa den över Berlin. Det hade varit ett lämpligt straff enligt min mening.

Tillbaka till den ödesdigra kvällen. Jag låg en bra stund och funderade. Inte hade väl tysken någon anhörig med sig?
Om jag nu konfronterade honom och det skulle visa sig att det var ett barnbarn eller någon annan bekant med barn, inne hos honom, skulle det hela bli mycket konstigt, men jag kunde inte släppa tanken på att han kunde vara pedofil.

Det fick bära eller brista, så här kunde det inte fortgå. Jag klädde på mig och gick ut i korridoren.

***

"Gunnar, nu missar du lunchen. Det är inte första gången så nu får du väl skärpa dig."

"Förlåt, men jag kände mig inte hungrig. Vad blir det för något?"

"Det sa jag ju i går, har du glömt det? Makaroner med falukorv. Det tycker du väl om?"

"Ja vars, det duger."

"Vill du att jag ska hjälpa dig eller ska du försöka gå själv den här gången?"

"Jag provar att gå med rollatorn. Jag hojtar om det tar stopp."

"Det är nog bäst att jag går bakom dig i alla fall. Du ska inte bli övermodig bara för att det känns bättre."

Det är inte så ofta nu för tiden som jag känner mig lite uppåt, men just i dag känns det ovanligt bra. Jag vet inte vad det beror på, men det kanske är att jag sovit gott och det är fint väder? Undrar om jag inte ska sätta mig i sällskap i dag? Det hör inte till vanligheten. Vi ska se vad det är för gäng som samlats i dag, om jag passar in någonstans.

Hmm... Där finns en ledig plats, men där sitter dregelkärringen. Då går det bort. Det är ledigt vid stora fönstret och det kunde ju vara trevligt med lite utsikt, men där sitter några som helt tappat förståndet, nej det blir nog inte så lyckat.

"Gunnar, ska du inte sätta dig? Det finns plats här hos oss."

Det var Gunilla som ropade från personalbordet. Då och då händer det att någon boende får sitta hos dem. Jag vet inte vad det kommer sig av, men det kanske är något de infört i vårdplanen. Jag kan inte tänka mig att de frivilligt skulle vilja sitta och äta med någon av oss.

Jag kanske låter negativ som pratar så nedlåtande om oss som bor här. Alla är ju inte helt borta i huvudet, även om majoriteten inte har många hjärnceller kvar. Det finns faktiskt en och annan som kan föra ett normalt samtal även om det oftast inte brukar vara av något större intresse. Småprat har aldrig legat mig för och att bara höra om krämpor och sjukdomar är tröttsamt. För att inte tala om familjeskryt, det är nästan ännu värre. Duktiga söner och döttrar och deras ungjävlar som det gått så bra för i livet. Nej fy fan, då sitter jag hellre ensam och äter.

”Nu var du duktig Gunnar, som kunde ta dig hela vägen för egen maskin. Du ser väl nu att träningen börjar ge resultat. Du som var så skeptisk i början.”

”Ja, det ska jag väl inte sticka under stolen med. Men ibland undrar jag över vad det ska vara för mening. Jag blir snart åttiosex och det var länge sedan jag började räkna ner.”

”Det är väl aldrig fel att kunna ta sig fram på egna ben, även om man är lite till åren. Någon liten nytta måste du väl ha av det i alla fall? Du kan ju till exempel ta dig till toaletten utan hjälp.”

”Det kan jag med rullstolen också, och torka mig i arslet behöver jag ingen protes för.”

”Men Gunnar, vi sitter faktiskt och äter här. Tänk på vad du säger.”

”Förlåt då. Att säga något som har att göra med toalettbesök när man sitter och äter är förstås inte lämpligt, men jag trodde inte ni i personalen var kräsmagad så mycket som ni får vara med om. Själv är jag inte så känslig, utom på en punkt. Det är när det förekommer sirap.”

”Sirap? Varför i hela friden blir du kräsmagad av det?”

”Det vill jag helst inte prata om, i alla fall inte här. Det får ni läsa i min berättelse, om ni nu någonsin kommer att göra det.”

”Det ska vi nog göra. Vi har ju hört lite flera av oss och börjar faktiskt bli lite nyfikna. Hur långt har du kommit nu?”

”Jag har börjat med min utlandsvistelse, som varade ganska länge.”

”Var det en semesterresa?”

”Inte precis, men jag vill inte berätta så mycket i förväg, då tappar jag fokus. Men efter maten ska jag ta ett längre pass så jag hoppar nog över eftermiddagsfikat i dag.”

”Ja, du gör som du vill. I kväll kommer Gunilla och hjälper dig med träningen.”

”Det behövs inte. Jag kan själv nu.”

”Det säger du. Så lätt kommer du inte undan.”

”Ja ja, tack för maten och tack för sällskapet, men nu ska jag gå in till mig.”

Hon har väl rätt. Det tar ju emot att behöva traska omkring med en plastfot utan något annat mål än att det ska kännas lite bättre. Jag behöver nog den där knuffen som personalen ger mig, annars skulle jag aldrig få arslet ur vagnen.

Nu ämnar jag i alla fall fortsätta skriva. Det känns nästan som om jag dras tillbaka till tiden i Bolivia, både på gott och ont. Det började i alla fall riktigt illa, det där med tysken.

Jag kunde fortfarande höra barnet gråta när jag stod utanför dörren. Det var inte lätt att bestämma om jag skulle knacka eller sparka in dörren. Tankarna virvlade runt och olika scenarion spelades upp. Men ganska snart hade jag fattat mitt beslut. Jag tog sats och sparkade in dörren med en väldig kraft.

Där inne stod tysken helt naken och runkade, medan en liten pojke låg och grät i sängen. Jag kunde inte behärska mig utan rusade fram och drämde till tysken med en käftsmäll. Han föll inte ihop, så jag tog ett stadigt grepp om ryggen och slängde honom mot fönstret. Det var inte tänkt att han skulle fara ut, men så blev det. Tre våningar rakt ner med huvudet i asfalten. Han dog förstås på direkten. Hade det bara varit det, skulle jag nog klarat mig lindrigare. Infödingarna har inte mycket till övers för pedofiler, även om de kan härja ganska fritt. Men med pengar kommer man undan med ganska mycket och folket där nere är väl lika giriga som många andra.

I alla fall så var det så oturligt att tysken träffade en förbipasserande. En inföding som inte hade sin bästa dag. Han skadades ganska illa men klarade livhanken.

Pojken hade slutat gråta och började ta på sig sina kläder. Han såg på mig med skräck i blicken. Jag försökte se vänlig ut, men i hans ögon var jag nog mest skräckinjagande.

Det hade börjat samlas en massa folk nedanför och snart var polisen på plats. Jag förstod att jag skulle bli tvungen att överlämna mig och hoppades på att man skulle ha överseende med min gärning på grund av omständigheterna. Jag såg mig hastigt om i rummet och upptäckte att tyskens plånbok stack upp ur byxorna han slängt på golvet. Jag tog upp den och hittade en rejäl bunt med dollarsedlar. Jag räknade aldrig utan gav dem till pojken. Han såg väldigt förvånad ut och såg frågande på mig. Jag nickade och gestikulerade att han skulle ge sig iväg. Jag gick efter och överlämnade mig till polisen nere på gatan.

De var ganska bryska i sin behandling, gapade och skrek och rabblade en massa obegripligt på spanska. Det var inte mycket jag kunde göra för att försöka förklara. Spanska kunde jag bara några få ord av och engelskan var det nästan lika illa med. Det var bara att gilla läget och följa med.

Häktet var inte precis som jag var van vid. Hemma kunde man sitta ensam och begrunda sina misstag i lugn och ro, men här var det fullt med folk inpackade som sillar på litet utrymme. Det var ett jävla liv och jag hoppades att häktestiden inte skulle bli allt för lång. Som tur var hade pojken jag hjälpt, berättat för sina föräldrar vad som hänt och de hade i sin tur kontaktat polisen. Det var nog det som gjorde att jag fick rättegång ganska snart. Jag har i efterhand fått höra att det inte är ovanligt att sitta flera år i häkte. Det hade jag nog inte klarat av. I alla fall så tog det bara några dagar innan jag fick prata med en advokat. Jag hade grunnat över hur det skulle gå att göra sig förstådd, men det löste sig när advokaten kom och hade en tolk med sig.

Jag fick ganska snart klart för mig att det skulle bli ett fängelsestraff. Om jag inte hade kastat ut tyskjäveln genom fönstret, hade det förmodligen blivit avskrivet, men nu blev det en oskyldig som blev illa skadad. Lyckligtvis inte livshotande, men illa nog. Advokaten rådde mig att genast erkänna, annars skulle det oundvikliga fängelsestraffet bli betydligt mycket längre. Det var ett råd jag tog till mig och i den efterföljande rättegången hade jag inget att invända mot åklagarens plädering. Pojkens föräldrar vittnade om vad som hade hänt och det gjorde säkert att domen blev något lindrigare än den annars blivit. Det blev tre år i fängelse. Tre år, ja det skulle jag väl kunna stå ut med. Med gott uppförande och lite tur skulle jag kunna komma ut betydligt fortare, det var i alla fall vad advokaten sa.

***

Det var inte så lätt att vänja sig vid förhållandena som rådde på fängelset. I början fick jag besök av ett fruntimmer från svenska ambassaden, men det var inte till mycket nytta. Hon satt mest och rabblade om sina egna bekymmer. Det var maken som det strulade med. Han verkade inte trivas i landet och kände väl sig väl mest som ett bihang till sin duktiga fru, och det tärde på förhållandet. Att jag skulle sitta som någon slags relationsterapeut var ganska absurt, men hon hade väl ingen annan att prata med. Hon ordnade i alla fall så att jag fick tillgång till mina kontanter och det var ju guld värt. Det behövdes verkligen om man skulle kunna skaffa något som gick att äta. Den mat som serverades i utspisningen var allt annat än ätbar. Det var mest blaskig soppa med oidentifierbara bitar av något äckligt i. Jag misstänkte att det var trafikdödade djur och kanske någon självdöd fisk som flutit iland. I alla fall så var det oätligt.

Nu ska jag väl inte beklaga mig allt för mycket. Hade man lite pengar så blev allt mycket lättare. Men det fanns också en fara i det. Jag kanske ska förklara hur det fungerade, så ni förstår. Det var inte så att man satt inlåst i en cell och bara fick komma ut lite då och då. Nej, här var det öppna dörrar och fångarna kunde röra sig ganska fritt inom området. De som kunde betala för sig, mutade vakterna och fick tillgång till både det ena och andra. Det förekom även en del vapen, mest knivar och andra tillhyggen och det skedde ganska öppet utan att vakterna reagerade. Om man kom i onåd med någon kunde det vara ganska farligt.

Den första tiden satt jag mest för mig själv och försökte lära mig hur allt fungerade. Det var inte många västerlänningar där, bara några unga pojkar, jag tror de var från Österrike, som hade smugglat knark. Men de var mestadels så neddrogade att de inte var kommunicerbara. Förresten så spelade det ingen roll, jag hade ändå inte kunnat prata med dem på grund av språket.

Det var i alla fall inte så långtråkigt den första tiden. Fullt av nya intryck och en massa konstigheter att förundras över. Jag vet inte vad det kom sig av, men jag fick alltid vara i fred trots att jag hade kontanter. Men det skulle snart visa sig att det bara var tillfälligt. Mina olycksbröder vilade på lagrarna och inväntade rätt tillfälle att slå till.

Jag visste att det skulle komma, förr eller senare. Det hade varit likadant hemma både på ungdomsanstalter och i fängelser. En hierarki som måste upprättas och vidmakthållas. Hittills hade jag stått utanför och varit både betraktare och betraktad, men nu var det tydligen dags. Smekmånaden var över.

***

Nej, nu värker det i ryggen. Jag har nog suttit för länge. Vad är klockan? Kvart i fem. Den här gången ska jag inte missa kvällsmaten. Sist fick jag ovett av Elisabeth. Fast det var

kanske lite överdrivet. Ovett var på en helt annan nivå när jag
var liten. Harald han kunde skälla han. Fy fan vad han skrek
för minsta lilla. Saliven sprutade när han skrek då man hade
gjort något som inte passade. Det var nästan värre med skäll
än med stryk, konstigt nog. Smärtan på kroppen kändes på
något vis lindrigare. Det där har jag funderat över många
gånger. Men förmodligen var det så att den verbala
misshandeln trängde djupare in än sparkar och slag. Det
kanske skulle ha lindrats något om Ingeborg någon gång hade
kommit med någon liten tröst. Men det hände aldrig. Hon
skällde nästan aldrig själv, men stöttade alltid Harald när han
gick på som värst. Det kanske var säkrast för henne, annars
vet jag inte vad han hade gjort med henne. I alla fall så har jag
inga minnen av att han någon gång lyfte sin hand mot henne.

Nej usch! Hemska tankar väck. Nu väntar kvällsmat och sedan
ska jag se på tv resten av kvällen, eller också fortsätter jag
skriva, vi får se. Träningen slipper man inte undan, men en
pratstund med Elisabeth eller Gunilla kan ju vara trevligt.

”Hej Gunnar, går du själv till matsalen i kväll?”

”Jajamän det gör jag. Nu får det vara slut med daltandet. Bra
karl reder sig själv.”

”Det är bra. Med den inställningen kommer du att göra framsteg. Det skulle inte förvåna mig om du snart kommer att svänga dina lurviga när vi har danskväll.”

”Nej du Elisabeth, där sätter jag gränsen. Någon måtta på tokerierna får det allt vara.”

”Säg inte det du. Jag kan ju se hur det går framåt för dig. Du verkar mycket gladare nu än för bara någon månad sedan. Tycker du inte om att dansa? Nog gjorde du väl det när du var yngre?”

”Nej vet du vad, det har jag aldrig gillat. Visst hände det någon gång på Ålandsbåten att jag i fyllan bjöd upp och försökte. På sjuttio och åttiotalet hängde jag ju en del på disco. Men jag vet inte precis om man kan kalla det dans? Obscena kroppsrörelser vars enda syfte var att förbereda parning.”

”Men så du säger. Själv älskar jag att dansa och sex är nog det sista jag tänker på då.”

”Jo, men det där är nog omedvetet. Innerst inne finns nog en liten tanke om vad att det hela ska leda till.”

”Nej, nu tycker jag du ska skämmas. Nu vill jag inte prata mer med dig. Sätt på dig protesen och pallra dig in i matsalen. Efter middagen blir det ett hårdare träningspass.”

Se där ja, det tog skruv. Men jag anade en glimt i ögat på henne.

Det här var riktigt gott. Tacos, vem kunde ana att det skulle bli en favorit? Nymodigheter inom livsmedel har aldrig varit min grej och jag var länge hårdnackad motståndare till att stoppa sådant skräp i min mun. Men en vacker dag slank det ner en tugga, och ta mig fan så var det inte så dumt. I Bolivia var det mest nya smaker hela tiden då jag bodde på hotell. Det var bara att tugga i sig för man hade just inget annat val. Men i jämförelse med fängelsematen var det förstås en gudagåva. Jag ska nog fortsätta skriva om fängelsetiden när jag ätit klart och sett på nyheterna. Det är mest bara skit på tv, vad jag såg i tidningen.

Nu börjar det hända grejer här. En gubbe som jag inte vet namnet på, har börjat tjafsa med sin bordsdam. Hanna Ludvigsson heter hon, det kommer jag ihåg för hon presenterade sig så artigt för alla när hon flyttade in. En stilig kvinna trots sin ålder. Lite glosögd och borta i huvudet, men vem är inte det? Nu börjar karln bli riktigt upprörd. Undrar vad det handlar om. Nej, nu klippte han till henne och hon börjar grina. Men nu griper personalen in som tur är. Gubbjävel, slå fruntimmer, det är till att sjunka lågt. Jag blir så förbannad på sådant där så jag vill nästan göra något åt det. Det ska jag ta mig fan. Tror gubben bor i min korridor så jag ska gå efter och ge honom en näsbränna. Inte för att det blir ogjort att han slog henne, men det skulle kännas bra för mig och det kanske får honom att tänka sig för nästa gång han blir upprörd.

Han får lite skäll av Elisabeth men det verkar inte bita. Jag ska fråga henne vid tillfälle vad det handlade om.

Nu är han visst färdig och reser sig. Då ska jag göra honom sällskap.

"Hör du kvinnomisshandlaren, sakta ner farten så jag kommer i fatt."

Gubben stannar och blänger på mig och när jag kommer fram så tar jag tag i armen på honom.

"Jag såg nog vad du gjorde mot Hanna. Trodde du att du skulle komma undan med lite ovett från personalen?"

"Va fan har du med det att göra? Sköt dig själv och lägg dig inte i andras angelägenheter."

"Jo, om någon pucklar på ett fruntimmer så lägger jag mig i. Det är det värsta jag vet när karlar ger sig på de som är svagare och inte kan försvara sig. Då är man ingen riktig karl utan en ynkrygg som förtjänar ett kok stryk."

Här förväntade jag mig ett utbrott av aggressivitet, det hade varit det naturliga. Men i stället började karlfan grina. Det kom lite oväntat och ställde till det en aning i huvudet på mig. En fjant var nog rätt analys, men min plan på en fysisk näsbränna kom på kant.

"Se så, det är väl inget att grina för. Men se till att det inte händer igen. Då ska du få se på annat."

Undrar vad det var som hände? Jag kunde ju frågat, men jag har aldrig varit någon god lyssnare och att försöka föra ett samtal med en karl som grinar skulle nog kännas lite obekvämt. Nej, nu går jag in till mig och skriver lite. Nyheterna har jag missat, men det har väl inte hänt så mycket.

***

Smekmånaden i fängelset var över som jag tidigare nämnt. Det var lite märkligt att det tog så lång tid. Det vanliga är att bli konfronterad efter bara någon dag, men här verkade det vara annorlunda. Kanske var det för att jag var utlänning och mest höll mig för mig själv?

Det hade nog inte undgått någon att jag hade tillgång till kontanter. Jag kunde köpa mat som gick att äta, tandborstar och tvål. Sådant var guld värt där inne. Det var jag fullt medveten om och väntade bara på när konfrontationen skulle komma.

Det hände en sen kväll då jag hade lagt mig. Vi var ett gäng som låg i en sovsal och jag kände på mig att allt inte var som vanligt. Det hade kommit några nya och andra hade försvunnit. När jag hörde att det började knarra i sängarna och tassa på golvet förstod jag att det var dags, men jag var beredd.

Så plötsligt stod de runt min säng och började riva under madrassen. Fyra infödingar fulla av tatueringar. Jag låg med ena handen under kudden och höll hårt i en strumpa jag fyllt med småsten från gården. Ännu hade de inte rört mig, men tjattrade på som fan och verkade irriterade då de inte hittade något. Det fanns inte så många ställen att gömma saker på så de flesta förvarade sina värdesaker under madrassen. Det gjorde inte jag. Jo, sådant som inte var någon katastrof om jag blev av med, men kontanterna hade jag alltid i byxfickan och byxorna tog jag sällan av mig. När jag förstod att det skulle bli handgripligheter drog jag fram strumpan och daskade den i ansiktet på den som stod närmast.

Det uppstod en viss förvirring då han for i golvet och det gav mig utrymme att resa mig och måtta ett nytt slag. Det tog också fint och nu låg två av dem på golvet och gnällde. De två som var kvar verkade nervösa och det var naturligtvis till min fördel. De började sparka och slå som vettvillingar men det fanns ingen precision i deras utfall. Jag blev träffad och det kändes, men gjorde mig bara mer förbannad. Jag fick in en fin träff på den tredje, rakt över näsan så blodet sprutade. Då fick den siste nog och backade. Men här skulle statueras exempel. Jag rusade på honom och såg till att han också blev oskadliggjord.

Nu kan man ju tycka att det skulle räcka, men de oskrivna lagarna i fängelset krävde lite mer. Jag ville en gång för alla visa att jag inte var att leka med, så jag gjorde vad som krävdes. Jag vill inte beskriva exakt vad jag gjorde, men när allt var över låg fyra sönderslagna karlar utanför dörren. Trasiga så att ingen skulle undgå att se, men vid liv. Jag gick runt de övriga som låg i sina sängar och viftade lite hotfullt med min blodiga strumpa och stirrade stint på dem. Skräcken lyste i deras ögon och det var precis vad jag ville uppnå.

Morgonen därpå då jag gick ut för att få lite frisk luft, kändes stämningen annorlunda. Jag fick många blickar men kände att det var blickar av fruktan och respekt. Allt som hänt där inne spred sig direkt och vi det här laget visste nog alla vad som hade skett på natten.

Nu kunde jag ha slappnat av och nöjt mig, men jag passade på att utnyttja situationen. Det var lång tid kvar av mitt straff och att få njuta frukterna av min nya ställning skulle nog göra min tillvaro något mer angenäm.

***

Å fy fan, är klockan redan tolv. Jag skriver sakta men tiden går fort. Inte känner jag mig särskilt trött heller, men det är väl bäst att försöka sova några timmar, det ska ju vara nyttigt sägs det. Hoppas jag inte får några konstiga drömmar i natt. Det har kommit mer och mer på sista tiden. Fast jag i hela mitt liv försökt få Harald och Ingeborg ut ur mitt huvud, så dyker de upp om natten. Det kan vara saker som hänt eller bara helt störda grejer som aldrig skulle kunnat inträffa. Fast ibland är jag inte riktigt säker på om det trots allt inte har hänt. Det mesta som skedde under min barndom var ju helt sjukt även om jag då inte tyckte så. Det föll sig helt enkelt naturligt att bli misshandlad. Det var först när jag kommit in i puberteten som jag började förstå att allt inte stod rätt till.

Usch, nu blir jag upprörd igen. Att det aldrig kan gå över. Jag var tretton år när mina föräldrar for hädan för att möta Hin Håle. Nu är jag åttiosex, det är sjuttiotre år sedan. Tiden läker alla sår sägs det. Så fan heller.

Jag gick faktiskt till en hjärnskrynklare några gånger. Minns inte riktigt när det var, men någon gång på sjuttiotalet tror jag. Jag hade väl blivit övertalad av någon olycksbroder från fängelset att ge det en chans. Det mesta har fallit ur minnet, men jag minns i alla fall tydligt hur han såg ut. En långhårig fjant med enorma polisonger och pyjamasbyxor. Barfota gick han också den jäveln. Han pratade som en fjolla och ville att jag skulle berätta om min uppväxt. Det gjorde jag och förstod ganska snart att han inte trodde ett ord på det jag sa. Då började jag hitta på saker som aldrig hänt, bara för att se hans reaktion. Jag berättade en historia om hur Harald hade korsfäst mig ute i trädgården, som straff för att jag inte hade tackat tillräckligt ödmjukt för maten. Hur han spikat upp mig på ett kors och låtit mig hänga där i två dygn. Då blev hjärnskrynklaren mållös och visste inte hur han skulle gå vidare. Min berättelse var naturligtvis inte sann, i alla fall inte det där med korsfästelsen. Men att jag blev bestraffad för minsta lilla var en realitet. Fast det var mest slag och sparkar. Sådant gillade Harald. Hans jävla kängor med stålhätta blev nog mer slitna av sparkarna mot mig än av promenader och arbete. Det känns i alla fall lite bättre när jag tänker på honom då han sprang runt huggkubben med blodet sprutande ur armstumpen. Den synen kan för ett ögonblick lindra mitt hat och se honom som den ynkliga och värdelösa varelse han var. Nu är jag ju inte religiös eller har någon annan andlig övertygelse, men skulle det vara så att de döda återföds i någon annan form, önskar jag att Harald skulle återfödas som en amöba i en hundskit och Ingeborg skulle jag kunna tänka mig passa som en fästing i arslet på en fikus i Afrika.

Några fler besök hos hjärnskrynklaren blev det inte och hade det blivit det skulle det förmodligen inte varit till någon nytta. Det är ju inte så att jag hela tiden går omkring och har ångest

för min taskiga barndom. Det kommer tankar och dåliga
minnen ibland, men då brukar jag tänka på att det alltid finns
någon som haft det lite värre och då känns det bättre. Nu ska
jag i alla fall försöka sova fast jag inte är så trött. Jag skulle
nog kunna sitta och skriva en timme till, men det brukar inte
bli så bra om jag håller på för länge.

***

En ny härlig dag på ingående. Solen har inte gått upp ännu,
och jag känner mig lika jävla trött som vanligt. Lite blaskigt
kaffe med dräglande idioter som sällskap är ju något att se
fram mot. Sedan en lång promenad med den där jävla protesen
som skaver så att man blir galen. Nåja, värre kunde det vara.
Jag hoppas i alla fall att jag får lite inspiration så att kan
avsluta min berättelse om Boliviaäventyret.

Det hände rätt mycket där och det är en tid i mitt liv som varit
betydelsefull på många sätt. Inte minst för att det var där jag
kom att lära känna mig själv lite bättre, om det nu var till
någon nytta?

"God morgon Gunnar. Har du sovit gott?"

”God morgon själv Elisabeth. Sömnen finns inget att klaga på men jag var tvungen att gå upp och pissa fyra gånger. Det är lite irriterande.”

”Jag förstår det. Men det hör till åldern och är inte så mycket att göra åt. Huvudsaken är att man kan somna om, då brukar det inte vara något större problem. Hur går det med skrivandet? Jag ser hur pappershögen växer. Jag har ju gluttat lite och det lilla jag läst verkar intressant. Men nog tror jag att du hittar på en del. Är det inte så?”

”Det skulle man kunna tro, men faktiskt inte. Jag skulle nog ha svårt att kunna hitta på något som inte är sant. I alla fall skulle det nog inte bli särskilt intressant att läsa.”

”Säger du det så. Jag ser i alla fram mot att få ta del av din berättelse. Kanske i sommar då jag ska åka till min syster i Småland. Där kommer det att finnas tid.”

”Ja, då lever jag nog inte och får möjlighet att höra vad du tyckte.”

”Det gör du alldeles säkert. En sådan krutgubbe som du ger sig nog inte i första taget.”

”Vi får se sa den blinde, men jag tittar inte så mycket framåt nu för tiden. Framtiden ter sig inte särskilt angenäm i mina ögon. Det gör förresten inte historien heller, men något måste man ta sig för. Att fördriva tiden med att skriva ner sin livsberättelse är i alla fall bättre än att sitta och glo på ingenting, som de andra idioterna som bor här gör.”

”Ja, nu är det väl inte alla som bara sitter och glor. Vissa är ju dementa som du vet och du ska vara tacksam över att du inte hamnat där.”

”Jag vet inte det ja. Kanske det vore skönt om hjärnan tömdes på tankar och man bara kunde leva i stunden?”

”Nu vet vi ju inte om det är så det funkar, men det är kanske inget vi ska spekulera i. Nu är det i alla fall snart dags för frukost, så du får ta och göra dig i ordning.”

”Ajaj kapten satkärring.”

Det där var dumt sagt och inte särskilt roligt heller. Men fortfarande reagerar jag konstigt när någon säger till mig vad jag ska göra. Fast jag vet att Elisabeth bara menar väl och jag ska försöka att vara lite vänligare mot henne.

Då ska vi se var jag slutade. Hmm… Jag hade klått upp de som angrep mig, så var det. Dagen därpå var det ingen som inte visste vad som hänt. Själv var jag tämligen oskadad förutom några mindre blessyrer, medan de andra var ordentligt tilltygade. Jag förstod att det nog inte var på eget initiativ de gett sig på mig.

Det var inte särskilt svårt att räkna ut vem som legat bakom.
Det hade jag förstått redan efter några dagar. En liten och
mager medelålders bolivian som mest höll sig för sig själv.
Alvarez hette han. Jag hade noterat hur alla hälsade artigt och
bockade när de gick förbi honom. Det hela verkade nästan
komiskt, men jag insåg naturligtvis att det måste finnas starka
skäl till det. Senare fick jag reda på att han var huvudman i en
av de mest fruktade ligorna i La Paz. En elak jävel som
kompenserade sitt fysiska tillkortakommande med grymt våld.
Han hade ett stort kontaktnät utanför murarna och ingen, inte
ens vakterna, vågade trotsa honom. Själv hade jag inte så
mycket att förlora. Inga nära och kära som kunde komma i
fara och inga nära band i fängelset att värna om.

Det första jag tänkte på var att genast sätta mig i ännu större
respekt och klå upp ledaren så snabbt som möjligt. Men jag var
lite osäker på hur det skulle tas emot. Hade det varit i Sverige,
hade det inte varit något snack om saken, men här rådde lite
andra regler och ett liv var inte särskilt mycket värt.

Jag tänkte till lite extra och bestämde mig för en annan taktik.
Det var nog tur för mig.

Min taktik var att bekanta mig med ledaren och inte utmana
honom på något vis. Han kunde gärna få styra och ställa, bara
jag fick vara i fred och inte behövde göra några uppoffringar.
Det var inte så lätt med de ringa språkkunskaper jag förfogade
över, men med teckenspråk och knagglig engelska kommer

man långt. Jag gick helt enkelt fram till honom, direkt på förmiddagen efter händelsen och slog mig ner. Han tittade misstänksamt och var nog beredd på en attack. Några hejdukar skyndade till och ställde sig i närheten. Jag nickade vänligt mot honom och bjöd på en cigarett som han genast tog emot. Det där upprepade jag varje morgon och det dröjde inte länge innan vi började konversera något sånär. Det blev en rutin och snart kunde vi förstå varandra ganska hyggligt. Vi var nog ganska lika han och jag i vissa avseenden och det var nog därför som kemin verkade stämma.

Det var en taktik som fungerade väldigt bra till en början. Alla blev plötsligt väldigt inställsamma och visade en nästan överdriven respekt. Till och med vakterna började behandla mig med en viss värdighet. Det gjorde tillvaron där inne lite mer uthärdlig, ja ibland nästan angenäm.

Men det kom nytt folk hela tiden och alla var inte så intresserade av att underkasta sig någon form av hierarki. Alvarez styrde med små gester. Det kunde vara en viskning eller en liten rörelse med handen, så visste hans hejdukar vad som skulle göras. De nya som kom in fick genomgå samma ritual som jag och det resulterade i att de fick lära sig vilka regler som gällde och vad de hade att rätta sig efter. Men ibland hände det att någon inte var så road av att rätta in sig i ledet. I mitt fall var det nog mycket tur som gjorde så att det blev som det blev. Så tursamma var inte alla. De flesta som gjorde motstånd ångrade sig nog efteråt då de fick sys ihop eller rentav blev så illa skadade att de blev krymplingar. Det hände att det blev dödsfall också, men det var ovanligt.

Dagarna gick sin gilla gång utan några större variationer.

Jag lärde mig mer och mer av språket genom att prata med Alvarez. Han verkade uppskatta mitt sällskap och det märktes också på omgivningens reaktioner. Alla hade börjat behandla mig med en oerhörd respekt och bugade sig nästan överdrivet när jag mötte dem på morgonen. Det blev nästan lite som den vilsamma semester jag sett fram mot då jag lämnade Sverige. Visserligen satt jag inlåst, men det var inte mycket som saknades. Det mesta gick att få tag i och jag kunde äta och dricka gott varje dag. Det erbjöds en stor variation av droger och visst var det lockande ibland, men det där hade jag lämnat bakom mig och nöjde mig med öl och vodka i måttliga mängder. Visst kunde det bli lite långtråkigt vissa dagar, men när blir det inte det? De unga sysselsatte sig ofta med fysiska aktiviteter som fotboll eller boxning. Det var ganska roande att titta på trots att jag aldrig varit sportintresserad. Alvarez var entusiastisk och levde sig in i matcherna så det nästan gick över styr. Själv begränsade jag mina fysiska aktiviteter till kortare promenader och sträckningsövningar. Jag började bli lite till åren och då ska man nog vara försiktig med vad man utsätter kroppen för. Det har aldrig legat mig för att träna. Min styrka fick jag genom hårt arbete i unga år och den har hållit i sig genom åren. Fysisk träning och muskelbyggning var nästan som en religion i svenska fängelser. Unga grabbar lyfte allt de kom över bara för att få lite större muskler. Ja, inte bara unga, det fanns äldre som var lika ihärdiga. Det kanske gav dem en större självkänsla och det var väl skönt för dem. Men inte var det till någon nytta när det blev konflikter. Stora karlar är lätta att träffa och de faller tungt, det var min filosofi.

När jag suttit ungefär halva tiden, började ledan så sakteliga krypa på. Språket hade jag lärt mig ganska bra och mina samtal med Alvarez hade blivit allt mer intressanta. Men nu började det bli repriser och då visste man att det inte fanns så mycket mer. Alvarez visste inte exakt hur gammal han var, men vi kom fram till att vi förmodligen var jämgamla. Han hade tio år kvar på sitt straff, men verkade inte vändas så mycket av det. Tydligen hade han stora tillgångar undanstoppade utanför murarna. Det skulle nog inte varit något problem om han velat komma ut tidigare. Men jag kunde läsa mellan raderna att han hade starka skäl att vänta ut tiden. Han berättade aldrig exakt vad han planerade, men så mycket hade jag förstått, att det pågick en kamp där ute och att han var betydligt säkrare på den plats han nu befann sig på. Jag kände igen scenariot. Makthavare som styr innanför murarna och väntar in tiden. Alvarez hade väntat länge och det var nog en klok strategi.

***

"Du Gunnar, det ringde en kvinna och frågade om hon fick komma och hälsa på dig."

"Jaså, vem var det?"

"Nu kommer jag inte ihåg jag inte vad hon hette, men hon höll tydligen på med släktforskning."

"Undrar varför hon vill träffa mig, jag har ju ingen släkt?"

"Jag vet inte, men jag sa i alla fall till henne att det gick bra. Det kan väl vara trevligt att få besök, det är du ju inte särskilt bortskämd med."

"Sa hon när hon skulle komma?"

"Ja, i morgon eftermiddag."

Undrar vad det är för människa? Släktforskning, ja då har hon nog tagit fel. Men det ska ändå bli intressant att få besök. Det har jag aldrig fått här. Nog har jag väl spridit min säd för vinden ett antal gånger, men om det resulterat i någon slags avkomma borde jag nog fått reda på det vi det här laget. Nu verkar det lite väl sent påkommet.

Nu har jag suttit och väntat i två timmar efter maten. Det har inte funnits någon lust att skriva i dag. Det enda som rört sig i huvudet är vem hon är, kvinnan som släktforskar. Förmodligen är hon fel ute, men det lär jag snart få veta.

"Gunnar, ditt främmande har kommit. Kan hon komma in?"

"Ja, varsågod."

"God dag, Det är Gunnar Brage förmodar jag?"

"Det stämmer bra, och vem har jag den äran att få besök av?"

"Jag heter Vivian Hansson och kommer från Västerås. Jag förstår om du undrar vad jag har för ärende. Det är så att jag är road av släktforskning och håller på att färdigställa ett släktträd och det är några grenar som saknas.

Jag har grävt så långt tillbaka som till mitten av sextonhundratalet och nu börjar det bli klart. Men det skulle vara roligt att inte behöva lämna några frågetecken kvar. Det är där som du kommer in i bilden."

"Jaha, men då måste jag nog göra dig besviken. Jag blev bortlämnad som liten och har ingen släkt alls."

"Det har vi alla, annars skulle vi ju inte finnas. Eller hur?"

"Ja, om du ser det på det viset har du ju i och för sig rätt."

"Den gren som inte är fullständig är ett gift par från Arboga som hette Alvar och Märta Larsson. Det finns inte så mycket fakta om dem, men jag har fått fram att de var mycket fattiga och att de hade åtta barn. Om mina efterforskningar stämmer, så föddes ett nionde barn i slutet av 1932 som lämnades bort då de inte hade möjlighet att ta hand om det. Det barnet är med största sannolikhet du och det är därför jag är här.”

Nu känns det som om hjärtat skulle hoppa ur kroppen. Jag vet inte varför jag reagerar så här, men något säger mig att det här skulle kunna vara riktigt.

”Men hur kan du tro att det skulle kunna vara jag som blev bortlämnad? Jag blev placerad utanför polisstationen i Arboga av någon okänd och mig veterligt blev det aldrig uppklarat vem det var.”

”Jodå, det finns dokumenterat. Det framgår vem det var som lämnade barnet. Att det lämnades utanför polisstationen stämmer, men mamman gav sig till känna redan efter några dagar och hon fick ett hårt straff. Barnet hamnade i en fosterfamilj utanför Kungsör.”

Det här vet jag inte om jag vill höra mer av. Det går kalla kårar längs ryggen och jag blir nästan kallsvettig.

”Hur har du fått reda på det här och hur kan du vara säker på att det stämmer?”

"Nuförtiden finns jättebra hjälpmedel. Det mesta är samlat i olika databaser och är ganska lättillgängligt om man vet hur man ska göra."

"Så du menar att man med säkerhet vet vilka mina biologiska föräldrar var?"

"Javisst, det finns dokumenterat men det går ju inte att veta så mycket om vad det var för slags människor. Att de var fattiga och hade skulder är ju en sak, men i övrigt vet jag inte så mycket. Visste du inget?"

"Nej, inte ett smack. Jag har bara fått höra att jag lämnades mitt i vintern utanför polisstationen i Arboga och höll på att frysa ihjäl. Det är allt jag vet och med tanke på omständigheterna har jag inte varit särskilt intresserad av få veta något mer. Om hon visste vad hon ställt till med, denna vidriga människa, skulle hon nog vända sig i graven."

"Så du fick det inget bra hos dina fosterföräldrar?"

"Det kunde varit bättre. De adopterade mig senare och det har jag aldrig begripit syftet med."

"Men det kanske betyder att du var önskad och omtyckt?"

"Så fan heller. Du nämnde att det fanns åtta barn förutom mig. Finns några kvar i livet?"

"Du har en bror kvar. Han är några år äldre än du och inte så frisk, men han har i alla fall minnet i behåll. Visste du inte det heller?"

"Nej, det hade jag ingen aning om. Var finns han?"

"Han bor på ett äldreboende i Eskilstuna. Jag pratade med honom för några månader sedan. Han kände till att det fanns ett bortlämnat syskon men att det aldrig blivit av att göra några efterforskningar. Han hade visst tillbringat större delen av sitt liv på sjön och bara varit hemma korta stunder."

"Vad heter han?"

"Arvid Larsson."

"Jaha, så jag har alltså en bror i livet och sju syskon som är döda. Jag antar att mina syskon fick ungar så jag har väl en jävla massa släktingar som jag inte visste om."

"Det har du, och när jag är klar kan du få ta del av mitt material ifall du vill ta kontakt med någon. Kanske med din bror som är i livet?"

"Det tål nog att tänkas på. När blir du klar, tror du?"

"Om några månader. Men mitt ärende var egentligen att fråga dig om du har några barn?"

"Nej, inga som jag vet om i alla fall. Har min bror några barn?"

"Ja, flera stycken och många barnbarn."

"Där ser man, men hur länge ska du hålla på? Det tar ju aldrig slut."

"Så är det, men man får sätta en gräns och den är snart nådd. Det hade slutat vid dina barn om du haft några."

"Ja, det här blir en hel del att smälta. Men var kommer du in i bilden, det har jag inte frågat?"

"Det nämnde jag nog aldrig. Din far Alvar Larsson var kusin med min farfar."

" Det var som fan. Hur länge har du hållit på att släktforska då?"

"I snart tio år nu, så det har blivit en diger lunta kan du tro."

"Ja, det förstår jag. Hördu, det här var mycket att ta in och jag känner mig både trött och förvirrad. Jag måste nog ta igen mig en smula."

"Det ska du få göra. Du ska få en kopia sedan som du kan läsa på datorn"

"Det har jag ingen, men det kan nog personalen hjälpa till med."

"Det går säkert att fixa. Hej då så länge Gunnar. Då hör jag av mig senare."

Å fy fan, det här känns underligt. Jag vet inte vad jag ska
tycka. Om jag hade fått varit kvar hemma skulle jag haft både
en mor och far och åtta syskon. Även om det varit fattigt och
eländigt hade det nog varit tusen gånger bättre än det som
komma skulle. En bror i livet som jag inte vetat om. Undrar
hur hans liv har varit? Det här tar nog en stund att bearbeta.

***

Nu har det gått några dagar och något skrivande har det inte
blivit. Det har varit som en berg och dalbana och snurrat
ordentligt i huvudet. Det har pendlat mellan raseri, sorgsenhet
och nyfikenhet. Det har inte gått att undvika tankar på hur det
skulle varit om jag fått vara kvar hos min familj, om jag sluppit
Harald och Ingeborg. Skulle jag ha blivit en annan människa
då? Förmodligen, i alla fall så hade jag sluppit tankar om dem i
mitt huvud, som skavt och gnagt så man nästan inte står ut.
Egentligen är det meningslöst att spekulera, nu blev det som
det blev och det är inget att göra åt. Det kanske är ödet som
styrt allt?

Nu ska jag i alla fall försöka tänka på annat. Jag har bestämt
mig för att ta kontakt med min bror och medan jag samlar mig
ska jag fortsätta berätta om min tid i Bolivia.

Det märktes på Alvarez att han blev nervös då det en dag kom
tre nya interner. Han försökte nog låtsas som om han var
oberörd, men jag såg på honom att han kände sig obekväm.
Det var inte så mycket han berättade, men de tre nya tillhörde
tydligen en rivaliserande liga som var mycket aktiv och
kämpade hårt för att tillskansa sig inflytande utanför murarna.
Alvarez hejdukar flyttade närmare honom och var påtagligt
nervösa inför den nyuppkomna situationen. I början förstod jag
inte riktigt hur allvarligt det var, men så småningom fick jag
veta att de tre nya hade i uppdrag att ta Alvarez av daga. Den
vetskapen gjorde mig mer uppmärksam. Visserligen var Alvarez
en grym brottsling som inte drog sig för att släcka ett liv, men
han var också lik mig på det viset att han aldrig skulle göra
något ont mot en oskyldig. Det var en filosofi som jag
uppskattade. Ont gjorde han förstås mot de krakar som var
beroende av knarket han tillhandahöll, men på ett sätt fick de
väl skylla sig själva. Att börja knarka är väl ett fritt val kan
man tycka. Han var också mycket behaglig att prata med och
med tiden började jag se honom som en riktig vän.

Jag iakttog allt som hände på fängelsegården mycket noga och
kunde ana när det började hetta till och om något var på gång.
Det var uppenbart att de tre nya hade skaffat sig
bundsförvanter och att Alvarez inflytande hade mattats av
något. Det märktes inte minst av att det nu var färre som inte
längre visade samma respekt som de tidigare gjort. Jag kunde

tänka mig hur det hela skulle sluta om man inte agerade, så
jag beslöt att ta saken i egna händer.

Jag berättade aldrig för Alvarez om min plan. Hade jag gjort det
skulle han kanske försökt övertala mig att låta bli, men jag
hade bestämt mig och nu fanns ingen återvändo.

***

"Ja du Gunnar, jag är ledsen att behöva säga det, men nu är
det dags igen. Jag ser att du är fokuserad på skrivandet, men
det skadar inte med en paus i allt sittande."

"Du har nog rätt Elisabeth, men låt det för guds skull inte bli
så långvarigt den här gången. Jag känner mig både stel och
sliten."

"Kan tro det. Det är ansträngande att sitta still för länge. Så
fick du väl en hel del att tänka på efter ditt besök av kvinnan
som släktforskade?"

"Inte så lite heller. Jag har knappt sovit en blund på flera
nätter."

"Åjo, lite har du allt sovit. Det hördes i alla fall på
snarkningarna när jag gick förbi tidigt i morse. Grannarna har
klagat."

"Det tror jag vad jag vill om. Den ene är stendöv och den andra har inga hjärnceller kvar."

"Ja, då kanske du förstår hur kraftigt du snarkade. Nej, upp och hoppa så sätter vi igång."

Irriterande fruntimmer, nu är hon så där klämkäck och hurtig som hon brukar vara ibland. Undrar om hon nyligen fått lite pitt och att det är därför hon är så pigg? Fast det är väl inte värt att fråga.

"Det här går ju riktigt bra Gunnar. Du blir allt duktigare och snart kan du nog ta långa promenader på egen hand."

"Skulle inte tro det. Du vet vad jag tycker om promenader. Jag har aldrig begripit varför folk envisas med att vilja ut och gå utan att ha ett mål att komma till. Det är väl bra mycket skönare att sitta still?"

"Det är för hälsans skull. Oavsett vad du tycker så är det vetenskapligt bevisat att fysisk aktivitet är bra för både kropp och själ och förlänger livet."

"Jo, det kan så vara, men om aktiviteterna är tråkiga så är ju ett längre liv inte så mycket att stå efter? Man vill väl ha roligt i livet och inte förlänga det med en massa tråkigheter?"

"Du resonerar som om du var mindre begåvad och det vet jag att du inte är. Se så, nu tar vi ett sista ryck så får du vila sedan."

"Apropå aktiviteter så planerar jag ett besök till Trumslagargården i Eskilstuna. Går det att ordna?"

"Javisst, det är bara att beställa färdtjänst. Tänker du flytta dit?"

"Nej, men jag fick veta att jag tydligen har en äldre bror i livet och att han bor där."

"Men vad säger du! Det var väl en överraskning. Det är klart att du ska få hjälp med det. Jag ska ordna så att du får assistans. När hade du tänkt åka dit?"

"Det har jag inte bestämt ännu. Kanske om några veckor. Kan vi sluta nu, jag är helt färdig."

"Ja, nu har du varit duktig. Jag är lite nyfiken på vad som mer kom fram då du hade besök. Kommer du att skriva om det?"

"Nej, det tror jag inte. Det beror på vad jag får reda på efter att jag träffat min bror och hört vad han har att säga."

"Du kan väl berätta någon gång då jag har tid. Det skulle vara intressant."

"Vi får se. Så mycket tid lär du inte få på det här stället."

"Jo, kanske någon sen kväll, då är det oftast lite lugnare. Nu måste jag kila in till nästa som behöver lite motion."

"Stackars människa, men lycka till."

Puh, det där var ansträngande. Men hon har kanske rätt? Några minuter om dagen kan man nog stå ut med om det nu gör så mycket nytta. Nu ska jag i alla fall skriva några rader till innan det blir mat.

***

Min räddningsplan för Alvarez var inte särskilt avancerad. Jag tänkte göra precis som jag gjort så många gånger förr och se till så att fienden inte blev kapabla att utföra sitt uppdrag.

Det krävdes inte så mycket förberedelse. Jag visste var de sov och vilka som eventuellt skulle vilja komma till deras försvar.

Kvällen då jag bestämde mig för att det skulle ske, var varm och stjärnklar. Jag hade pratat länge med Alvarez men inte nämnt något. Fångarna började droppa av och snart var jag ensam på gården. Jag skulle vara tvungen att hålla mig vaken till långt in på natten då alla sov som djupast, så jag vandrade runt på gården och försökte fokusera på att inte bli trött. Efter

några timmar gick jag in till min brits och tog fram en påk som
låg gömd under madrassen. Den hade jag täljt och putsat på
och nu vägde den fint i handen. Jag hade noga tänkt på hur
jag skulle gå till väga. Jag ville ju inte att någon skulle avlida,
men bli så pass tilltygade att de inte skulle kunna vara kvar.
I unga år hade jag lärt mig hur slag ska placeras på kroppen
för att göra mest nytta. Harald hade varit en bra läromästare
och genom hans knölpåk hade jag tillskansat mig en god
kännedom om kroppens ömma punkter.

När klockan började närma sig tre på morgonen bestämde jag
mig för att det var dags.

Jag tog min påk och för säkerhets skull stoppade jag ner en
kniv i byxlinningen och hoppades innerligt att den inte skulle
behöva komma till användning.

Dörren till rummet där mina tre offer låg, stod vidöppen. En
hastig överblick och jag kunde konstatera att alla verkade sova.
Det var ungefär tio fångar och det tog en stund innan jag
kunde lokalisera mig. Som tur var såg jag att de tre låg i
sängarna bredvid varandra. Det skulle underlätta mitt arbete
väsentligt. Det som jag varit mest orolig för, var att de skulle
ligga utspridda så att jag skulle bli tvungen att springa runt
som en vettvilling. Det fanns med säkerhet flera anhängare där
inne, men det var sådana som suttit länge och som jag hade
ganska bra koll på. Det var inga hårdingar enligt min mening
och de skulle nog hålla sig lugna när de fick se vad som hände.

Det var inte utan att det pirrade lite i magen och det var ett välkommet avbrott från slentrianen.

Nu gällde det att vara snabb och bestämd. Minsta misstag skulle kunna få katastrofala följder. De tre var inga duvungar och om något gick fel skulle jag få det besvärligt. Jag ställde mig strategiskt så att jag skulle kunna förflytta mig snabbt mellan sängarna. Den första låg perfekt på sidan med tinningen blottad. Jag snärtade till med mitt slagträ och fick in en perfekt träff. Det behövdes inget hårt slag och ingen av de andra vaknade av dunsen. Den andre låg lite sämre med filten uppdragen över huvudet. Men jag hade tur då han ändrade ställning precis som jag skulle lätta på filten. Nu låg han med tinningen blottad och jag kunde söva honom lika enkelt som den första. Den tredje låg på mage och det gjorde det hela lite svårare. Jag skulle kunna slå honom i bakhuvudet, men det skulle inte vara lika effektivt och jag skulle vara tvungen att slå hårdare. Jag tvekade en stund men insåg snart att jag inte hade något val, så jag drämde till honom i bakhuvudet. Det blev en rejäl duns och nu började det röra sig i sängarna. Nu gällde det att agera snabbt. Hjärnskakning och blånader skulle inte vara tillräckligt för att bli av med dem, så här krävdes ytterligare insatser. Men det ingick i min plan. Jag tog tag i armen med båda händerna på den sista och knäckte till mot mitt knä så att den bröts precis vid armbågen. Det smällde som ett pistolskott och han kvicknade genast till och började vråla som en vettvilling. Snabbt som ögat gjorde jag samma procedur med de andra två. Nu hade alla vaknat och det blev ett jävla liv. Jag skyndade mig ut och när jag kom till dörren stannade jag till, vände mig och förde pekfingret till munnen. Sedan drog jag handflatan över halsen. Det var ett tecken som alla kunde förstå och som förhoppningsvis skulle hålla dem lugna.

Jag skyndade mig in till min sal och kröp ner i bingen. Ganska snart började larmet tjuta och det dröjde inte länge innan man kunde höra ambulansernas sirener.

Allt hade gått som beräknat. Det skulle ta åtskilliga månader innan deras skador var läkta och förhoppningsvis skulle de sedan placeras på någon annan avdelning.

Morgonen därpå var lugn och av nattens händelser syntes bara några hjulspår från ambulanserna i gruset. Alvarez satt på sin vanliga plats och när jag satte mig bredvid honom tittade han på mig och såg obekymrad ut. Det var ingen tvekan om att han visste vad som skett, men han visade det inte och han nämnde inte något. Vi fortsatte bara våra samtal som vi brukade och pratade om allt möjligt utom det som hänt på natten.

Det är klart att jag var förvånad över att han inte visade någon som helst tacksamhet. Någon liten gest kanske skulle varit på sin plats, men det var först då jag blev frigiven som jag fick ta del av hans uppskattning.

Vilka konsekvenser som det skulle bli av mitt tilltag kunde jag bara spekulera i. Om någon skulle angett mig skulle jag nog ha fått det ganska jobbigt. Men inget hände och allt var som vanligt. Det är klart att Alvarez hade ett finger med i spelet och det hade jag nästan räknat med, annars skulle jag nog tvekat att göra det jag gjorde.

***

Äta, sova, pissa, skriva, titta på tv, skita, fika, träna, tvätta sig. Det är så det ser ut varenda jävla dag. Vad är det för liv? Det kunde ju så klart varit värre och vad kan en gammal gubbe i dödens korridor egentligen ha för krav på ett bra liv? Goda vänner att prata och skoja med, skulle nog en del säga. Men jag tycker inte om folk och har alltid haft svårt att känna tillit. Här inne är det nästan omöjligt att skaffa sig vänner. De flesta är senila och de som har någon hjärncell i behåll är så tråkiga att man spyr. Deras eviga tugg om duktiga familjemedlemmar, krämpor och det där jävla vädret, står mig upp i halsen. Ja, jag vet. Jag är en surgubbe som inte förtjänar något umgänge och jag har för länge sedan förlikat mig med tanken. Vad har jag för rätt att döma folk jag inte känner, raljera och uttrycka oförskämdheter om allt och alla? Det är nog min säkerhetsventil, ett sätt att dämpa min ovilja mot livet och lindra den smärta jag känner. Men det är klart att jag ibland önskar att allt hade varit på ett annat vis. Att kunna umgås med folk på ett naturligt sätt. Kunna småprata om ditten och datten och kunna glädjas åt det lilla. Men varför skulle jag finna nöje i att höra på hur det värker i någons höft, eller hur barnbarnen blev glada då de fick någon jävla present som de förmodligen bankade sönder efter en halvtimme? Ja, ni hör hur jag låter och jag får skylla mig själv. Det skulle nog varit fantastiskt med en kärleksfull familj och någon god vän. Men nu blev det inte så. Det var bara Ivar som jag litade på och tyckte om. Gud i himlen vad jag saknat honom genom åren.

Ett tag verkade det som om Anna skulle kunnat bli min själsfrände, men det sket sig som sagt. Den där magiska känslan som skulle kunnat vara något som liknar kärlek, var på vippen att titta fram. Det var nog tur att det inte hann gå längre, då skulle jag nog haft svårt att gå vidare. Vi får se hur mötet med min okände bror blir. Är han lika introvert som jag blir det nog inte mycket sagt och är han öppen och sällskaplig kommer jag nog inte att kunna känna någon samhörighet. Det blir förmodligen skit av alltihop. Men jag ska i alla fall ge det en chans. Jag är inte säker på om jag vill höra så mycket om det som en gång varit min familj. Fattiga som kyrkråttor och nio ungar, hur tänkte de? Föräldrarna måste ha varit sjuka i huvudet som lämnade bort en unge på det sättet som skedde. Fast jag vet förstås inte exakt hur det gick till. Kanske är det jag fått berättat för mig överdrivet? Ett rykte förändras över tiden och kan bli till något helt annat. Det får mig att tänka på en lek vi gjorde i skolan. Vi fick stå på ett långt led och den första skulle viska något i örat på den andra, sedan skulle viskningen gå vidare till nästa och den som stod sist skulle återberätta det som viskades. Jag stod någonstans i mitten och i mitt öra kom det något bibelcitat jag inte kommer ihåg. Den lista i ledet blev alldeles röd i ansiktet när han skulle berätta vad han hört så han hittade på något eget. Han förstod att det borde vara något religiöst eftersom det var fröken Lovisa som bestämt, så han drog till med ”ärad vare gud i höjden.” Det var tydligen inte så långt ifrån, för fröken Lovisa blev inte så arg. Men det som han egentligen hörde var ”Fete Gunnar har en jätteliten kuk.” Så lätt kan en sanning bli något helt annat bara för att någon jävel vill vara rolig. Nu var det väl inte helt osant. En liten kuk har jag fått dragits med genom livet, men jag menar att det som en gång varit en sanning kanske har förvanskats under tidens gång. Så är det nog ofta och jag hoppas att det stämmer i mitt fall. Inte fan lämnar väl en mor sitt nyfödda barn utanför en polisstation, mitt i vintern? Vi får se om sanningen kommer fram när jag träffar min bror. Men det ligger i framtiden. Nu ska jag raska på med skrivandet. Inte för att inspirationen flödar precis, men ska jag hinna klart innan jag dör så gäller det att ligga i.

***

Min fängelsetid började lida mot sitt slut och jag skulle bli
utvisad så fort jag blev frigiven. Det var inte vad jag hade
hoppats på och det innebar att jag skulle få fortsätta att sitta
inne då jag kom till Sverige. Jag beklagade mig för Alvarez som
bara nickade och verkade ointresserad av mitt dilemma.
Men jag förstår att det var han som låg bakom den
händelseutveckling som senare skulle ske.

Den sista dagen i fängelset tillbringade jag mest med
förberedelser. Jag gjorde en grundlig rengöring av mig själv och
tog på mig rena kläder som ambassadkvinnan kommit med
några dagar innan. Hon verkade må lite bättre än senast vi
sågs och när jag frågade hur det stod till med maken, log hon
bara och svarade inte. Jag frågade inte mer. Ibland är det mer
intressant att bara fantisera om en händelse än att verkligen
veta. Sanningen är ofta ganska ointressant.

På eftermiddagen gick jag runt och tog adjö av de få personer
som jag betraktat som vänner i någon slags bemärkelse.
Vänner som utan att tveka skulle sticka en kniv i ryggen på
mig om de hade något att vinna. Jag satt länge med Alvarez
men han sa inte så mycket och nämnde inte med ett ord vad
han hade planerat. Han verkade närmast likgiltig och det
gjorde mig lite stött.

På utsatt tid vinkade vakterna på mig och jag tog mitt pick och pack och gick till porten. Där blev jag eskorterad av två poliser som tog mig i varsin arm och ledde ut mig i frihet, eller vad man ska kalla det. Det stannade till en bil och jag blev placerad i baksätet bredvid en storvuxen man med rakat huvud och en underlig tatuering i pannan. Det förvånade mig att inte poliserna följde med. Efter ett tag började jag ana att bilen inte alls var på väg till flygplatsen utan åkte åt rakt motsatt håll. Då började det gå upp ett ljus för mig att någon hade planerat något helt annat. Jag hoppades att det var Alvarez. Skulle det vara någon av hans fiender skulle det kunna sluta mycket illa.

Bilen stannade några kilometer bortom stadskärnan och jag blev ombedd att stiga ur. Så fort jag kommit utanför bilen, drog den iväg med en rivstart och jag blev lämnad ensam kvar. När jag såg mig omkring, kunde jag konstatera att området inte var så nedgånget som det brukade vara i förorterna. Husen var prydliga med grönskande trädgårdar och väl sopade stengångar. Det är klart att tankarna började snurra i huvudet. Vad skulle det här betyda och vart skulle jag ta vägen? Visserligen hade jag kontanter kvar, men det var också allt.

Jag behövde inte fundera så länge. En kvinna kom emot mig och neg som hälsning när hon stod framför mig. Jag bugade tillbaka och frågade vem hon var. "Jag är ditt hembiträde" sa hon och log. Hon tog tag i min arm och visade mig till ett hus som visserligen var litet med en minimal trädgård, men som verkade välskött. När vi kommit innanför dörren kunde jag konstatera att det var lika välskött inomhus som utanför. Det verkade nästan som om ingen bott där tidigare.

"Välkommen till ditt nya hem" sa kvinnan och neg igen.

Det var skönt att leva bekvämt efter fängelsevistelsen. Att få sova i en renbäddad säng på en mjuk madrass var till en början ganska ovant, men efter några dagar kändes det som det skulle.

Mitt hembiträde hette Maria och var en trevlig kvinna i fyrtioårsåldern. Hon var nästan överdrivet vänlig och jag kände mig väldigt uppassad. I början var det nog trevligt och en upplevelse jag aldrig tidigare varit i närheten av, men efter en tid började jag tycka att det blev lite för mycket av det goda. De flesta karlar skulle nog inte ha något emot att få frukost på sängen och bli så ompysslade varje morgon. Det höll för mig i två dagar, sedan tyckte jag bara att det var jobbigt. Jag försökte förklara för Maria att jag uppskattade hennes omsorger, men att det alls inte var nödvändigt. Hon berättade då att hon fick bra betalt för att hålla mig på gott humör och att det inte skulle ses med blida ögon om jag skulle ha något att klaga på. Till slut fick jag henne att inse att det skulle räcka gott med de sedvanliga hushållstjänsterna och att frukost på sängen inte alls var nödvändigt för att jag skulle vara nöjd. Jag skulle inte ha för avsikt att komma med några klagomål. Hon verkade tycka att det var lite underligt, men fogade sig i min önskan.

Under min tid i huset utvecklade jag mina språkkunskaper genom samtal med Maria, men tillvaron började bli en aning långtråkigt. Det fanns inte så mycket att göra annat än att promenera och titta i affärer. En långpromenad ner till centrum skulle kanske liva upp tillvaron en smula, men när jag kommit bara en liten bit på väg, blev jag stoppad av några bryska karlar som drog in mig i sin bil. Där fick jag veta att jag svävade i stor fara om jag vistades för långt från huset. De berättade att det var Alvarez som beordrat att jag skulle tas om hand och skyddas. Det hade jag nästan förstått och när det blev bekräftat, fick jag en väldigt skön känsla inombords.

Jag hade räknat ut att jag skulle vara tvungen att hålla mig undan i nästan två år till innan jag skulle kunna återvända till Sverige utan att hamna i fängelse. Två år av sysslolöshet med ett begränsat utrymme att röra mig på. Det var ingen lockande tanke, men heller inget ovant för mig. Det skulle inte vara några problem.

Jag behövde inte vänta så länge. Redan efter några månader började det hända saker.

***

Jädrars, nu knackar det. "Kom in."

"Hej Gunnar! Jag har slutat och fick en stund över, så jag tänkte hälsa på dig en stund innan min sambo kommer och hämtar mig."

"Hej Gunilla, det var ett oväntat besök. Nog har väl du något roligare att göra än att prata med en gammal surkart som mig?"

"Nog för att du kan vara tjurig ibland, men för det mesta är du ganska rolig. Åtminstone när du berättar om gamla tider. Jag har ju hört lite men nu undrar jag om jag kan få låna hem en bunt papper och läsa från början?"

"Ja visst kan du få det, men har du verkligen tid med sådant? All stress och jäkt som är nu för tiden för att få pusslet att gå ihop."

"Jag har inga barn och bor i lägenhet. Min sambo ska åka med några kompisar på fiskeresa och jag kommer troligen att få jobba lite osammanhängande resten av veckan. Dessutom är det skitväder, så det passar utmärkt att få ta del av din berättelse. Jag älskar att läsa, det har jag väl sagt?"

”Du kan ta hela bunten. Jag går sällan tillbaka och kollar vad jag skrivit. Det mesta sitter kvar i huvudet. Men slarva inte bort det.”

”Nejdå, jag lovar. Förresten, jag har en scanner hemma och om du vill kan jag kopiera det du skrivit?”

”Inte för att jag vet vad en scanner är, men det får du gärna. Kopior är alltid bra.”

”Hur långt har du kommit nu? Hur gammal är du?”

”Jag har precis kommit ut från fängelse i Bolivia så jag är femtiosex. Det konstiga är att det känns som i går trots att det är trettio år sedan.”

”Ja, tänk vad tiden springer iväg. Jag hörde att du fått roliga nyheter här om dagen, att du har en bror i livet som du inte visste om.”

”Ja, det stämmer. Om det är så himla roligt vet jag inte, det känns mest underligt. Han är ju en fullständig främling för mig.”

”Men du tänker väl träffa honom?”

”Jo, så är det väl. Jag ska dit nästa vecka.”

”Det blir väl spännande?”

”Nej, snarare obehagligt. Jag har aldrig varit intresserad av att få veta vilka mina biologiska föräldrar var. Genom alla år har jag förbannat dem och önskat dem allt ont, men om nu min bror inte har en rimlig förklaring till varför jag blev bortlämnad, kommer det att kännas jävligt olustigt.”

”Borde det inte kännas bra i stället? Tänk om det du trott inte visar sig stämma?”

”Det är väl just det som är det obehagliga. Att ha gått och hatat genom ett helt liv, på felaktiga grunder. Men ännu har jag inte facit, så det blir bara spekulationer.”

”Jag hoppas i alla fall att det blir ett bra möte och att du kommer att känna dig nöjd.”

”Det hoppas jag också.”

”Då tar jag papperna så får du tillbaka dem om några dagar. Nu är snart sambon här, så vi ses. Hejdå.”

Hon är trevlig den där Gunilla. Om jag träffat henne i unga år skulle jag nog kunnat tänka mig att lägga in en stöt. Fast det skulle jag nog inte haft mycket för. En sådan söt flicka skulle nog inte vara intresserad av en gangster som dessutom inte hade utseendet med sig. Fast vem vet? Ibland verkar även söta och oskyldiga flickor falla för dåliga karlar, det har man ju läst i tidningarna om.

Nej, nu blir jag trött. En tupplur och sedan en kopp kaffe så är
man på banan igen.

***

Sådär ja, utvilad och nyskiten. Nu ska jag fortsätta skriva en
stund.

Det började hända saker, som sagt var. En förmiddag kom
några karlar på besök. Jag förstod att det var Alvarez hejdukar.
I annat fall skulle jag inte sitta här nu. De ville de att jag skulle
följa med ut i bilen och det hade jag inget emot. Det bar iväg
ner mot centrum och vi stannade på en bakgata där det låg en
massa fallfärdiga hus. Rena slummen skulle jag vilja säga.
Vi klev ut och gick in i en port till ett av de mer nedgångna
husen. Några trappor upp knackade de på en dörr och strax
öppnades den av en karl som inte verkade särskilt intresserad
av att få besök. Efter att ha lyssnat på deras tjatter en stund,
förstod jag att det rörde sig om en obetald skuld. Alvarez hade
berättat i fängelset att en stor del av hans intäkter bestod i
bankverksamhet. Att låna ut pengar utan säkerhet till hög
ränta. Det där var ingen nyhet för mig. Jag hade varit
inblandad i samma typ av affärsverksamheter hemma i Sverige
och visste vilken lukrativ bransch det var. Men det hade sin
baksida då det ibland hände att någon inte kunde betala

tillbaka sitt lån. Då det inte fanns några säkerheter var det viktigt att statuera exempel i sådana fall, annars skulle hela upplägget fallera. Jag förstod att det här var ett sådant fall.

 Mannen i fråga bönade och bad och försäkrade att pengarna skulle komma in om några dagar. Tydligen var det inte första gången han missat och nu verkade Alvarez män tycka att det var nog.

Mannen fick ett hårt slag i ansiktet och blev fastbunden på en stol. Fast jag varit med om liknande saker förr, började det kännas lite obehagligt. Jag hade ju lämnat allt det bakom mig och betraktade mig numer som en något godare människa som inte brukade våld i onödan. Förhoppningsvis var inte offret någon ängel och det fick jag bekräftat när jag frågade mina väktare. Hade han lånat pengar till mat och uppehälle eller att göra något gott för sin familj, skulle det ha känts kymigt, men han hade tydligen lånat för att kunna köpa ett större knarkparti och göra sig en rejäl hacka. Då kom det i ett annat läge och kändes inte längre så obekvämt. Ger man sig in i något sådant får man skylla sig själv.

Han fick utstå en utdragen misshandel och det hela slutade med att han tuppade av. Ja, så där är det i den här världen. Den som sig i leken ger. Girighet är ingen bra egenskap och kan leda till tråkigheter. Ska jag vara ärlig så tyckte jag inte synd om honom. Han fick ordentligt med stryk men inte värre än att han skulle kunna fortsätta sitt värv och förhoppningsvis kunna skrapa ihop till sin skuld inom en snar framtid. Nästa gång skulle han råka betydligt mer illa ut om han inte kunde betala, och det var han nog väl medveten om.

Så där höll det på i flera månader. Jag fick följa med på diverse indrivningsuppdrag. Ibland fick jag själv hjälpa till med att övertyga kunderna om vikten av att hålla ett löfte. Det gjorde mig inget då det rörde sig om knarklangare och hallikar och det var mest den typen av klientel som kom i fråga. Det var inte särskilt spännande och snart var jag innerligt trött på det mesta.

Men inget varar för evigt. Jag tror det var strax efter nyårsaftonen 1989 som slentrianen förbyttes till något helt annat.

Jag blev som vanligt hämtad av Alvarez mannar och vi begav oss på ett uppdrag som jag först trodde skulle bli precis som vanligt. Det var en liten bordell på landsorten en bra bit utanför La Paz. Föreståndaren var skyldig en större summa pengar och hade skrapat upp nästan allt, men det fattades lite. Han lyckades övertala männen att ta ut det resterande i natura och kallade in sina flickor i rummet där vi satt. Genast då jag fick se dem förstod jag att det här skulle sluta illa. Det var inga vuxna kvinnor det var frågan om utan unga flickor som jag uppskattade var i tolvårsåldern. När jag såg karlarnas lystna blickar och flickornas skräckslagna ansikten visste jag på en gång att det här inte var något jag kunde låta ske. Det började koka inom mig och jag fick svårt att tänka klart. Fram tills nu hade jag inte gjort så mycket väsen av mig och karlarna hade nog uppfattat mig som en ganska obetydlig individ som de var beordrade att skydda. När jag nu höjde rösten och förklarade att detta arrangemang var uteslutet, såg alla mycket konfunderade ut. Det utbröt en vild diskussion och jag försökte med alla medel övertyga dem att Alvarez inte skulle se med blida ögon på deras tilltag. Att avstå från pengar till förmån för egna intressen borde i deras värld vara lika illa som i min. Det verkade till en början som om de insåg att jag hade rätt, men en av dem var inte lika övertygad.

Det var han som var tatuerad i pannan och som verkade vara den som stod högst i rang i gruppen. Han flinade och sa att Alvarez vilja hade sina begränsningar och att han alls inte tänkte avstå från att förlusta sig lite med några av töserna. Han gick resolut fram till den som såg yngst ut, gav henne en kraftig örfil och beordrade henne att klä av sig.

Nu stod jag inför ett val. Vidare argumentering skulle troligen vara verkningslös och att bruka våld mot mina beskyddare skulle kunna få ödesdigra konsekvenser. Det var inget svårt val. Jag visste att jag aldrig skulle kunna tolerera övergrepp på ett barn, oavsett vilka följder det skulle få. Jag tog några steg fram och skrek åt honom att sluta. Det blev helt tyst i rummet

och de andra stirrade på mig som om jag vore något
övernaturligt. Den tatuerades förvånade uppsyn förbyttes snart
mot ett illmarigt flin och han gick fram mot mig och stirrade
stint in i mina ögon och viskade i mungipan.

"Vem tror du att du är? Komma här och domdera. Du har
ingen talan och är det så att du inte förstått det så ska du få
lära dig nu."

Min instinkt formad av mångårig vana, talade om att de nu var
rätt tillfälle att agera. Jag log och lade mina händer på hans
axlar och i samma ögonblick som jag uppfattade en glimt av
seger i hans ögon, gav jag honom en dansk skalle så kraftig att
det small när näsbenet gick av. och blev liggande livlös. De
andra stod som förstenade och verkade inte riktigt uppfatta
vad som hänt. Nu hade jag för ett ögonblick övertaget och
utnyttjade situationen till min fördel. Jag beordrade bryskt de
övriga att ta med sig honom och lite förvånande lydde de utan
att ifrågasätta. I bilen förklarade jag att Alvarez och jag hade
kommit väldigt nära varandra i fängelset och om den här
händelsen skulle få några negativa konsekvenser för min del,
skulle det förmodligen inte sluta bra för någon av dem.

Det var en aning nervöst ett tag då jag inte visste vad som
skulle hända. Om nu respekten för Alvarez skulle segra över
ilskan och hämndbegäret skulle det nog gå vägen, men det var

alls inget som var skrivet i sten. I värsta fall skulle jag kunna
bli likviderad och kastad till hajarna och ingen skulle sakna
mig. Det var en tanke som inte tilltalade mig särskilt mycket.
Insikten om att inte vara saknad bekom mig inte så mycket,
men tanken på att bli söndertuggad och uppäten av hajar var
ganska skrämmande.

Jag kan nog säga att fantasin skenade iväg en hel del med mig
vid den tidpunkten. Men inget hände förutom att jag inte
längre blev hämtad av karlarna. Jag var nog fortfarande
beskyddad för man kunde skymta en viss närvaro ute på
gatan. Det var tydligen så att respekten eller möjligen rädslan
för Alvarez hade dragit det längsta strået.

Det blev återigen en lång tid av sysslolöshet och leda. Det var
tur att jag fortfarande hade Maria som sällskap. Vi tillbringade
mycket tid med att spela olika sällskapsspel och jag fick tillfälle
att förkovra mig i språket.

Jag tyckte mycket om Maria men någon attraktion var det
aldrig frågan om. Hon var rar och trevlig och såg inte illa ut,
men det var den där lukten som jag inte kunde med. Jag vet
inte vad det var, men en sötaktig stickande doft som påminde
mig om något från min barndom. Förmodligen var det något
liniment hon smorde in sig med. Varje gång hon kom för nära
var det nästan som det kväljde mig. Det luktade inte direkt illa
och jag funderade mycket på vad det var som påverkade mig.

En kväll då jag var på väg att somna, kom jag på det. Minnena kom svepande och fick mig att må sämre än på mycket länge.

Men det får jag berätta om senare. Nu börjar jag få sådan jävla träsmak i arslet så jag är tvungen att försöka röra lite på mig.

***

"Men vad har vi här för en sömntuta mitt på blanka dagen? Det är lunch om en stund och i dag blir det din favoriträtt, Köttbullar och potatismos."

" Hej Gunilla. Ojdå, jag råkade visst nicka till. Blir det något träningspass innan maten?"

"Nej, det tar vi senare. Du Gunnar, jag har börjat läsa lite av din berättelse och jag måste säga att jag blev ganska illa till mods. Är det verkligen sant det du skriver eller har du låtit fantasin skena iväg en smula?"

"Tja, vad ska jag säga. Man får tro vad man vill. Jag har väl sagt att jag mest skriver för att ha något att göra och beträffande fantasin har den aldrig varit en utmärkande egenskap hos mig. Så nog är det sant alltid även om jag utelämnar en del som inte ens jag själv vill tänka på."

”Men fy vad hemskt. Jag vet faktiskt inte om jag vill fortsätta läsa. Kommer det inte något mer lättsamt längre fram i berättelsen?”

”Jodå, det är inte bara jämmer och elände. Hur långt har du kommit?”

”Bara några sidor, då du bor hos dina fosterföräldrar och det berörde mig djupt. Varför anmälde du det inte? Sådant de höll på med är ju olagligt.”

”Det var andra tider då, speciellt på landsbygden och jag hade inga referenser om vad som var normalt eller inte. Jag trodde nog att det var i sin ordning att vuxna betedde sig på det viset.”

”Men senare då, när du blev äldre och började förstå vad du blivit utsatt för?”

”Om du läser några sidor till så kommer du att få veta vilka konsekvenser det blev för deras del. Åtminstone för Harald.”

”Ja, då blir jag väl tvungen. Men blir det värre så slutar jag läsa.”

”Du gör som du vill. Nu är jag hungrig.”

Köttbullar och mos, med lite brunsås, saltgurka och lingonsylt. Det är inte fy skam. Den enda gången jag kommer ihåg att Ingeborg lagade något gott, var just köttbullar. Men det blev

ingen sås eller några tillbehör, bara köttbullar och kokt potatis.
Jag minns att jag njöt i fulla drag och åt så jag knappt kunde
stå på benen efteråt. Harald läxade upp mig och jag fick ett
rejält kok stryk för att jag ätit så mycket. Men det var det värt.
Jag fick aldrig mer köttbullar hemma, vad jag kan komma
ihåg.

Lite kaffe också. Jag ska fan i mig sätta mig hos någon och se
om det går att få till något vettigt samtal. Det duger ju inte att
bara sitta och klaga på andra om man själv inte bjuder till.
Där sitter en ny kärring som verkar ha åtminstone två
hjärnceller i behåll. Jag gör ett försök. Det får bära eller brista.

"God middag! Får man slå sig ner?"

"Det går bra. Gott kaffe det här."

"Jovars. Du är nyinflyttad va? Jag har inte sett dig förut."

"Jag kom förra veckan och måste säga att jag trivs utmärkt.
Det är ju så trevlig personal och god mat. Hur länge har du
bott här?"

"Få se nu, hmm... Det är nog snart två år. Jag kunde inte bo
kvar hemma efter det att jag fick foten borttagen."

"Ojdå, det var tråkigt, men du har protes ser jag."

”Ja, det där otyget får man dras med, men man vänjer sig. Nu går det ganska bra att ta sig fram även om det spänner lite i stumpen.”

”Huvudsaken är väl att man har hälsan i behåll och ett gott humör.”

”Ett gott humör är nog inte mitt främsta kännetecken, men för övrigt är jag frisk och kry. Hur gammal är du?”

”Men så frågar man väl inte en dam, men om det är viktigt att veta så är jag åttioett år. Hur gammal är du själv?”

”Jag är blir åttiosju till hösten om jag nu får vara med så länge.”

”Det får du säkert. Du ser så pigg och vital ut. Men du är väldigt ärrig, har du råkat ut för någon olycka?”

”Nej, inte direkt, det är väl mer ett avtryck från livets hårda skola. Man har ju varit med om en del. Men du verkar slät och fin i hyn efter omständigheterna, nästan som om du svävat fram på bomull genom livet.”

”Tack, men jag har nog fått min del av mörker, även om ärren inte satt sig så mycket på utsidan. Lite rynkor blir det ju alltid och det hör väl till.”

"Ja, det är klart. Men jämfört med de andra kärringarna här som ser ut som om de blivit mumifierade, har du hållit dig bra i skick."

"Brukar du ha för vana att kalla nya bekantskaper för kärringar? Det är väl inte särskilt artigt."

"Ursäkta mitt ordval, det bara slank ur mig. Jag är så ovan att prata med någon av de andra. De flesta är helt ute och cyklar och går ju överhuvudtaget inte att få något vettigt ur."

"Jag förstår hur du menar, jag kan själv känna mig lite utanför ibland. Men man får acceptera sitt öde, så är det bara. Nu ska jag gå in till mig, men det var trevligt med en pratstund. Kanske kan det upprepas?"

"Gärna, det skulle vara trevligt. Och jag lovar att inte kalla dig för kärring igen."

Det där gick ju över förväntan. Henne vill jag gärna prata med igen. Men nu är visst en annan kärring på väg hit med raska steg. Undrar vad hon har på hjärtat?"

"God dag! Jag måste sätta mig ner ett slag, jag har så ont i ett knä."

"Ja, var så god. Det tog väl på krafterna att manövrera mellan alla tomma stolar på väg hit?"

"Det är inte lätt att ha värk. Doktorn säger att det inte finns så mycket att göra annat än att ta medicinen han skriver ut."

"Har du provat att röka gräs, det ska visst lindra en hel del sägs det."

"Vad?"

"Glöm det. Har du några andra krämpor förutom i knät? Det är väl lika bra att du drar hela registret så har vi det avklarat."

Sådär ja, ännu en föreläsning om kroppens funktioner. Här vad det material för en hel läkarbok. Snart kan jag väl ta på mig en vit rock och avlösa doktorn så att han får ett välbehövligt avbrott i tillvaron. Han måste vara innerligt trött på allt gnäll han får höra dagarna i ända.

Det låter kanske okänsligt. Det är klart att det är marigt att ha värk, men jag blir så jävla trött på att höra om det.

Det räcker gott med mitt eget gnäll över protesen som skaver och den där jävla träningen som är så fruktansvärt tråkig. Nej, håll ditt skit för dig själv och plåga inte andra som ändå inte kan göra något åt det.

Men den andra kvinnan var trevlig. Hon sa visst aldrig vad hon hette? Det får jag fråga nästa gång. Nu känner jag mig redo att gå in till mig och skriva några rader till.

***

Det var det där med lukten från Maria som jag inte kunde med. Minnena blev så starka att det nästan kändes som om jag var tillbaka i min barndom.

Vi hade utedass som de flesta på den tiden. Ingen var särskilt intresserad av att hålla efter all skit som blev och jag var för liten för att orka med det tunga arbetet. Konsekvensen blev att högen i fjölen växte upp över kanten där man skulle sitta. Det fungerade för Harald och mig för vi kunde stå och göra det vi skulle. Värre var det för Ingeborg. Hon var så fet att hon inte kom upp på sittbänken utan fick sätta sig och med sin egen tyngd pressa ner så mycket som möjligt. Det där var inte särskilt hälsosamt och medförde att arslet blev inflammerat och hon fick eksem.

I stället för att underlätta hennes toalettbesök och gräva undan lite av skiten, rörde Harald till en salva som skulle vara antiseptisk och som Ingeborg skulle smörja in röven med. Men så var hon ju tvungen att få hjälp med insmörjningen då hon själv inte kom åt, och naturligtvis var det jag som fick den äran. Det var inte precis så att man njöt av stunden och den där lukten från salvan fick mig att må fruktansvärt illa. Det där höll på i något år tills jag begrep hur det skulle kunna avhjälpas och jag lärde mig att gräva undan under dasset.

Även en tid efter att Ingeborg blev bättre i arslet, var jag
tvungen att smörja in henne. Förmodligen tyckte hon att det
var skönt, för hon stönade och ville gärna att jag skulle hålla
på längre. Till slut så vägrade jag och såg bestraffningen från
Harald som ett bättre alternativ.

Allt det där kunde jag ju inte säga till Maria, utan fick bita ihop
och stå ut med lukten. Hon hade nog inte förstått och
förmodligen tagit illa vid sig.

Jag började räkna ner tiden. Enligt mina beräkningar skulle
jag kunna åka hem till Sverige om ett halvår och då inte längre
behöva avtjäna mitt straff. Men nu började det tryta i kassan.
Visserligen behövde jag inte betala något för mat och husrum,
men det gick ändå åt lite kontanter för allt runt omkring och
jag ville inte komma hem helt barskrapad. Jag funderade på
hur jag skulle kunna tjäna lite pengar men det var inte så lätt
att komma på något. Kanske Alvarez skulle kunna råda mig?
Så jag bestämde mig för att besöka honom i fängelset.
Visserligen hade jag blivit avrådd att visa mig allt för öppet,
men det rådet hade jag för länge sedan ignorerat och då inget
hänt, kände jag mig numer ganska trygg.

Jag plockade ihop en korg med sådant som skulle kunna
komma till nytta i fängelset. Lite gott att äta och några
tidningar och böcker. Jag hade flera gånger tidigare tänkt att

jag skulle besöka honom, men det hade liksom inte blivit av.
Nu hade jag i alla fall bestämt mig och tog en taxi trots Marias
protester.

Det var lite märkligt att komma in på fängelset igen. Men jag
hade ju inte behövt uppleva något större trauma under min
vistelse där, så det kändes ändå helt okey.

Alvarez satt som vanligt i sin stol och tittade ut över
gårdsplanen. När han fick syn på mig verkade han oberörd,
men när jag kom fram kunde jag ana en viss glädje i hans
ögon. Jag räckte över korgen och satte mig ner bredvid honom.

Vi pratade i timmar och jag förklarade för honom att jag
planerade att fara hem till Sverige så fort jag fick möjlighet,
men skulle behöva tjäna ihop lite pengar först. Det skulle inte
vara några problem för mig att tjäna en rejäl hacka på några
indrivningsuppdrag eller liknande, men det ville jag inte.

Det fick vara slut med sådant nu. Jag ville inte ta risken att
åka fast och få tillbringa ytterligare några år i fängelse.
Alvarez lyssnade och nickade men verkade inte ha några goda
råd att komma med. ”Det ordnar sig nog” sa han bara och
fortsatte att se helt oberörd ut. Så mycket kände jag honom att
jag förstod att han hade något i kikaren. Jag hoppades bara att
det inte skulle vara något som äventyrade min hemresa.

Vi tog farväl och jag reste mig. Det var förmodligen sista gången jag träffade honom, så jag skakade hans hand lite extra.

Några veckor senare blev jag varse vad det var som Alvarez hade ordnat med. Jag låg och sov middag då Maria kom och väckte mig.

"Det kom en man och lämnade ett paket som han sa att du skulle ha. Jag vet inte vem det var, men han verkade angelägen."

Det var en papplåda ungefär i storlek som en skokartong. Den var omlindat med tidningspapper och ett grovt snöre med en slarvigt knuten rosett. Min första tanke var att det kunde vara en bomb. Med tanke på att huset fortfarande stod under uppsikt av Alvarez mannar, verkade det inte särskilt sannolikt. Men det fanns en liten risk, så jag uppmanade Maria att hålla sig undan när jag öppnade paketet. Det var inte utan att jag kände en viss nervositet då jag försiktigt lyfte på locket.

Det var ingen bomb som låg där, utan flera buntar med dollarsedlar och överst låg en handskriven lapp. Jag kunde inte läsa på spanska så jag bad Maria.

"Käre vän. Du förgyllde min tillvaro i fängelset och du skyddade mig utan tanke på egen vinning. Jag är mycket tacksam och hoppas att pengarna ska komma dig till nytta och glädje i ditt gamla hemland. Din vän Alvarez."

Jag blev nästan lite rörd. Jag hade varit nöjd med att jag fått uppehälle och beskydd och att nu också få en massa pengar gjorde mig väldigt tacksam. Jag räknade dem och tappade nästan andan då det visade sig vara nästan trettiotusen dollar. Det var bra mycket mer än vad jag fick då jag sålde mitt hus. Nu skulle jag kunna återvända hem utan att behöva bekymra mig för ekonomin. Det kändes mycket skönt.

Nu började tiden flyga iväg. Jag köpte fina råvaror som Maria lagade till och passade också på att förnya min garderob så att jag skulle se proper ut när jag kom hem till Sverige. När jag tittade mig i spegeln efter ett besök hos frisören, kände jag nästan inte igen mig själv. Det var ju en riktigt stilig karl som stod där. Visserligen ärrig och ful i ansiktet, men fullt respektabel för övrigt.

Det började närma sig hemresedatum. Jag hade ordnat med flygbiljett och förberett allt annat. Maria var lite ledsen men det ändrade sig då jag gav henne tvåtusen dollar. Först vägrade hon att ta emot dem och förklarade att hon fick en bra lön från annat håll. Men då jag förklarade att det inte var någon lön utan en gåva från mig, var hon tvungen att acceptera. Hon hade varit en bra hushållerska och en god vän så det kändes nästan lite vemodigt att behöva lämna henne. Ett tag hade jag faktiskt funderat på att fråga om hon ville följa med mig, men ångrade mig då jag insåg att jag inte hade så mycket att erbjuda henne där hemma. Bara vänskap räcker nog inte för en kvinna och hon skulle nog också avsky den svenska vintern. Jag kanske också skulle bli påmind om Ingeborgs arsle, och den tanken var inte särskilt lockande.

***

"Gunnar! Du har väl inte glömt vad det är för dag i dag? Gör dig i ordning nu."

Javisst fan, det kommer en skolklass och ska titta på oss. Undrar vem som kommit på den briljanta idén? Jag antar att förväntningarna är höga. Stackars barn.

"Nejdå, jag har inte glömt. Jag är strax klar. När skulle de komma?"

"Klockan ett var det sagt. Då ska alla hunnit äta lunch och vara redo för lite umgänge med barnen. Det ska väl bli trevligt?"

"Det blir det säkert. Vad ska vi göra då? Bara sitta och bli uttittade eller ska vi ha någon aktivitet?"

"Ni ska umgås och prata. Lite utbyte mellan generationerna är nog bra för både barnen och er. Men du får tänka på att de inte är så gamla så det gäller att vårda sitt språk. Vi vill ju inte få klagomål över att någon burit sig illa åt."

"Du behöver nog inte vara orolig när det gäller mig, men hur blir det med den där senila danska tanten som bor på trean? Hon gör ju inget annat än att prata knulla hela dagarna."

"Ja du, hon får nog hålla sig på sitt rum under tiden. Jag kan inte se någon annan lösning på det. Skynda dig nu."

Lite omväxling i tillvaron är ju aldrig fel. Inte för att jag längtar efter att sitta och prata med någon ungjävel som inte fattar ett skit, men det är i alla fall något som får tiden att gå. Jag tror inte att ungarna får så stort utbyte av det här besöket, men det är klart, de slipper ju vara i skolan och det kan väl vara värt något. Jag ska i alla fall klä mig lite propert och kamma mig så slipper jag se ut som en slashas.

"Hör upp alla! Nu är bussen på väg och barnen kommer snart in. Då blir det saft och bullar till barnen och kaffe för er som vill ha. Jag kommer först att berätta om vår verksamhet och sedan är det tänkt att barnen ska få mingla lite. Hoppas vi får en trevlig eftermiddag."

Ja, då var det dags då. Nu börjar de drälla in som en svärm irriterande flugor. Hoppas bara att det inte blir så långvarigt.

Jag tänkte jag skulle hinna skriva lite i dag, men det går inget
bra om jag blir för trött.

”Goddag farbror”

”God dag på dig själv. Vad är du för en liten parvel då?”

”Jag heter Niklas. Vad heter du?”

”Jag heter Gunnar. Hur gammal är du då?”

”Jag är elva år och går i femman.”

”Jaså, är du så gammal, då är du snart stora karln. Jag trodde
att det bara var småglin som skulle komma. Trivs du bra i
skolan?”

”Ja ibland, fast inte så mycket på rasterna. Det är ganska
mycket bråk då.”

”Är det några som springer runt och retas?”

”Ja, fast mest håller de på och knuffas och slåss.”

”Det var likadant när jag var liten och gick i skolan. Det fanns
alltid några som ville spela tuffa. De som inte kunde försvara
sig råkade mest illa ut.”

”Fröken har sagt att vi ska gå därifrån om vi blir retade, men
det hjälper inte för då följer de bara efter.”

"Den där fröken vet nog inte så mycket vad det handlar om.
Det finns bara en slags bot mot det där och det är att sätta sig i
respekt så fort som möjligt."

"Blev du mobbad när du var liten?"

"På den tiden fanns det inte något som hette mobbing, men
ungarna var lika elaka då som nu. I början fick jag stryk mest
varje dag och det fortsatte under nästan hela skoltiden. Det var
först då jag blev lite äldre som jag började förstå hur man ska
undvika det där, men då hade jag slutat skolan."

"Hur gjorde du då?"

"Jag slog tillbaka. De som gjorde mig illa fick själva känna på
hur det kändes."

"Fröken har sagt att vi inte får slåss. Det var en kompis till mig
som slog tillbaka en gång och då blev han ännu mera mobbad
och fick byta skola."

"Ja, det är väl så de brukar lösa det nu för tiden, det är väl det
enklaste. Men någon vidare rättvisa är det inte."

"Ibland önskar jag att jag var så stark att jag kunde slå
tillbaka."

"Det handlar inte om att vara stark. Det är i huvudet det sitter.
Att övervinna rädslan och behålla lugnet är det man måste lära

sig. Jag ska ge dig ett råd, men du får lova att inte berätta för någon."

"Okej, jag lovar."

Nästa gång någon jävlas med dig ska du inte gå därifrån. Du ska stanna kvar och stirra honom stint i ögonen. Om han står en bit ifrån ska du gå närmare så du kommer tätt inpå. Är du högerhänt?

"Hur då, menar du?"

"Vilken hand skriver du med?"

"Den här."

"Ja, då är du högerhänt. Då ska du samtidigt som du stirrar honom i ögonen, knyta näven och sträcka ut din högerarm rakt ut åt sidan och föra den bakåt så långt det går. Samtidigt följer du med din vänsterarm så den hamnar ungefär vid skuldran. Nu kommer han att tro att du måttar en rallarsving med högerarmen och vara beredd på det. Då klipper du till honom snabbt med vänsterarmen, gärna över näsan. Han kommer att bli helt överrumplad och tappa fattningen. Då kan du passa på och ge honom en känga i skrevet också. Efter det så kanske han blir mer försiktig med vilka han bråkar med. Det där kan du öva hemma på så du blir riktigt duktig."

"Vad är en rallarsving?"

”Det är när man slår från sidan med rak arm. Inte så effektivt då det krävs snabbhet, men det ger bra tyngd i slaget.”

”Får man göra så?”

”Nej, det är klart att man inte får, men vill man undvika att bli trakasserad så kan man inte alltid följa reglerna.”

”Gjorde du så?”

”Ja, många gånger. I början gick det inte alltid så bra, men jag blev bättre och bättre. Snart var jag en riktig fena på slagsmål och då var det ingen som vågade sätta sig upp mot mig.”

”Blev du en mobbare själv då?”

”Nej, verkligen inte. Det ska du ta till dig, att aldrig ge dig på någon som inte förtjänar det. Då kommer du att mista all värdighet. Men försvara gärna de utsatta och tveka aldrig.”

”Hör upp alla! Nu är det dags att avsluta. Bussen står och väntar.”

”Jaha du Gunnar, du satt länge och pratade med den där pojken. Vad pratade ni om?”

”Ja du Elisabeth. Det var mest om hur han hade det i skolan.”

”Du drog väl inga rövarhistorier och satte griller i huvudet på honom?”

"Nej gudbevars, hur kan du tro det?

***

Så där ja, då var det över. Ansträngande men samtidigt lite intressant. Han var riktigt trevlig, pojkstackarn. Hoppas nu att han tog åt sig av det jag sa och inte låter sig trampas på.

Jag tror att jag ska sätta mig ner och skriva i någon timme. Lite trött är jag, men inte värre än att det nog går att få ner några rader. Det är bäst att passa på för man vet aldrig hur lång tid man har kvar. Jag går nog på övertid nu, men ännu hänger gubben med.

***

Hur var det nu jag slutade? Hemresan ja, nu var det dags att återvända till fosterlandet. Det var inte utan att jag började få hemlängtan. Den där förbannade värmen som varit så skön i början kändes mest som en plåga. Nej, tacka vet jag en rejäl vinter med snö och minusgrader. Det trodde jag väl aldrig att jag skulle längta efter, men så var det i alla fall.

Uppbrottet gick bra. Maria var lite ledsen, men det blev hon för minsta lilla så det var inte så mycket att bry sig om. Bagaget blev ganska lätt, lite kläder och annat som jag kunde ha nytta av. Pengar hade jag, så det fanns inte så mycket att oroa sig för. Det är klart att jag tänkte en del på hur det skulle bli när jag kom hem. Jag hade ingenstans att bo och inget socialt nätverk, men det fick väl ordna sig bäst det ville.

På planet fantiserade jag om ett eget hus. Jag hade trivts så bra i huset jag lämnade, men chansen att det skulle vara tillgängligt var väl inte särskilt stor. Jag skulle i alla fall undersöka saken.

Det blev mellanlandning i London precis som på hitresan. Då vi äntligen landade på Arlanda, var jag trött trots att jag sovit gott under resan. Tidsomställningen gjorde inte saken bättre så jag tog in på närmsta hotell och vilade ut i ett par dagar. Under tiden försökte jag tänka framåt och göra upp en plan på hur jag skulle strukturera min tillvaro. Någon mer kriminell verksamhet hade jag ingen lust att befatta mig med. Dels började jag bli för gammal och min moraliska kompass hade med tiden börjat visa i rätt riktning. Det var några år kvar innan jag skulle bli pensionär och jag skulle bli tvungen att hitta någon försörjning. När jag bodde i stugan kunde jag leva både bra och billigt. Egenodlade grönsaker och potatis, mjölk och ägg från bonden och även lite svartslaktat kött när det

erbjöds. Det var en tillvaro jag trivts med och något jag skulle
försöka uppnå igen. Jag var fortfarande stark så lite
skogsarbete då och då skulle jag nog kunna försörja mig på.

Trots att det var sent på hösten, var det ganska varmt och
behagligt. Den friska rena luften gjorde gott och jag kände mig
nästan som en ny människa.

Jag hade tagit mig till Katrineholm och bodde på vandrarhem.
Efter att ha växlat in mina dollar, köpte jag mig en begagnad
cykel och begav mig dagligen ut på kortare turer i grannskapet.
Det var några mil till stugan där jag bott och en dag bestämde
jag mig för att åka dit. Jag startade tidigt på morgonen med en
välfylld matsäckspåse och några pilsner. Det var längre än jag
räknat med och först långt fram på eftermiddagen var jag
framme hos bonden. Han kände igen mig och det första han
frågade, var om jag var intresserad av att köpa tillbaka huset.
Jag trodde nästan att han skojade, men han förklarade att han
hyrt ut det som sommarstuga till en stockholmsfamilj men att
de i våras hittat något bättre och sagt upp kontraktet. Det hade
varit lite värdeökning så han skulle ha något mer än han gav
för det. Men priset var överkomligt och jag hade så det räckte
och blev över. Det var utan att tveka som jag antog hans
erbjudande på stående fot. Jag fick nyckeln i handen och
tillbringade natten i min nygamla bostad som en mycket lycklig
man.

***

Jag har varit krasslig i några dagar så det har inte blivit något mer skrivande. Inte så illa egentligen, att få ligga i sängen, titta på teve och bli uppassad. Det är klart att man inte ska önska att bli sjuk, men det har sina fördelar om man inte är allt för illa däran. Träningen slipper jag också, vilket är positivt. Det är väl bara en vanlig förkylning med feber kan jag tro och om några dagar är jag nog på benen igen. Då är det tänkt att jag ska åka till Eskilstuna och hälsa på min okände bror.

Jag har tänkt en hel del på det där och jag är inte helt säker på att jag har så stor lust. Men nu är det bestämt och om jag inte gör det kommer jag kanske att ångra mig. Jag ska inte stanna länge, bara så jag får höra om hur jag kunnat haft det om jag inte blivit bortlämnad. Jag vet inte riktigt om jag ska hoppas på att det kunde varit bättre eller sämre? Det är klart, sämre kunde det knappast varit, det hade varit konstigt, och hade det varit mycket bättre kanske jag skulle gå och gräma mig för det. Jaja, den som lever får se. Hur det än är så får det bli så.

"God morgon Gunnar. Nu har du varit feberfri i några dagar så det är dags att vi börjar röra lite på oss. Du vill väl vara i bra form tills på torsdag då du ska ut och åka. Ser du fram mot det?"

"God morgon Elisabeth. Nja, det vet jag inte precis. Eskilstuna har jag varit i några gånger och det är väl inget som gett mersmak precis."

"Nu menar jag förstås besöket hos din bror. Så mycket till stadspromenad lär det väl inte bli."

"Ska jag vara ärlig så känns det inte riktigt som att jag har en bror. Vi har ju aldrig träffats och kommer troligen att vara som två främlingar för varandra. Det enda jag förväntar mig är att få lite klarhet i de funderingar jag haft på sista tiden angående mitt ursprung. Sedan kan jag lägga det bakom mig och gå vidare."

"Nu låter du lite väl negativ. Tänk om ni har jättemycket gemensamt. Det vore väl roligt?"

"Jag vet inte det ja. Han är äldre än jag och ganska sjuk. Förmodligen lever han inte länge till och skulle jag mot förmodan börja känna någon samhörighet så blir den ganska kortvarig. Det som sedan blir kvar skulle bara vara en tid av sorg. Det är ju en av fördelarna med att inte ha några anhöriga. Då slipper man det."

"Usch så du resonerar, nu blir jag nästan deprimerad. Sorgen är ju en del av livet och förmodligen lika viktig som glädje. Ibland tycker jag faktiskt synd om dig."

"Det ska du inte göra. Det räcker så gott med min egen
självömkan och någon påspädning av den, är jag inte betjänt
av."

"Jaja, nu ska vi i alla fall röra lite på oss. Vi tar det lugnt så du
inte överanstränger dig."

Tänk att jag tyckte så illa om Elisabeth i början. Men det är väl
så det fungerar? Det är först då man lärt känna någon som
man får en uppfattning om vem det är. Jag trodde nog att jag
hade förmågan att genast se på en människa hur den
egentligen är, efter alla år. Men där hade jag fel, i alla fall
beträffande Elisabeth. Tänk att hon tar sig tid att prata trots
att hon har så många att sköta om. Jag ska försöka att inte
göra samma misstag när jag träffar min bror.

I dag känner jag mig ganska pigg. Träningen var ansträngande
men den blev inte så långvarig som tur var. Vi fick ätlig mat
också och kakor till kaffet. Så nu känner jag mig redo att
fortsätta skriva. Några rader ska det väl hinna bli innan
kvällen. Det var ju ett tag sedan sist.

***

Nu var jag tillbaka där jag hörde hemma. Det var nästan en känsla av eufori då jag kröp ner i sängen och drog en gammal kvarglömd filt över mig. Om jag nu hade haft Olov spinnande bredvid mig skulle lyckan varit fullständig. Hur kan man sakna en sådan vidrig varelse efter så lång tid? Det var nästan att jag även saknat lukten av kattskit.

Det blev en skön sömn den natten trots att jag inte hade eldat och det blev lite kallt. Men morgonsolen värmde gott och jag drack en kopp pulverkaffe på farstukvisten. En flock kanadagäss flög i formation över skogen på väg mot varmare trakter. Själv längtade jag efter vintern. Tänk att få sitta inne framför vedspisen och kura, med en god bok och en skål med salta jordnötter. Men det låg i framtiden. Nu gällde det att komma i ordning. De möbler och husgeråd jag lämnat efter mig när jag sålde fanns fortfarande kvar, men det skulle behöva införskaffas en hel del annat som hör ett hem till.

Det första jag gjorde var faktiskt att skaffa mig en moped. En gammal Husqvarna med stor pakethållare. Jag hade fått tips av bonden om vem som hade en och jag fick den billigare än jag räknat med. Visserligen hade jag min cykel kvar, men jag kände att knäna tog stryk av för mycket trampande, så lite bekvämlighet kunde jag gott kosta på mig.

Det blev några turer ner till samhället innan jag hade allt som behövdes. Den gamla teven fungerade inte längre så jag fick kosta på en taxi in till Flen för att införskaffa en ny.

Efter några veckor kändes det nästan som om jag aldrig hade lämnat huset. Minnena från Bolivia bleknade bort och jag var tillbaka där jag hörde hemma. Mina kontanter skulle räcka åtminstone fram till sommaren och till hösten hade jag fått löfte om lite arbete hos bonden. Han skulle operera en höft och behövde hjälp med gården. Hans kärring hade astma och kunde inte sköta djuren och att han skulle sätta henne på traktorn var uteslutet. Jag tror nog hon skulle klara det bra då hon både var rejäl och hade huvud, men på den punkten var han lite konservativ.

Om jag nu hade kunnat hålla mig kvar i denna känsla av välbehag, skulle jag varit evigt tacksam. Det hände inget speciellt som skulle kunna påverka den. Men ändå kom tankar och minnen från en svunnen tid, krypande som en svart orm. Det var värst om kvällarna då jag gått och lagt mig. Vanligtvis brukade jag somna som en stock, men allt oftare började jag minnas saker som gjorde mig sömnlös. Jag tänkte att om jag inte försöker skjuta det från mig utan går igenom det grundligt, kanske chansen är större att det försvinner. Så jag funderade på att en gång för alla, konfrontera och gå till botten med de minnen som plågade mig mest.

Det blev bara en fundering den gången.

Nej fy fan, det här känns jobbigt. Jag tror att det får bero tills jag har hälsat på min bror. Det är snart dags och det är nog bäst att jag försöker vila lite och tänka på annat.

***

"Jaha du Gunnar, hur känns det i dag då? Är du peppad?"

"Nej, det kan jag inte påstå. Lite intressant blir det förstås, men jag har inga stora förväntningar. Även om vi är bröder så har vi aldrig träffats så det blir nog som att träffa vilken främmande människa som helst."

"Tror du det? Det kanske blir en väldigt positiv upplevelse."

"Nej, det är nog ganska osannolikt. Men jag ska försöka att inte bilda mig en uppfattning i förväg. Att ha låga förväntningar kan ju inte skada. Då blir man inte lika besviken."

"Inte tror jag att du kommer att bli besviken. Varför skulle du bli det?"

"Han kanske är en dum jävel, det skulle räcka gott."

"Så du pratar. Ta och gör dig i ordning nu. Om en timme kommer skjutsen och det blir en elev som följer med dig. Hon heter Karolin och är jättetrevlig. Var snäll mot henne."

"Är hon snygg?"

"Ja, hon är väldigt söt men det är inget som du har någon nytta av."

Den där blicken sa mer än ord. Men det är alltid roligt att retas lite med Elisabeth. Jag tror nog hon förstår när jag inte menar allvar.

Då var det dags då. Konstigt nog är jag faktiskt lite nervös och det är inte likt mig. Men skit samma, det kan inte mer än att gå åt helvete och det är jag van vid.

"Nu tror jag att Gunnar sätter sig ner och vilar ett slag så ska jag anmäla oss."

Skönt. Så här långt har jag inte gått på år och dagar. Förvånande nog så är det inte foten som tagit mest stryk. Man är ju ingen ungdom längre så konditionen är inte precis på topp. Men jag ska pusta lite så är jag snart redo igen.

"Sådär ja. Din bror Arvid bor en trappa upp och han väntar. Orkar du fortsätta?"

"Jadå, det är lugnt."

Det ska bli intressant att se hur han ser ut. Hoppas bara att han inte är allt för gaggig och ska prata en massa skit som jag inte bryr mig om.

"Hej Arvid. Här kommer jag med din bror Gunnar. Jag går ut så ni får prata i fred"

"Hej Arvid. Dig visste jag inte om så det känns lite märkligt att träffas så här på gamla dar."

"Hej på dig själv. Nog visste jag om att du fanns, men inte om du var i livet. Jag var bara tre år när du föddes så jag har inget minne av det och när vi var små så var det inte något man pratade om. Det var farsgubben som började prata om det när morsan dött."

"När dog hon?"

"Jag hade nyss slutat skolan så jag var väl i tolvårsåldern."

"Så hon dog så tidigt, var hon sjuk?"

"Ja, det kan man väl säga. Hon var nervklen och kunde inte ta hand om sina ungar, så det var farsgubben som fick dra hela lasset."

"Men vad dog hon av?"

"Det vet jag inte säkert, men jag tror att det var någon typ av kräfta"

"Det var visst en jävla massa ungar har jag hört?

"Ja, det blev nio med dig som kom sist. Det blev liksom droppen när du föddes. Då orkade hon inte mer. Det var därför som du blev bortlämnad."

"Var det något fel på farsgubben också? Annars skulle han väl inte tillåtit att jag blev bortlämnad?"

"Det gjorde han inte heller. Han hämtade hem dig och det blev
rättssak av det hela. Morsan blev inlagt på hispan ett tag och
efter det blev det aldrig folk av henne mer. Sedan blev du
placerad i fosterhem strax därefter."

"Så det var ingen som brydde sig om vart jag hamnade och tog
reda på om fosterföräldrarna var lämpliga att ta hand om ett
barn?"

"Nej, det tror jag inte. Man utgick nog ifrån att du skulle få det
bättre än du skulle ha fått det hemma. Det var inte så lätt för
farsgubben ska du veta. Åtta ungar att försörja och försöka
hålla ordning på."

"Vad jobbade han med?"

"Det var lite allt möjligt. På vintern var han mest i skogen och
på somrarna hoppade han mellan sågverket och kalkbrottet.
Ibland fick han inga jobb och då blev det lite knapert. Men vi
hade höns och ett par kor så vi behövde aldrig gå hungriga.
Själv flyttade jag hemifrån när jag var tretton och efter det hade
jag inte så mycket kontakt med farsgubben. Han söp ganska
mycket så det var inte så roligt att träffa honom."

"Hade du kontakt med de övriga syskonen?"

"Lite till och från. De spriddes runt om i landet och några
flyttade utomlands. Det var lite tråkigt, men alla hade ju sitt.
Nu är det bara du och jag kvar av syskonskaran och jag lär väl

inte kunna klamra mig fast särskilt länge till. Men du ser pigg
och kry ut.”

”Det vet jag inte precis. Men några år till kan man kanske
hoppas på. Inte för att jag tycker att livet är en gåva som jag till
varje pris vill hålla fast vid, men det vore synd att behöva
lämna in om man har något ogjort.”

”Jaså, du är inte riktigt klar? Själv tycker jag det ska bli skönt
att få somna in. Här är ingen munter tillvaro precis förutom att
maten är ätbar och sjuksystrarna tål att tittas på.”

”Ja, det verkar lite sterilt här. Jag kan i alla fall skryta med ett
eget rum med både möbler och tv.”

”Dumburken saknar jag inte. Så mycket skit som visas kan jag
gott vara utan.”

”Jo, mycket skit är det. Men det får tiden att gå och ibland
kommer det något intressant.”

”Knack knack, ursäkta att jag stör, men det börjar bli dags att
åka tillbaka nu. Bilen kommer om tio minuter och det är bra
om den inte behöver vänta så länge.”

”Ja, då får vi väl säga adjö och kanske på återseende. Det var
trevligt att träffas.”

"Det får hälsan avgöra. Jag lär nog inte kunna komma och hälsa på dig, men du kanske kan ta dig hit någon mer gång?"

"Ja, vi får se. Ha det bra."

***

"God morgon Gunnar. Nu är jag nyfiken på hur det gick i går."

"God morgon Elisabeth. Det gick bra."

"Gick bra, är det allt du har att komma med?"

"Tja, vad ska man säga? Det var intressant att få träffa min bror och höra lite om hans historia. Men det var en främling och allt det han berättade, berörde mig inte så mycket."

"Jag som trodde du skulle vara glad. Fick du reda på något som gjorde dig ledsen?"

"Nej, det var mest en bekräftelse på att mina anhöriga inte brydde sig om att ett barn av deras eget kött och blod blev bortlämnat till två galningar."

"Tråkigt att höra. Kommer du att försöka ta kontakt med några av dina syskonbarn?"

"Nej, nu är det för sent och jag tror inte att de är särskilt intresserade av att få en gammal släkting på halsen."

"Nej, du gör som du vill. Nu är i alla fall frukosten framdukad,
så du får ta och pallra dig iväg innan de dukar av."

Jag vet inte riktigt vad jag ska tycka. Det känns lite som om
besöket lika gärna skulle kunna vara ogjort. Jag hade nog
förväntat mig lite för mycket trots allt och hoppats på att det
kanske skulle lätta upp något i min trista tillvaro. Men det
gjorde det inte. Nu ska jag i alla fall fokusera på mitt skrivande,
nu när jag inte har så mycket annat att tänka på.

Jag hade installerat mig i min stuga och snart var det nästan
som om tiden i Bolivia inte existerat. Jag odlade grönsaker och
skaffade mig några höns. Då och då fick jag lite svartjobb hos
bonden. Jag hade små utgifter så ekonomin var inget att oroa
sig för. Det började kännas riktigt bra och det enda jag
saknade var en katt. Det löste sig efter ett halvår ungefär då
bonden hade fått kattungar och frågade om jag ville ta hand
om en. Det ville jag så gärna och det dröjde inte länge innan vi
var bästa vänner. Han var inte särskilt lik Olof varken till
utseende eller sätt. Inte alls lika dryg och rumsren blev han på
en gång. Jag döpte honom till Calle efter Carl Bildt som var
stadsminister vid den här tiden.

***

Grannhuset där Anna bott, hade stått tomt under flera år. Jag tror det var på våren 1995 som det blev bebott igen. Jag hade hört lite rykten nere hos bonden och nyfiken som man var, tog jag och traskade förbi där. Det såg för jävligt ut på backen. En massa bråte låg kringslängt och det stod flera skrotbilar på tomten. Vis av tidigare erfarenheter, betraktade jag eländet på avstånd och brydde mig inte om att gå fram och hälsa. Det var en jävla massa ungar som for runt och förde oväsen. När föräldrarna visade sig, förstod jag att det här var en granne jag helst inte skulle befatta mig med. De gapade och skrek så det hördes lång väg och jag fick kalla kårar när jag hörde dem.

Man fick ju reda på en hel del när man var hos bonden eller i affären nere i samhället. Det snackades mycket skit, men om man sållade lite och läste mellan raderna så kunde man i alla fall få en viss uppfattning om hur saker och ting låg till.

Den här nyinflyttade familjen var tydligen placerade där av socialen och i så dåligt skick att de inte gick att ha bland folk. Det var inget som berörde mig särskilt mycket. De fick väl vara som de ville bara de inte besvärade mig.

Första gången jag fick kontakt med grannarna var strax efter nyår. Det hade varit ganska kallt och snöat mycket. Jag satt och åt frukost när det knackade på dörren. Jag hoppade högt av den plötsliga knackningen. När jag öppnade, stod där en påbyltad skäggig karl som såg ut som om han kommit direkt från en längre vistelse i vildmarken. Genast kände jag spritångorna och förstod att det här nog inte bådade gott.

”Ja tjena! Jag bor här borta så vi är grannar. Vi behöver hjälp lite snabbt, så om du kan skynda dig.”

”Vad är det som hänt? Är någon skadad?”

”Nej fan, men vi har inget varmvatten. Kärringen håller på att bli vansinnig.”

”Ojdå, jag trodde det var något allvarligare. Har du kollat propparna?”

”Vilka jävla proppar?”

”De sitter i ett skåp utanpå husväggen. Det är ganska vanligt att säkringen går när det är kallt. Ni har väl en massa extraelement påslagna, kan jag tro?”

” Ja vad fan, det vet väl inte jag. Se till att få arslet ur vagnen nu och kom och titta.”

Jag började bli ganska irriterad över hans ohyfsade sätt. Visserligen var han full och hade säkert fått skäll av sin gumma, men så här beter man sig inte om man vill ha hjälp.

”Hördu min bäste herre, om du väntar ett slag, tar några djupa andetag och sedan frågar artigt och om jag har möjlighet att hjälpa dig, kanske jag ska tänka på saken. Annars kan du dra åt helvete. Har du förstått?"

Det tog en stund innan han fattat vad jag sagt och när det väl gick upp för honom såg det ut som om han skulle explodera. Han blev alldeles röd i ansiktet och ögonen höll på att tränga ut ur sina hålor.

"Förbannade gubbjävel! Är det så här man beter sig mot sina grannar här ute. Det här ska du få ångra."

Han slängde igen dörren efter sig så att den höll på att hoppa ur gångjärnen. Jag tittade ut genom fönstret och såg honom gå iväg med bestämda steg. Han viftade med armarna och verkade prata för sig själv. Det här bådade inte gott för framtiden och det var något jag snart skulle bli varse.

***

"Hej Gunnar. Jaså du har kommit igång med skrivandet igen? Jag hörde att du varit och träffat din bror. Var det roligt?"

"Jo hej du Gunilla. Nja, jag vet inte vad jag ska säga, det gjorde väl varken till eller ifrån. Han var ju en helt främmande människa och vi hade inte särskilt mycket gemensamt. Jag får se om jag kommer att träffa honom någon mer gång. Det är inte så säkert."

"Du får berätta mer någon kväll då jag har mera tid. Här har du i alla fall tillbaka dina papper. Jag har kopierat allt och skannat in på datorn."

"Har du läst något mer då?"

"Nej, det har inte funnits tid till det. Men så fort jag hinner ska jag göra det. Förresten, jag fick höra av Birgitta Järvheden att ni suttit och fikat ihop och att hon gärna skulle göra om det."

"Var det så hon hette? Jag minns inte att hon presenterade sig. Jodå, hon var trevlig. Sa hon att hon ville göra om det?"

"Ja, det gjorde hon. Kanske kan vi ana en liten kommande romans där?"

"Det är nog inte särskilt troligt, men fika ihop igen kan vi absolut göra."

"Det tycker jag. Nu måste jag hasta vidare. Glöm inte bort träningen nu när du fått förtroendet att sköta den själv."

"Nejdå, jag lovar."

Träningen ja, det tar verkligen emot. Men jag ska i alla fall försöka så gott jag kan. Ett löfte är ett löfte och det vore ju taskigt att bara skita i det. Men det får bli lite senare. Nu känner jag att det rycker i skrivnerven.

Det var ganska lugnt under en längre tid. Grannen såg jag inte till och jag tänkte inte så mycket på honom, men jag undrade ibland hur han hade löst det där med strömmen.

Det började bli vår och jag hade bestämt mig för att förbereda inför vårsådden. Den här gången skulle det inte fattas något i grönsakslandet. Jag såg framför mig en tallrik med färsk potatis, sill och en stor skål med hemodlade grönsaker.

Det gjorde mig ännu mer inspirerad och jag lade ner hela min själ i arbetet med odlingsbäddarna.

Det fanns inte mycket att klaga på. Calle var sällskaplig och höll sig för det mesta i närheten, utom sena kvällar då han hade sin jakttid. Han var en jävel på att fånga sorkar och möss. Det var väl i och för sig bra att han höll efter ohyran, men han kunde gärna låta bli att hela tiden visa upp sina troféer. Jag vet inte om han ville visa sig duktig eller om han bara var snäll och ville dela med sig av bytet. Men det började bli tröttsamt att vakna om nätterna med en halvdöd sork krypande i sängen. Det var ju inte lönt att försöka tillrättavisa honom det hade han aldrig förstått. Men jag började faktiskt fundera på att sätta igen kattluckan. Droppen blev när jag vaknade av att det rörde sig under täcket och att det sedan stack till något förskräckligt på insidan av låret. Jag flög upp ur sängen och när jag tände lampan såg jag till min fasa att det låg en orm i sängen. Nu fick det jävlar vara nog. Jag såg till att sätta en hake på kattluckan och bara ha den öppen under dagtid. Det var lite besvärligt i början, men så småningom lärde sig Calle att det fanns tider som måste passas om kattluckan skulle kunna utnyttjas.

Våren övergick i en strålande försommar och jag kunde nöjt konstatera att mina grönsaker tagit sig väl och stod i gröna prydliga rader i landen.

Jag började tidigt med att hugga ved inför vintern. Det var bra om det fick ligga och torka i sommarsolen för att senare på hösten lastas in i vedboden.

Det var under ett vedhuggningspass som jag på nytt fick stifta bekantskap med mina närmsta grannar.

***

Men va fan, nu knackar det.

"Kom in!"

"God dag Gunnar, du känner väl igen mig, Birgitta. Jag tänkte fråga om du vill ha lite sällskap. Vi fick ju så bra kontakt sist."

"God dag igen, nu blev jag överraskad. Det är inte ofta jag får besök, utom av personalen. Men så jag ser ut i bara kalsongerna. Skulle du kunna tänka dig att vänta utanför en kort stund så jag får dra på mig ett par byxor?"

"Det går bra. Inte visste jag att du var så blyg."

"Blyg är nog inte rätt ord, men lite anständighet kan nog vara på sin plats när det kommer så fint besök. Jag är strax klar."

"Nu kan du komma in igen."

"Du får säga ifrån om det inte passar. Jag pratade lite med Gunilla och fick uppfattningen av att du nog kanske skulle uppskatta en pratstund."

"Jo, det är nog sant. Det finns inte många här som har något vettigt att säga, men det var trevligt att prata med dig."

"Jag hörde att du skriver dagbok. Vad bra att du funnit en meningsfull sysselsättning."

"Tja, nu är det väl inte en dagbok precis, snarare en slags självbiografi."

"Men vad intressant. Är det bara för dig själv du skriver eller har du planer på att ge ut en bok?"

"Jag vet inte riktigt, först var det bara för att få tiden att gå, men jag har faktiskt börjat fundera på om det inte skulle kunna bli en bok i alla fall. Det är ju mycket lättare att ge ut en bok nu för tiden med internet och allt."

"Det tycker jag absolut att du ska göra. Jag kanske blir den första som läser?"

"Om det nu är något att läsa. Sådant som jag upplevt i livet behöver ju inte vara av intresse för andra. Men det skulle kännas bra att ha lämnat efter sig något bestående."

"Ja, det måste vara en härlig känsla. Själv skulle jag inte kunna få ner en vettig mening på papper, så dålig är jag på att skriva."

"Jag är nog inte särskilt bra jag heller. Jag gör det för min egen skull och blir det inte bra i andras ögon så bekommer det inte mig."

"Är allt du skriver självupplevt eller fyller du ut med lite påhittat?"

"Jag har så dålig fantasi att det inte skulle vara möjligt att hitta på något. Men det är klart, minnet kan ju svika en ibland så det finns säkert delar som kanske inte var exakt så som jag återger det. Men det är ju mina egna tankar och upplevelser jag skriver om så det har inte så stor roll."

"Alla har nog en gnutta fantasi. Det gäller bara att släppa fram den. Det ska i alla fall bli roligt att få ta del av din berättelse. När räknar du med att vara klar?"

"Ingen aning. Det får ta den tid det tar. Den kanske aldrig blir färdig. Ett tu tre kanske man faller ihop och dör eller också smäller det till i hjärnan så att man blir en grönsak."

"Det där lät ju muntert. Du ska se att du nog hänger med länge till. Du ser så stark och frisk ut.

Från det ena till det andra, jag hörde att vi ska få besök från kommunala musikskolan i veckan. Det ska bli kul att få höra lite vacker musik. Du ska väl vara med och lyssna?"

"Kanske det. Det kan i alla fall inte bli värre än när kyrkokören är här och uppträder. Det är en ren plåga. Inte för att jag är vidare musikalisk, men det är svårt att höra skillnad på kyrkokören och en hoper hungriga katter som är instängda i en låda."

"Tycker du det? Tja, det är väl upp till var och en vad man gillar för typ av musik. Själv tycker jag mycket om körsång."

"Du kommer nog att ändra uppfattning om du får höra kyrkokören."

"Ja, vi får se. Ska vi göra sällskap vid kvällsmaten och fortsätta prata då?"

"Gärna. Vet du vad det blir?"

"Risgrynsgröt med hallonsylt tror jag. Men vad bra, då ses vi senare. Nu ska jag förbereda lite. Jag ska nämligen få besök av ett barnbarn."

Det där var oväntat. Hon är väldigt trevlig Birgitta Järvheden. Och bra ser hon ut också. Det ska bli riktigt roligt att få träffa henne igen.

Men nu är det bäst att ligga i. Det finns mycket kvar att berätta.

***

Mina grannar från helvetet. Det borde inte ha blivit så stort problem om jag bara hållit mig utanför och inte brytt mig om dem. Men det gick inte.

Som jag tidigare nämnde, fick jag besök när jag stod och högg ved. Jag såg dem på långt håll, karln och hans kärring. Jag tänkte nog att de skulle passera utan att göra väsen av sig, men de tog sikte rakt mot mig. När de kom närmre, märktes det ganska tydligt att de inte var helt nyktra. Lite förvånande med tanke på att det var på förmiddagen. De kom fram, ställde sig en bit ifrån mig och bara glodde. Jag lade ifrån mig yxan.

”Hej på er. Jaså ni är ute på en liten promenad i det vackra vädret?”

Karln spottade på backen.

”Ja, vi tänkte passa på och tacka för hjälpen i vintras.”

”Jaha, fick ni ordning på strömmen? Var det säkringen som jag misstänkte?”

”Det ska du skita i. Men du ska veta att om du behöver hjälp med något, så kom inte till oss.”

”Det ska jag ha i åtanke.”

”Men det är klart” sa kvinnan ”att om det gäller liv eller död så får man ju ställa upp.”

”Håll käften! Här ska jävlar inte hjälpas något. Den här gubbjäveln kan gärna få ligga och dö i plågor, det rör mig inte i ryggen.”

Nu började jag ana att kvinnan kanske inte hade det så lätt. Det syntes att hon inte var bekväm med situationen och jag kunde se att hon hade spår av misshandel i ansiktet. Karln verkade vara en vettvilling och att försöka prata honom till rätta skulle nog vara fullkomligt meningslöst. Men jag gjorde i alla fall ett försök, trots att jag kände hur ilskan började koka inom mig.

”Hörni, nu ska vi väl inte överdriva och göra en höna av en fjäder. Om du bara frågat på ett trevligt sätt hade jag så gärna kommit och hjälpt er. Lite vanlig hövlighet kommer man långt med.”

Karln vände sig om utan att säga något. Kvinnan var inte lika kvick. Han slet tag i hennes arm så att hon var nära att ramla.

Jag trodde nog att han tagit till sig lite av det jag sagt, men när han stannade till och pissade på mina rabarber samtidigt som han gav mig fingret med ett flin, förstod jag att det skulle bli krig. Min första reaktion var att jag skulle rusa på honom och ge honom en läxa han aldrig skulle glömma. Men jag behärskade mig och tog några djupa andetag. Det skulle ha känts bra att få ge honom en omgång, men jag tyckte synd om kvinnan. Jag bet ihop och låtsades som om inget hänt. Det var svårt men det gick.

Efteråt funderade jag mycket på det som hänt. Skulle jag låta det passera obemärkt eller göra något åt saken? Han kanske misshandlade sina ungar också?

Det behövdes inte så lång betänketid. Jag beslutade mig för att göra något. Men först måste jag ha lite mer kött på benen.

***

Plastfoten sitter lite löst. Jag ska ta en runda så den suger fast. Annars känns det ganska bra. Det är knappt man kan ana att jag har protes om jag täcker den med strumpan ordentligt. Det är klart att det vore bättre om jag haft foten kvar, men det fanns liksom inget alternativ enligt läkarna. Det vet i fan om de inte gjorde det lite väl enkelt för sig? Nog hade det kunnat fixas med en rejäl dos antibiotika och lite gott hantverk av kirurgen. Men det är väl inget att fundera över nu. Gjort är gjort och jag kan ju inte få foten tillbaka.

Det är väl bäst att kamma till sig innan kvällsmaten. Jag kan inte minnas när jag senast stod framför spegeln och försökte se bättre ut än jag egentligen gör. Det måste ha varit då jag uppvaktade Anna på åttiotalet. Nej vänta nu, det hände nog i början av min Boliviasvistelse då jag gick på krogen en hel del. Fast egentligen är det ganska meningslöst. En gammal gubbe som jag lär inte kunna förbättra utseendet nämnvärt. Ful har jag alltid varit och det blir inte bättre med åren. Men om jag tänker efter var jag nog som fulast när jag gick i skolan. Då var jag fet också. Man kunde nästan tro att mina adoptivföräldrar var mina biologiska om man gick efter utseendet. Att jag fått fetman efter Ingeborg och fejset efter Harald. Usch ja, hemska tanke. Enligt Arvid så var de flesta i min biologiska familj magra. Det kanske jag också varit om det inte vore för Ingeborgs matlagning som dröp av fett. Det är nästan komiskt att hon dog av en fettklump i halsen. Hoppas hon led ordentligt när hon kvävdes. Det var synd att jag inte fick se det.

Nej, nu får jag vara klar. Risgrynsgröten lockar väl inte så mycket, men en pratstund med Birgitta Järvheden ser jag fram mot. Jag vet inte vad det är hos henne som får mig att känna så här, men det måste vara sättet hon pratar på. Lugn och med vänlig blick. Inte en massa tuggande om krämpor och annat ointressant. Sedan ser hon ju väldigt tilltalande ut också, det ska man inte sticka under stolen med. Inte för att det spelar någon roll, det lär ju inte bli något sexuellt i alla fall. Fast tanken har faktiskt slagit mig. Nu lär jag väl inte vara kapabel att kunna få fart på kukjäveln. Det var länge sedan den fungerade som den skulle. Om det nu blev så att det skulle vara en önskan från hennes sida så vet i fan vad jag skulle göra. Men det är nog ingen risk. Kärringar i den åldern har nog torkat ihop för länge sedan.

Då ska vi se var hon sitter. Det är väl inte möjligt att vi får ett eget bord. Hoppas bara att det blir bordsgrannar som har vett att hålla sig på sin kant.

"Hej Gunnar! Här borta. Jag har hållit en plats till dig."

"Hej Birgitta, trevligt att ses. Hur smakar gröten?"

"Den smakar som den brukar, men hallonsylten lyfter smakupplevelsen något. Jag sitter och pratar med Hilda här. Har du träffat henne?"

"Jo, det har jag. Hej Hilda hur står det till?"

"Inte så bra. Jag har haft värk i benen en längre tid och magen är i olag."

Fattas bara det. Nu kommer det väl en utläggning om konsistensen på avföringen också, det skulle inte förvåna mig det minsta.

"Jag vet inte vad det kan vara med magen. Doktorn sa att det inte var något att oroa sig för, men det känns som om det kan vara något allvarligt. Det kom faktiskt lite blod när jag var på toaletten i morse."

Vad var det jag sa. Där kom det och jag tappade plötsligt aptiten.

"Hör du, jag tror inte att du behöver oroa dig. Själv sket jag minst en liter blod i morse, men jag är fortfarande pigg och kry."

Jag kunde bara inte hålla tyst, och jag ser att Birgitta har svårt att hålla sig för skratt. Det känns befriande. Hilda däremot ser ut som om hon nyss fått en sur uppstötning.

"Nej, nu får jag tacka för mig. Jag ska gå och vila."

"Tack själv för trevligt sällskap och hoppas att du snart känner dig bättre."

"Så där ja, nu kanske vi kan prata om något trevligare."

"Men Gunnar, gick du inte väl långt nu? Stackars Hilda blev ju alldeles förskräckt."

"Kanske det, men va fan. Man ska väl inte behöva lyssna på folks tarmbesvär när man sitter och äter."

"Det har du rätt i. Det hjälper ju inte att delge andra än de som är kunniga på området, men det kanske är en slags ventil?

Snart kanske du och jag sitter och jämrar oss över våra dåliga magar?"

"Ja, den dagen den sorgen. Men jag ska i alla fall göra mitt bästa för att hålla det mellan mig och personalen."

"Jo, fast om vi kommer till det stadiet får vi ju mycket att prata om med våra grannar. Tänk vilka långa och intressanta diskussioner om värkande leder och tarmåkommor vi skulle kunna ha. Jag kan riktigt se framför mig hur du sitter och håller föredrag om fantomsmärtor och blödande avföring inför en hänförd publik. Det vore väl nått?"

"Nja, det är nog inte riktigt min grej, men om jag tänker efter är väl inte tanken helt orimlig."

"Gunnar, vill du komma med och se hur jag har det?"

"Ja, varför inte. Det är inte varje dag man blir hembjuden till någon."

"Vi kan ju ta lite kaffe hos mig och jag har faktiskt en liten flaska sherry som vi kan smaka på."

"Det låter trevligt. Det gör vi."

Oj oj oj, säger jag bara. Vem kunde ana att det skulle bli så
här. Det känns nästan som om jag var ung på nytt. Ja inte
riktigt för när jag var ung var det helt andra känslor som
dominerade. Men ni förstår vad jag menar. Fjärilar i magen och
en euforisk känsla. Jag kan fan inte påminna mig att jag känt
så här förut. Inte ens då jag blev ihop med Anna. Då var jag
glad och upprymd men nu känns det så mycket mer. Jag
tvekar om jag ska berätta vad som hände i Birgittas rum, men
det gör jag kanske lite senare. Det var i alla fall inget sexuellt
om ni nu trodde det.

Jag ska i alla fall försöka få lite skrivet nu, om jag kan samla
tankarna. Det var visst vid den uppkomna konflikten med min
granne, jag sist slutade.

***

Jag hade redan bestämt att jag måste ta tag i situationen men
visste inte riktigt hur. Att både kvinnan och barnen for illa var
det nog ingen tvekan om och av vad jag hade hört nere hos
bonden, så hade både rättssystemet och det sociala gett upp.
Tankarna gick fram och tillbaka. Om jag skulle gå den enkla
vägen och se till så att han inte blev kapabel att göra någon

illa, skulle konsekvensen bli att jag blev inlåst igen. Det hade jag ingen lust med.

Efter mycket övervägande kom jag i alla fall fram till slutsatsen att jag skulle skrämma honom till att ändra beteende. Det var inte säkert att det skulle gå vägen, för hos sådana här personer fungerar inte hjärnan som hos andra. Men det kunde i alla fall vara värt ett försök. Visserligen fanns en viss risk att jag skulle bli anmäld, men den risken var mindre än om jag skulle slå honom sönder och samman så att han blev invalid. Han skulle nog tveka att sätta sig i en sådan situation bara för att han blivit lindrigt misshandlad och hotad till livet.

Det var inte länge sedan jag hade provat med skrämseltaktik. Bara någon månad tidigare då jag var nere i samhället och handlade, kom jag på några ungar som snattade. Först brydde jag mig inte om det och vad hade jag för rätt att döma. Men någonstans fanns en tanke om att en kraftig tillrättavisning kanske kunde få dem att tänka till och förhoppningsvis förhindra att brottsligheten skulle få fäste.

Utanför affären tog jag tag i dem och förklarade att jag sett vad de gjort. De nekade förstås och uppträdde nästan lite trotsigt. De var väl inte vana att bli tillsagda. Deras attityd ändrades drastiskt när jag förklarade att om de någonsin skulle snatta igen, skulle jag skära halsen av deras föräldrar och bränna ner deras hus. De trodde säkert att jag var en galen mördare och det var liksom hela poängen.

Nu kan jag ju inte säkert veta om det fick någon effekt men jag kan mycket väl tänka mig att de tänker efter nästa gång det rycker i snattarnerven. Hade de skvallrat för sina föräldrar skulle det nog blivit ett jävla liv, men förmodligen vågade de inte.

Någon verbal skrämseltaktik skulle nog vara föga effektiv mot grannen. Nej här skulle det krävas mycket mer och sakta började min plan ta form.

I början av sextiotalet blev jag utsatt för en skenavrättning. Jag anklagades falskeligen för att ha samröre med polisen och blev fastbunden på en stol i en källare. Trots att jag är orädd kändes det hemskt att behöva sitta där och undra om de bluffade eller menade allvar. Jag var ganska säker på att de bluffade för jag kände till en del om vilka de var, men helt säker kunde jag inte vara. I alla fall så fick jag en pistol mot tinningen och kände hur kallsvetten började komma. När han tryckte av försökte jag se oberörd ut och fast det var obehagligt lyckades jag med det. Jag blev släppt efter att ha åkt på ett ordentligt kok stryk, men minnet blev bestående och hade jag varit en svagare person kanske livet tagit en annan vändning.

Nu kanske ni tror att jag skulle iscensätta något så drastiskt bara för att min galna granne pissat på mina rabarber. Det är klart att jag blev förbannad på det, men den verkliga anledningen var naturligtvis att jag ville förhindra att han skulle slå ihjäl sin fru. Jag har träffat på många våldsamma män i mitt liv. De flesta skulle aldrig skada någon närstående, men vissa hade tappat all kontroll och var mycket farliga även för sin närmsta omgivning. De var inte svåra att identifiera och grannen var definitivt en av dem. När samhället gett upp måste någon annan reagera.

Min plan var att slå honom medvetslös, binda honom, ta fram motorsågen och ge sken av att jag hade för avsikt att stympa honom. Även en galning som han, skulle nog kunna beröras av ett sådant förfarande. Så här i efterhand kan jag själv tycka att det var en korkad idé, men just då såg jag det hela på ett annat sätt. Jag skulle förklara för honom att jag ämnade såga av hans ben jäms med knäna på grund av hans aggressiva beteende, och rädda hans fru och barn mot fortsatt misshandel. Om han då skulle visa någon ånger och be om nåd, skulle jag efter långt övervägande ge med mig och låta nåd gå före rätt. Men också kraftigt understryka att om det kom till min kännedom att han inte hållit sitt löfte, skulle stympningen fullföljas. Om han då uppfattade mig som tillräckligt galen, skulle han kanske tänka sig för i fortsättningen.

Det är inte alltid som det går som man planerat och i det här fallet gjorde det definitivt inte det.

***

Jaha, då var det dags för ett evenemang igen. Tror de att det här är något jävla nöjespalats? Men jag får väl försöka hålla god min. Birgitta har sett fram mot detta och det är nog säkrast att jag i alla fall låtsas som om jag uppskattar det. Det blir instrumentalt så att man slipper höra spruckna röster från finniga tonårskillar och falska toner från flickstackare som tror att de är på väg mot världsgenombrott. Hade det varit kyrkokören skulle jag nog avstått den här gången. Inte ens färska wienerbröd skulle varit värt det.

"Gunnar, är du klar? Ungdomarna har kommit och då är det bra om alla är på plats så det inte blir något spring då de börjat spela."

"Ja Elisabeth, jag är klar. Jag ska bara pissa först."

Jaha, här var det nästan fullsatt. Bäst att försöka få plats längst bak så att ingen märker om man råkar nicka till.

"Gunnar! Här är jag. Jag har hållit en plats."

Se där ja, längst fram också. Nu gäller det att skärpa sig.

"Hej Birgitta, vad snällt av dig att tänka på mig."

"Ja, jag förstod nästan att du skulle bli sen så jag höll en plats. Vad trevligt det ska bli."

"Ja, låt oss hoppas det. Jag trodde de skulle vara småungar men de här verkar vara i tonåren de flesta."

"Ja, det är de som går sista terminen och ska visst vara mycket duktiga. De har uppträtt på tv en gång sägs det. Nu ska dirigenten tala så nu får vi vara tysta.

"God middag allesammans och hjärtligt välkomna till denna konsert. Ni ska få höra Romans ur Pastoralsvit opus 19 av Lars-Erik Larsson. Hoppas att ni får en trevlig stund."

Jag har aldrig varit med om något liknande. Först trodde jag att det skulle bli ett enda långt lidande, men efter bara några toner började musiken gripa tag i mig. Det var en underlig känsla jag aldrig upplevt förut. Jag har aldrig varit speciellt musikintresserad och framför allt inte av klassisk musik. Svensktoppen och allsång på Skansen är väl det jag lyssnat mest på och då inte med någon större inlevelse. Det här var något helt annat. Det var som att uppslukas av en oidentifierbar kraft utom kontroll. Det enda som störde var att en gubbe som satt bakom mig hostade mig i nacken hela tiden. Jag vände mig om och väste några gånger och till slut upphörde det.

De spelade några fler stycken men inget som berörde mig som det första.

"Nå, vad säger du Gunnar, var det inte vackert?"

"Jo, det var det. Jag kan säga att jag blev överraskad av min egen reaktion. Det var nog första gången i mitt liv som jag njutit av ett musikstycke."

"Men vad roligt. Då kanske vi kan lyssna på P2 någon gång och njuta tillsammans?"

"Det skulle vi kunna göra, och kanske smutta på ett glas vin samtidigt."

Tänk så det kan bli då en upplevelse överstiger förväntningarna. Det här har i alla fall lärt mig något på gamla dagar. Att det aldrig är för sent att få uppleva något nytt.

Birgitta och jag har bestämt att vi ska ses hos henne på torsdag, lyssna på musik och dricka lite vin. Jag är lite nervös inför det, så jag ska försöka skingra tankarna med lite skrivande.

***

Många dumma saker har jag gjort i mitt liv, men det här var nog något av det mest korkade. Så här i efterhand kan jag inte begripa hur jag kunde komma på något så vansinnigt.

Jag var ju ändå en vuxen man med lång livserfarenhet och borde ha begripit bättre.

Men nu var jag i alla fall fast besluten att sätta min plan i verket och skrämma min galna granne till att ändra beteende.

Jag hade spanat en del innan och visste ungefär vad han hade för vanor. För det mesta höll han sig på tomten, men då och då gjorde han en lov inne i skogen. Om han plockade bär eller bara ville vara för sig själv visste jag inte, men det var i alla fall i skogen jag planerade att ta honom.

Det blev en tid av långtråkigt spanande innan han äntligen fick arslet ur vagnen och gav sig av. Jag tog en omväg och småsprang in i skogen ett stycke därifrån, så att han inte skulle upptäcka mig. Det gick ungefär som jag tänkt och snart fick jag se honom sittande på huk i en glänta. Först trodde jag att han satt och sket, men när jag kom lite närmare såg jag att han plockade kantareller. Jag fortsatte gå och låtsades som om jag inte såg honom och var nästan framme då jag blev upptäckt.

"Men va fan! Vad gör du här? Stick åt helvete. Det här är mitt ställe."

"Jaså, säger du det. Så du äger skog också? Men du känner väl till allemansrätten."

"Här är det min lag som gäller. Försvinn gubbjävel annars åker du på stryk."

Vid det här laget var jag framme vid honom. Jag hade förberett mig genom att ha klippt av en bit markkabel som jag lindat med isoleringstejp. Det var bra material för en batong och jag hade den väl dold bak i byxlinningen. Han trodde nog att jag skulle ta hans hot på allvar och fortsatte obekymrat att plocka svamp utan att ge mig en blick. Det var ett bra tillfälle så jag drog fram kabeln och drog till honom i bakhuvudet.

Han slocknade direkt och jag skred genast till verket genom att binda och sätta munkavle på honom. Sedan skyndade jag mig att dra fram honom ur skogen till en stig där jag hade placerat min skottkärra. Det var ett tungt arbete för han ganska stor, men till slut hade jag i alla fall transporterat honom hem till mig. Under den guppiga färden hade han kvicknat till och levt om ordentligt i kärran. Den välte flera gånger så jag var tvungen att ge honom ett extra slag med kabeln.

Jag satte mig ner och pustade ut. Hårt arbete var ingen nyhet för mig, men konditionen var inte på topp, så det tog en stund innan jag orkade fortsätta.

När han kvicknade till för andra gången hade jag bundit upp honom ordentligt mot en telefonstolpe och tagit bort munkaveln. Han gapade och skrek som en vettvilling och hoten

om vad han skulle göra med mig haglade. Jag svarade inte
utan gick lugnt och hämtade min motorsåg.

"Nu unge man ska jag berätta vad som kommer att ske. Inte
nog med att du varit oförskämd och pissat på min rabarber.
Du har också varit ett svin misshandlat din fru, Sådana som
du förtjänar inte att gå lösa. Om du skulle dömas av domstol
för misshandeln av din kärring skulle du snart vara ute igen
och fortsätta ditt vidriga beteende. Så därför har jag beslutat
att ta lagen i egna händer och se till så att du blir handikappad
och oförmögen att göra någon mer skada."

Efter det tog jag upp motorsågen, drog i gång den och gick fram
till honom. Nu trodde jag att han skulle vara tillräckligt mör
och väntade bara på att han skulle be om nåd. Han stirrade på
mig med en hatisk blick men sa inte ett ord. Jag hötte lite med
sågen och gasade till några gånger. Men han reagerade inte.
Först trodde jag att han var så chockad att han inte kunde
säga något, så jag beslöt att vänta lite och gick bakom knuten
och pissade. När jag kom tillbaka drog jag igång motorsågen
igen och fortsatte där jag slutat. När det fortfarande inte blev
någon reaktion, började jag bli nervös. Det här gick inte riktigt
som jag tänkt mig. Jag hade ju så klart inte tänkt att nudda
honom. Men när han inte reagerade som jag tänkt, bestämde
jag mig för att ge honom en liten rispa. Det skulle säkert göra
susen. Byxbenet hade glidit upp ett stycke så huden låg
blottad. Här gällde det att hålla tungan rätt i munnen så inte

skadan blev för djup. Jag närmade mig med sågen och kollade intensivt hur han skulle reagera och var väl inte tillräckligt uppmärksam. Plötsligt var hans händer lösa och han gjorde ett häftigt utfall mot mig. Det fick mig att tappa balansen och ramla rätt över motorsågen. Sedan small det till i huvudet och jag slocknade.

***

Nu kommer det folk. Det var väl ett jävla spring.

"Gunnar, de ringde från Trumslagargården och meddelade att din bror låg på intensiven. Han är visst ganska dålig och har nog inte långt kvar. Vill du åka dit? I så fall kan jag ordna transport och någon som ledsagar dig."

"Nej, jag tror faktiskt inte det. Han var en främling innan vi träffades och efteråt kändes det inte som om vi hade något gemensamt annat än gener. Ledsamt, men det är som det är. Förmodligen kände han likadant för mig. Har vi inte umgåtts tidigare trots att han visste om mig, så är det för sent nu."

"Ja, det bestämmer du själv. Men nu vet du i alla fall om det så du kan ju fundera på det."

Fundera ja, vad hjälper det? Under andra omständigheter hade det varit en helt annan sak. Åtta syskon som inte brydde sig ett skit om att det fanns en bortlämnad bror. Hade jag vetat om det, skulle jag nog ha letat upp dem. Det känns faktiskt inte särskilt bra när jag tänker efter. Allt hade kunnat bli så annorlunda. Att få växa upp i en stor syskonskara med lek och skoj. Även om det varit fattigt och eländigt och med en mor som var sjuklig skulle vi ändå haft varandra. Hur det än sett ut, skulle det ändå varit mycket bättre än att växa upp med de vidriga varelser som jag blev placerade hos. Nej, jag tänker fan i mig inte besöka honom.

Usch, nu tappade jag inspirationen totalt. Nu skulle det sitta fint med lite brännvin. En riktig fylla hjälper mot det mesta, sa alltid Harald innan han söp sig stupfull och pucklade på mig.

Ibland har jag undrat hur de kunde hitta varandra, Harald och Ingeborg. Utbudet var ganska begränsat på den tiden, särskilt ute på landsbygden. Jag minns en gång då Harald satt och skrävlade om hur han härjat runt på bygden och dragit över allt som rört sig i kjoltyg. Han hade fastnat för Ingeborg bara därför att hon var den enda som kunde ta emot honom fullt ut, utan att jämra sig. Fladderfittan från Torpa, kallade han henne. Ingeborg skrattade så hon höll på att kikna.

"Synd att lille Gunnar inte blev utrustad som pappa" kved hon fram mellan skrattsalvorna. "Den där lilla korven han har mellan bena duger väl inte till annat än att pissa med, och

visar han den för någon flickstackare, lär han nog få gå hem
med svansen mellan bena."

Undrar om hon visste att Harald förgrep sig på mig? Det gjorde
hon förmodligen. Jag har ett svagt minne av att hon tittade på
vid ett tillfälle. Jag tror fan att hon satt och gned sig mellan
benen samtidigt, för jag tyckte att jag kände lukten.

Nej fy fan, det här duger inte. Sitta och beklaga sig över saker
som hade hände för över sjuttio år sedan. Vad ska det tjäna
till? Nu får jag rycka upp mig och försöka bli klar med episoden
om min galne granne.

***

Jag vet inte om jag slocknade av att jag slog i huvudet vid fallet
eller om jag fick ett slag av grannen? I alla fall så var jag borta
en bra stund och när jag väl kvicknade till, upptäckte jag till
min fasa att jag var helt nedblodad och hade svårt att röra mig.
Bredvid mig låg den blodiga motorsågen. En isande känsla av
skräck välde upp inom mig. Hade grannen gjort det som jag
själv hotat med? Jag vågade knappt titta ner på mina ben, men
de satt kvar. Det blödde kraftigt från foten men det verkade
bara vara ett köttsår. För övrigt så var jag helt blåslagen och
befarade att jag brutit en hel del ben i kroppen. Jag försökte

resa mig men det var omöjligt. Nu började jag bli orolig att jag skulle förblöda, så jag försökte hasa mig fram till huset att få tag i telefonen. Det tog tid och jag svimmade flera gånger på vägen, men till sist så kom jag fram och kunde ringa efter hjälp.

Jag var så omtöcknad när ambulansen kom att jag inte mindes så mycket. Det var först efter narkosen som jag började förstå vad som hänt. Det visade sig att ena armen var bruten på tre ställen. Käken och näsbenet var brutna och jacket i foten hade gått en bra bit in i benet.

Det blev en lång tid på sjukhuset. Som tur var fick jag hjälp av bonden med att se efter katten och hönorna. Hade jag inte haft honom vet jag inte hur det skulle gått.

Det bar emot, men till slut började jag inse att det klokaste skulle vara att anmäla. Jag var inte precis i skick att själv ta hand om saken och det kunde dröja länge innan jag blev återställd. Jag hade aldrig anmält en misshandel förut men någon gång ska väl vara den första. Sagt och gjort, jag polisanmälde grannen för misshandel och strax därpå kom en kommissarie till lasarettet för ett första förhör. Först blev jag lite förvånad då det var en kvinna, men insåg snart att det inte skulle vara till någon nackdel.

Hon hade läst på om min bakgrund och var nog inte helt övertygad att jag bara var ett oskyldigt offer. Det kan jag mycket väl förstå och jag försökte inte på något vis framställa mig själv som någon ängel. Jag berättade sanningsenligt om den uppkomna konflikten men nämnde naturligtvis inte något om anledningen till att det eskalerat. Där ljög jag och beskrev hur grannen kommit in på min gård och uppträtt hotfullt.

Skaderapporten talade sitt tydliga språk och det dröjde inte länge innan grannen blev gripen för grov misshandel.

Han hade givetvis en annan version av händelseförloppet där det började med sanning men slutade med en lögn om vad som skett efter det att jag blivit omkullsparkad.

Det blev en lång konvalescens. Jag fick stanna kvar på sjukhuset i tre veckor innan jag blev utskriven.

Det var inte lätt att försöka leva ett normalt vardagsliv med gips och kryckor, men jag hankade mig fram och allt eftersom tiden gick blev det lättare.

Under rättegången som följde, gick domstolen helt på åklagarens linje och dömde grannen till två års fängelse för grov misshandel. Hans berättelse om överfallet i skogen och om mitt hot att stympa honom föreföll inte alls trovärdig.

Domen överklagades till hovrätten och påföljden blev ytterligare ett halvårs fängelse. Nu kunde jag andas ut och försöka återhämta mig.

Det dröjde nog ett halvår innan jag kände mig någorlunda återställd. Lite komplikationer blev det dock. Såret i foten ville inte läka ordentligt. Det hade troligtvis uppkommit då jag ramlade över motorsågen. Det är av den anledningen jag långt senare fick amputera, då min uppkomna diabetes förvärrade det hela. Det var väl straffet jag fick bära för min dumhet.

Jag har tänkt mycket på det där i efterhand och undrat vad som hände i mitt huvud när jag tänkte ut min plan. Det är väl ganska klart att det är något fel på mig som jag inte kan rå för. Om det är orsakat av arv eller miljö vet i fan, men förmodligen är det båda delarna. Det är väl bara att acceptera att det är som det är.

Nej, nu får det vara slutskrivet för i dag. Jag ska dricka lite kaffe och be en stilla bön för min bror och hoppas att han har det bra i morfinruset inför sitt sista äventyr. Undrar om han är religiös? Det måste ju vara en tröst för alla som tror att de ska komma till något paradis där de får leva i ett lyckorus och aldrig mer behöva uppleva sorg och smärta. Nej, det där är bara för rädda människor, det är min åsikt. Om det nu mot förmodan skulle råka finnas en allsmäktig gud så är det i alla fall säkert att det inte är någon som är särskilt god. Nej, illvillig skulle jag snarare säga. Varför skulle det annars se ut som det gör i världen med krig, svält och elände? Det där diskuterade jag ganska mycket med Ivar under våra vandringar. Hans inställning var att Gud inte lade sig i hur människorna levde på jorden, utan väntade tills de kom till himmelriket och att de där fick stå till svars för sina gärningar på jorden. De som hade syndat allt för mycket skickades ner till helvetet där de fick sona sina brott. Det där med att Gud skulle förlåta alla våra synder var något som tydligen gått honom förbi. Det var intressant att lyssna på Ivar trots att han blev irriterad när hans teorier blev ifrågasatta.

***

Första dagen på fortsättningen av mitt liv. Jag vet inte var jag fått det citatet från, om jag läst det eller sett det på tv? I alla fall så önskar jag att man ibland kunde tänka så. Slippa alla negativa tillbakablickar och bara leva för nuet. Det kanske är lätt när man är ung och har en framtid. I min ålder har man ju inte särskilt mycket att se fram mot. Det är klart, i det kortsiktiga perspektivet finns det ju sådant som att få sova och skita ordentligt, få något gott att äta och slippa ha allt för ont i sina slitna kroppsdelar. Men jag har mer eller mindre gett upp.

Hur mycket jag än försöker leva i nuet, faller jag ändå tillbaka till historien och min uppväxt hos de två personer som sedermera skulle bli mitt livs hatobjekt. Det lättar upp lite när jag skriver om det och det kanske är en av anledningarna till att jag håller på?

Det finns en del saker från min barndom som jag faktiskt utelämnar. Inte för att jag försöker förtränga, för det går inte. Nej det är för att det är allt för grovt för att någon skulle kunna tro att det är sant. Det smärtar mig att jag inte kan beskriva det, men det skulle smärta mig ännu mer om det skulle ifrågasättas. Därför avstår jag. Det får räcka med det jag redan beskrivit och det kommer lite mer senare. Ni tycker kanske att det ni läst är avskyvärt, men ni ska veta att jag levde i detta dagligen och såg det som mer eller mindre normalt. Om ni bara visste hur lätt människan kan anpassa sig även till vidriga förhållanden. Jag mådde faktiskt sämre av min uppväxt då jag blev vuxen och börjat förstå vidden av Haralds och Ingeborgs beteende. Men nog talat om detta.

Händelsen med min granne fick inga andra konsekvenser än att jag inte riktigt blev återställd i kroppen. Det var foten och ena armen som inte riktigt ville läka. För övrigt var det inga större fel. Jag hade förberett mig på att han snart skulle vara ute och då kanske söka upp mig för att få till stånd någon typ av rättvisa för egen del. Men redan efter någon månad hade

hans kärring fått tag på en ny karl och flyttat till Västerbotten.
Förhoppningsvis skulle hans fokus då flyttas från mig till den
nya rivalen.

Huset blev sålt som sommarstuga till en familj från Norge.

Det var lite knapert under en tid då jag hade svårt att utföra
några tyngre arbeten hos bonden. Men det löste sig
sensommaren 1998 då jag blev pensionär. Det var en märklig
känsla att varje månad få pengar utan att ha gjort skäl för
dem. Jag passade på att unna mig lite av det som jag fått spara
in på. Lite nya kläder blev det och en gammal motorcykel från
1955.

Jag kan inte påstå att jag saknade något och mådde
förhållandevis bra. Mitt sociala kontaktnät var lika med noll,
men jag hade i alla fall Calle och hönorna. Det är klart att det
ibland fanns stunder då jag kunde sakna att ha någon
människa att prata med. Kanske en kvinna att få känna lite
kroppslig närhet med. Det var inget påträngande behov men
det fanns där. Djupt inom mig fanns en strimma av längtan
efter något oidentifierbart. Vissa kallar det kärlek men jag hade
svårt att relatera till det. Det har jag fortfarande efter alla år.

Åren mellan 1998 och millenniumskiftet var nog de mest odramatiska under hela mitt liv. Vad jag kan minnas så hände det absolut ingenting som skulle kunna vara av intresse att skriva om. Det är klart att det fanns små episoder som satte spår och kanske blev till ett kärt eller tråkigt minne, men det var så obetydligt att det inte har något värde ens för mig själv. Hade jag då kunnat se in i framtiden och anat vad som skulle ske, skulle jag förmodligen ha hängt mig i närmaste träd.

***

"Gunnar! Sitter du och sover din jävel?"

"Och vem fan är du?"

"Känner du inte igen mig?"

"Nej, dig har jag aldrig sett. Tror du inte att du har kommit fel?"

"Om du tittar noga och tänker tillbaka till tiden i Norrköping så kanske minnet klarnar något."

"John!"

"Där ramlade polletten ner. Hur har du det din gamla stofil?"

"Hur i all världen kunde du hitta mig? Det är ju en evighet sedan vi sågs."

"Det var inte så svårt. Nu för tiden går det att hitta vem som helst på internet. Eller du kanske inte känner till att det finns något som heter så?"

"Jodå, det gör jag, men det är inget som jag är så insatt i. Men hur i hela friden kommer det sig att du sökt upp mig. Vi har ju inte haft något att göra med varandra sedan Norrköping."

"Kalla det ett infall bara. Jag kom att tänka på dig när jag satt och kollade på gamla foton. Jag undrade om du levde och började efterforska. Och vips så fann jag dig."

"Jaha, det säger du. Ursäkta om jag är lite konfunderad, men vad är du ute efter? Visserligen var vi bra kompisar, men det har gått ett helt liv sedan dess."

"Jag begriper att du undrar, men egentligen är det så enkelt som att jag bara fick för mig det. Jag är snart åttiofem och har långt gången prostatacancer men är fortfarande jävligt pigg. Cancerhelvetet kommer förmodligen att ta kål på mig inom ett år. Jag bor fortfarande hemma och har just inget att sysselsätta mig med. Så jag tänkte att jag skulle hitta på något under min sista tid. Så jag började undersöka vad det blev av mina gamla kompisar. Du är den enda som finns kvar i livet."

"Släppte de in dig bara sådär? Det finns rutiner för sådant."

"Det var inga bekymmer, jag frågade bara en svarting i städrock var Gunnar Brage fanns och så blev jag visad."

"Ja, så var det med den integriteten. Det är det här nya städbolaget de anlitat, personalen är nog inte helt på det klara med vilka regler som gäller."

"Nej, så går det när man bara anställer svartskallar som inget begriper. Men va fan, vad spelar det för roll?

"Jag har inget minne av att du var så avigt inställd till utlänningar förr i världen. Vi hade ju många bekanta som inte var svenskar. Vad är det som fått dig att ändra inställning så drastiskt?"

"Egna erfarenheter. När du dekade ner dig och blev utmanövrerad var det utlänningar som tog över det mesta i Norrköping. De var ganska brutala och vi som opererade lite för oss själva fick det inte lätt. Det gick ganska våldsamt till och man fick ju inte precis någon större förtroende för det där packet."

"Nej, så kan det vara, men det är väl knappast något som städarna här på hemmet har någon skuld i?"

"Skit samma, de är alla av samma skrot och korn. Från det ena till det andra, finns det några fruntimmer här?"

"Ja det är klart, vad menar du?"

”Jo, man har ju hört att gamla kärringar fortfarande kan bli sugna på lite stock. Hur är det med den saken på ett sådant här ställe?”

”Ja du, det är inget som upptagit mina tankar i någon större utsträckning. Går du och funderar på sådant där fortfarande?”

”Javars det händer, men det blir ju inte precis så många tillfällen då man bor ensam. Men så här på ett ålderdomshem borde det väl vara lätt att få komma till?”

”Du, jag tror inte att det är högsta prioritet bland de boende här.”

”Nej det förstås, men några finns det väl med lite klåda i hugget?”

”Jag känner inte riktigt igen dig nu på gamla dagar. De flesta brukar mogna med åren men du verkar ha gått åt andra hållet. Och förresten, vart tog du vägen när det gick åt helvete med mig? Du slapp ju sitta i skiten som jag och kunde gott ha varit lite stöttande efter alla år vi varit kompisar.”

”Tja, vad ska man säga. Det var som det var. Saker och ting förändras och då du hamnade i trubbel var det liksom nödvändigt för oss andra att gå vidare.”

”Ja, det var väl så. Ska du ha lite kaffe?”

"Nej, jag ska hemåt. Bussen går om en halvtimme och jag är inte så pigg i benen längre. Du kan väl höra av dig om du får lust. Jag skriver ner mitt telefonnummer. Vi hörs."

Det där var oväntat. Vem kunde tro att en gammal kompis från Norrköping skulle dyka upp efter alla dessa år. Jag kommer ihåg honom som en snäll kille som hamnat lite snett av ren otur. Då betraktade jag honom som en riktig vän, men sett i backspegeln så skulle nog äkta vänskap ha resulterat i lite stöttning då det brakade åt helvete. Men då blev det tyst. Vi sågs några gånger och tog en pilsner, men efter att jag fyllt femtio hördes vi aldrig av mer. Det kanske var lika bra det? Den John jag mötte i dag, var inte samma som jag en gång känt. Tänk att för en del går utvecklingen helt åt fel håll.

***

Det bär lite emot att berätta om tiden efter millennieskiftet, men det måste nog göras. Jag kan nog påstå att åren mellan tjugohundra och tio år framåt var några av de mest bedrövliga under hela mitt liv. Det är klart att om man jämför med barndomen var det väl inte mycket att våndas över. Men då när man var liten, upplevdes saker på ett annat sätt.

Utan referenser fanns ju inget annat att relatera till än nuet
och det anpassade man sig till. Det blev värre med åren när
man började begripa ett och annat.

Vid sextiosju års ålder hade jag uppnått så pass mycket
mognad att jag kunde börja se tillbaka på mitt liv och
reflektera över allt som jag upplevt. Man kan tycka att det
skulle bli en befrielse att bearbeta sina känslor, men det blev
snarare till ett helvete. Det började med drömmar. Det var inte
helt lätt att avgöra om de var spår från det som varit eller
lösryckta fantasier. I alla fall så var det obehagligt och jag drog
mig nästan för att gå och lägga mig på kvällarna. Allt blev bara
värre och värre och en dag befann jag mig i ett tillstånd där jag
inte kunde sova överhuvudtaget. Vanföreställningar började
dyka upp. Det handlade om sammansvärjningar och
medicinska experiment jag eventuellt blivit utsatt för under
mina vistelser på olika anstalter. Allt det där tärde och jag
började så sakteliga brytas ner.

Från att vara en relativt pigg och fysiskt stark pensionär, till att
bli ett utslaget vrak, gick på några månader.

Vid flera tillfällen hade jag allvarliga planer på att göra slut på
hela skiten. Det hade varit enkelt, men det som fick mig att
avstå var tanken på katten, hönorna och trädgården som
måste skötas. Skulle jag ta kål på mig själv skulle jag vara
tvungen att ta avliva djuren först. Hönorna skulle inte vara
något stort problem, men Calle skulle jag inte kunna ha ihjäl.

Huset skulle gå till allmänna arvsfonden och intäkten kanske skulle gynna någon girig jävel som inget förtjänade. Undrar om myndigheterna skulle försöka ta reda på om jag hade några arvingar? Det hade jag ju bevisligen men det visste jag inte då. Att bidra med något till okända släktingar skulle inte varit okej. Så det där med självmord slog jag snart ur hågen. Så mycket tåga hade jag i alla fall kvar.

***

”Gunnar! Nu missar du kvällsmaten igen. Du förstår väl att vi inte kan hålla andra mattider för dig. Så pass kry är du så att du kan äta i matsalen. Det är bara de riktigt sjuka som får äta på rummet.”

”Jo jag vet, men va fan det är inte så lätt att passa tider när man blivit så gammal som jag. Det där kommer du nog att förstå Elisabeth, när du en vacker dag själv är i min sits.”

”Du kommer nog ihåg det du vill. Jag misstänker att det är vad som står på matsedeln som gör att du råkar glömma. I kväll är det fil och flingor och det är ju inte precis din favoriträtt.”

”Det visste jag faktiskt inte. Förresten så är jag inte hungrig. Måste man äta fast man inte vill? Är det ett krav eller?”

"Så klart man inte måste, men du förstår väl att du behöver
näring för att hålla dig frisk. Det är ju för din skull som jag
tjatar om vikten att äta regelbundet. Nu tror jag att du är mer
obstinat än vanligt. Är du på dåligt humör?"

"Nej, men jag sitter och skriver och försöker minnas och återge
en tid i mitt liv som var ovanligt tung. Det tär lite på hur man
mår."

"Men gå nu ner till matsalen och få i dig lite mat så ska du se
att det känns bättre. Du kan i alla fall ta en smörgås och ett
glas mjölk."

"Jag gör väl det då."

Fil och flingor, vem har kommit på att man ska äta något så
vedervärdigt? Mjölk som surnat och för att det ska bli ätbart
tillsätter man något sött och frasigt. Men en ostsmörgås går väl
alltid ner. Det är väl lika bra att jag tar en paus från
skrivandet. Inspirationen är inte precis på topp och om jag
riktigt känner efter så börjar det faktiskt kurra lite i magen. På
med protesen och lackskorna.

”Hallå Gunnar, här borta.”

Vem är det som sitter och viftar? Synd att jag inte tog med glasögonen.

”Hej du. Jag trodde nästan att du skulle hoppa över kvällsmaten. Har du lust att sitta här med mig?”

”Hej Birgitta. Det gör jag gärna. Jag hade nog i tankarna att hoppa över i kväll, du vet att fil inte precis är någon favorit. Är det vad man är värd på gamla dagar? Sur mjölk!”

”Ja, du har nämnt det vid något tillfälle. Själv tycker jag det är gott, och tänk så bra för magen.”

”Inte för min mage i alla fall. Den mår bäst av riktig mat och en kall öl.”

”Vi får ju varm mat till lunch varje dag, räcker inte det för dig?”

”Jo, det är väl därför jag inte är så hungrig på kvällarna.”

”Vad klagar du för då?”

”Jag klagar inte, jag säger bara att jag inte tycker om filmjölk.”

”Men du har en klagande ton. Du verkar inte vara på så bra humör i kväll. Är det något särskilt som hänt?”

”Nej!”

”Jag hade nästan tänkt att bjuda in dig till mig i kväll så kunde vi titta på allsången. Lill Lindfors ska vara med och henne tycker jag så mycket om. Men du verkar inte upplagd för någon samvaro, så det får nog vara."

"Förlåt Birgitta, jag skulle gärna tillbringa kvällen med dig, men du har rätt. Jag är inte på topp och känner mig nästan tvingad att fortsätta skriva i kväll. Det är precis en sådan kväll som jag kanske kan få ner något vettigt från en tid som var allt annat än vettig."

"Spännande. Var befinner du dig på din resa nu?"

"Tjugohundratalet, i början. Jag ska försöka sätta ord på en tid som mest består av diffusa drömmar."

"Oj då, det låter som en ganska dyster period?"

"Om det var så dystert vet jag inte, men det var jävligt konstigt och lite skrämmande. När det händer saker i huvudet man inte kan styra över så blir man ju orolig."

"Ja, då är det bäst att du får vara ifred och göra det du ska. Vi kan kolla på allsången nästa vecka i stället. Men du kan väl i alla fall ta en smörgås? Lite måste du ha i magen, annars kommer nog inspirationen att sina ordentligt."

"Ja, en smörgås går nog ner."

***

Då ska vi se var jag slutade. Det är lite irriterande när man blir störd och inte själv väljer när man ska stoppa. Det blir liksom skit i flödet då och inte helt enkelt att senare hitta tillbaka till rätt känsla. Men då är det bara att börja om.

Drömmarna ja. De började bli allt mer konstiga. Jag kunde drömma fast jag inte sov. Så kändes det i alla fall. Men jag måste nog ha sovit för det var inga dagdrömmar. De liksom malde i huvudet och handlade inte om något speciellt vad jag minns. Ett evigt upprepande av något oväsentligt som blev jävligt jobbigt i längden. Ibland kunde jag känna att jag inte stod ut längre. Då brukade jag gå upp och ta en promenad mitt i natten. Calle tyckte det där var toppen och följde glatt med. Han sov ju mest om dagarna så han tyckte nog att det var helt normalt att vara ute på natten.

Den dåliga sömnen och jobbiga drömmarna tärde ordentligt på mig och snart var jag så trött att jag bara satt och hängde. Det går väl över, tänkte jag och tröstade mig med brännvin. Inte så mycket så att jag blev full, men lagom så att det fick mig att känna mig något bättre till mods. Det var nog inte bästa medicinen mot min åkomma, det kan jag förstå så här i efterhand.

I alla fall så verkade det inte bli något slut på eländet. Nej, det eskalerade i stället och röster började dyka upp i mitt huvud. Först trodde jag att någon hade kommit, så verklig var rösten. Jag hoppade till och såg mig om men där fanns bara Calle.

Visserligen kunde det låta ganska snarlikt en mänsklig röst när Calle ibland uttryckte sin vilja genom olika ljud, men det här var röster som kom från människor och det var riktiga ord.

Det är ju inte helt enkelt att beskriva något som man själv inte begriper, det förstår ni säkert, men jag ska i alla fall göra ett försök.

Det började med att någon sade till mig att jag skulle ge fan i att grubbla över det som varit. Först tyckte jag att det lät som Ivar, men han svor ju aldrig så det måste varit någon annan. Inte tyckte jag att jag grubblade särskilt mycket och kunde inte begripa varför någon påstod det. Sedan kom det fler röster och till slut var det som om hela huset var fullt av folk som pratade i munnen på varandra. Det konstiga var att jag inte kände igen någon av rösterna. Hade jag gjort det skulle det varit mindre underligt, men det här var för mig helt okända röster.

Det är ju märkligt hur man kan anpassa sig till ändrade förhållanden. Jag började själv prata och diskutera med rösterna och snart kändes det nästan som om det var något helt naturligt.

Hade jag varit tillräckligt smart, skulle jag naturligtvis ha uppsökt sjukvården och bett att få tala med en hjärnskrynklare. Men jag hade inget större förtroende för det skrået och skulle förmodligen blivit inlagd på något dårhus eller fått mediciner som förvandlat mig till en levande död.

Så mycket vett hade jag i alla fall att jag insåg att det var något som skedde i hjärnan och att det inte var verkliga röster.

Det var nog det som räddade mig från att bli tokig på riktigt. Man har ju hört om våldsmän som skyllt sina illdåd på röster och känts sig tvingade att lyda dem. Så var det inte för mig. Vid flera tillfällen blev jag ombedd att utföra någon handling som inte kändes okej. Det kunde till exempel vara att gå till bonden, slå honom i skallen och dra över hans fru. Eller att åka ner till samhället och ställa till med en scen inne på ICA. Det var en stark dragningskraft men på något vis lyckades jag stå emot. Ibland började jag argumentera och då var det nästan som om jag fick makt över rösterna. Ett exempel är när jag blev ombedd att avliva katten. Naturligtvis ifrågasatte jag den uppmaningen och bad att få förklarat logiken i det hela. Jag förväntade mig inget svar utan förutsatte att det som vanligt bara skulle bli en ständig upprepning av att jag måste göra det. Förvånande nog kom ett svar som var både förvirrande och skrämmande. Rösten förklarade att katten bar på en smitta som skulle kunna överföras på mig med förödande konsekvenser. Smittan hade kommit från råttor han fångat och om jag blev smittad kunde jag bli så sjuk att jag förmodligen inte skulle överleva. Det där lät ganska trovärdigt, men innerst inne förstod jag att det inte var på riktigt. I alla fall så blev jag lite mer återhållsam med att kela med katten vilket han inte tycktes ha något emot. Calle hade en stark integritet men lät sig ändå motvilligt bli upplyft och kelad med som en slags rutin varje morgon.

När det började rycka i svansen så var det tecknet som visade att nu får det fan i mig vara bra, släpp ner mig gubbjävel.

Efter en veckas avhållsamhet av ömhetsbetygelser kom Calle frivilligt och pockade på uppmärksamhet. Då släppte jag på min försiktighet.

Rösterna fortsatte att plåga mig. När det var något helt orimligt kunde jag ignorera det, men det var svårare när det sades något som verkade logiskt. Det var nästan lite otäckt när jag ifrågasatte något och fick en vettig förklaring som jag inte kunde argumentera mot. Då började det bli riktigt obehagligt och jag bävade för hur det hela skulle utvecklas.

Många tankar rörde sig kring var drömmarna kom ifrån. Var det alla slag mot skallen från Haralds träpåk, eller från de slagsmål jag deltagit i. Kanske berodde det på alla droger jag stoppat i mig förr om åren? Förmodligen var det en kombination av alltsammans. Kanske var det straffet för mitt osunda leverne, en slags karma? Att jag blev misshandlad som liten kunde jag ju inte rå för. Men det är klart, allt annat som hände senare var jag ju för det mesta själv vållande till.

Det blev inte precis bättre av att ständigt gå och grubbla. Dagar, veckor och månader gick utan någon förändring till det bättre.

Sömnlösheten och det ständiga tjattret tärde på kroppen och jag kände hur orkeslösheten tog över och livslusten försvann. Under vissa perioder var jag så slut att jag inte ens orkade ta mig till samhället för att handla mat. Snart var jag en håglös gubbe utan någon som helst livsvilja. Där hade det gott kunnat slutat, men det visade sig att det skulle bli värre.

***

"Ja må han leva, ja må han leva... Grattis på födelsedagen Gunnar."

"Jaså är det i dag? Det hade jag ingen aning om."

"Nej, men det håller vi reda på, förstår du. Lite tårta säger du väl inte nej till?"

"Det här med födelsedagar har jag aldrig brytt mig om, men tårta går alltid ner. Är det du Gunilla som bakat?"

"Nej, det är kökspersonalen. Hade jag bakat, skulle det inte sett så här fint ut. Bakning är inte min starka sida."

"Jag som trodde du var en riktig matmor som älskar att rumstera om i köket."

"Nej, hemma är det min man som står för matlagningen. Jag är mer en trädgårdsmänniska."

"Vad är han för en fjant?"

"Men skärp dig Gunnar! Vad är det där för barnsligheter?"

"Förlåt, det var menat som ett skämt."

"Ja, jag förstår det. Men din humor uppskattas inte alltid."

"Nej, så är det väl. Jag får i alla fall tacka så mycket för
uppvaktningen, det var omtänksamt."

Få se nu, vad blir det? Om jag föddes 1933 och det är 2020 så
blir det åttiosju år. Fy fan, det kunde man väl aldrig tro.
Åttiosju glädjerika år. Jo tjena! Undrar hur många av alla
dessa år, som varit glädjerika? Det vill jag inte ens tänka på.
Men då och då dyker det upp ett litet minne från långt tillbaka
som kan få mig att känna en viss glädje. När jag var liten
behövdes inte så mycket, med tanke på omständigheterna. En
gång fick jag en strut med karameller av Harald då han hade
varit till stan. Det minns jag som i går. Visserligen fick jag ett
rejält kok stryk efteråt för att jag glufsat i mig hela struten allt
för snabbt, men det förtog inte glädjen nämnvärt. En annan
gång var när jag fick beröm av fröken Lovisa för att jag kunde
rabbla upp tio Guds bud utantill och i rätt ordning. Hade jag
sagt fel skulle det förmodligen resulterat i några rapp med
pekpinnen, men där hade jag en jävla tur. Kristendom var nog
mitt sämsta ämne. Det är sådana där små detaljer som jag

ibland kan komma ihåg som ganska trivsamma. Tiden på olika hem och ungdomsanstalter var för det mesta ganska enformig och tråkig, men visst fanns det stunder där som livade upp tillvaron ibland. Som när vi lyckades lura i en nykomling att föreståndarinnan gärna ville ha könsumgänge med de nya. Vi övertygade honom om att hon hade ett hemligt tecken som betydde att han skulle ta fram kuken och visa vad han hade att komma med. Tecknet var att hon skulle sträcka ut tungan och slicka på en skäggvårta hon hade i mungipan. Det var något slags ticks hon hade för sig, men det kunde ju inte nykomlingen veta.

En gång i veckan fick vi komma in en och en till henne och avlägga bikt, som hon kallade det. Det var väl någon slags del i behandlingen som skulle göra oss mer mänskliga kan jag tro. Hon satt i en fåtölj och vi fick stå framför henne och berätta om vi hade gjort något under veckan som vi ångrade. Det där såg de flesta av oss som fullkomligt meningslöst, men vi höll god min och berättade sådant vi visste att hon ville höra. När det blev nykomlingens tur, var han fullt fokuserad på det hemliga tecknet vi berättat om. Det dröjde inte länge innan tungan for ut och började pilla på skäggvårtan. Hans-Erik som han hette, drog genast ner gylfen och plockade fram apparaten som han bearbetat genom tankekraft så att den skulle visa sig från sin bästa sida. Det resulterade i stryk och inlåsning. Vi skrattade gott i flera dagar och Hans-Erik lärde sig att man inte ska lita på någon.

Det är klart att gräver man tillräckligt djupt så går det väl alltid att hitta några små episoder som gjort tillvaron lite bättre. Det där beror väl på hur man är funtad som person, kan jag tro? Jag får ofta höra att jag är så negativ. Det ligger säkert någon sanning i det, men samtidigt kan jag tycka att det inte helt stämmer. Visst beklagar jag mig och gnäller på ett och annat, men jag har ändå tagit mina eländen med jämnmod och alltid gått vidare.

Ja, det går ju att spekulera om sådant i det oändliga och det tjänar inte mycket till. Nu sitter jag där jag sitter och det lär väl inte bli så mycket mer att fundera över. Nu fokuserar jag på att få klar min berättelse. Det är inte så mycket kvar.

***

Märkliga drömmar och röster, som om det inte skulle räcka. Nej, nu började det dyka upp syner också. Ibland kan det vara svårt att avgöra om något man upplever är på riktigt. Att rösterna varken var drömmar eller verklighet hade jag konstaterat. Men när jag började se skepnader som blev allt tydligare, visste jag inte vad jag skulle tro.

Till en början avfärdade jag det som inbillning. Det är klart att det var så, men det blev allt mer verkligt. Helt plötsligt kunde

det stå en människa framför mig och tilltala mig. En för mig
helt obekant person. Det var jävligt skumt och i början blev jag
faktiskt lite rädd. Som tur var hade jag så många fungerande
hjärnceller kvar så jag begrep att allt hände i huvudet. Hade
jag inte förstått det, skulle jag antagligen blivit galen på riktigt.

Jag vande mig och snart kändes det inte så konstigt att ha en
massa människor runt omkring. Det kunde till och med vara
lite trevligt att ha sällskap. Visserligen var jag en eremit som
trivdes bra i ensamhet, men då de nya bekantskaperna inte var
verkliga, behövde jag inte ta någon hänsyn. Ibland blev det helt
tyst och alla syner försvann. Då kunde det kännas lite tomt,
konstigt nog.

Jag hade börjat bekanta mig riktigt bra med några av dem.
Den som jag tyckte allra bäst om, var en liten krum gubbe som
var något äldre än mig. Han berättade att han hette Ludvig och
var från Småland. Han var så jävla rolig och fick mig ofta att
skratta när han berättade roliga historier. Så här i efterhand
kan jag inte begripa att jag aldrig ställde frågor som kunde
förklara varför jag såg honom, men förmodligen skulle jag inte
fått något vettigt svar.

Det fanns andra som inte var lika trevliga att ha att göra med.
En av dem var Sibylla. Hon var något yngre och såg inte illa ut,
men elak och lömsk som bara fan. Till en början verkade det
som hon var harmlös, men hennes rätta jag visade sig snart.
Det började som vaga antydningar om att jag skulle akta mig

för vissa individer, bland annat Ludvig som hon antydde hade en dold agenda. Han skulle nästla sig in och skapa förtroende som han sedan skulle utnyttja till att få mig att utföra saker jag nog inte skulle gilla. Vad det skulle vara för något, ville hon inte säga. Snart hade hon baktalat alla i församlingen och det var på vippen att jag börjat tro på henne. Men det skulle visa sig att det var hon som hade onda avsikter.

Det började med små antydningar om att jag borde ändra på saker i mitt liv. Det kunde vara att jag skulle försöka göra mig sedd, ta lite mera plats i samhället och inte vara så tillbakadragen. Det lät ju harmlöst, men skulle snart visa sig att det var något helt annat. Sibylla började bli allt mer enträgen och de övriga tycktes backa undan mer och mer. Snart var det bara hon kvar och det dröjde inte länge innan jag på riktigt började tro att hon var verklig. På något underligt sätt lyckades hon bryta ner mitt omdöme och sakta men säkert få mig att tvivla. De små antydningar om ett ändrat beteende hon till en början matat mig med, började snart övergå i mer konkreta uppmaningar. Hon menade med bestämdhet att om jag någonsin skulle kunna få någon plats i historien skulle det krävas drastiska åtgärder. Att bli ihågkommen av eftervärlden har aldrig varit någon dröm för mig. Jag hade faktiskt aldrig ens tänkt tanken innan Sibylla började bearbeta mig. Men nu började det röra sig i mitt huvud. Kanske var det ändå något att sträva efter? Att få ett eftermäle som skulle sätta ett djupt avtryck.

Det var nästan så att man kunde tro att hon lyckats. Det gick bara inte att släppa tanken hur mycket jag än försökte. Hon var nog ganska säker på att jag började bli mogen att skrida till handling.

Ondska och död var hennes motto. Det var så jag skulle bli ihågkommen av eftervärlden. Inte som den misslyckade individ jag sett mig som, utan en stark och obarmhärtig krigare med makt över liv och död.

Jag hade tagit liv förut. Inte för att få uppmärksamhet utan i självförsvar eller hämnd. Ingen oskyldig hade någonsin behövt frukta mig och inte ens i de kraftigaste rusen hade jag utgjort någon fara för oskyldiga. Nu skulle det bli något helt annat. Det var Sibyllas avsikt.

***

"Knack knack."

"Kom in."

"Hej Gunnar. Kommer jag och stör mitt i skrivandet?"

"Hej Birgitta. Det är lugnt, jag tänkte ändå ta en paus."

"Tänkte fråga om du vill gå med på en kort promenad? Det är ju så skönt ute i dag."

"Det skulle vara trevligt, men det är ju det här med foten."

"Men vi behöver ju inte gå så långt. Vi kan gå till ekbacken borta vid infarten, där är det lätt att ta sig fram med rollatorn och du kan vila på vägen. Om vi tar med en kanna kaffe och några bullar så blir det lite som en picknic."

"Ja, varför inte. Men rollatorn lämnar jag och tar käppen i stället."

"Vad kul! Jag fixar med fika så ses vi nere vid entrén om en stund."

"Okej."

Det var som fan. Här har man blivit utbjuden på dejt, vem kunde ana det. Det känns faktiskt väldigt bra. Jag har nog tänkt att jag skulle försöka bekanta mig mer med Birgitta, men sist vi pratade verkade hon lite avig. Det berodde förmodligen på mig. Jag är väl inte alltid så rolig att ha att göra med. Men den här gången ska jag försöka skärpa till mig och inte gnälla så mycket.

"Oj då! Har du tagit på dig finskjortan?"

"Ja, man vill ju se proper ut när man ska på utflykt med en sådan galant kvinna."

"Och rakvatten känner jag. Undrar just vad du har för
avsikter?"

"Inga skumma avsikter alls, det lovar jag. Jag tycker bara att
det ska bli väldigt trevligt."

"Vad menar du skulle vara skumma avsikter? Att du skulle
försöka förföra mig?"

"Ha ha, nej det är klart, det är ju inget skumt men det är inget
jag planerat."

"Synd, men en vacker dag kanske?"

"Ja, vi får väl se vad tomten har i säcken. Har du med dig
bullarna?"

"Jadå och de är färska också. Då går vi då. Du får säga till om
du behöver vila."

Nu ser man nyttan av all träning. Om inte Elisabeth varit så
envis skulle jag inte kunnat gå över huvud taget. Tänk om jag
stått på mig i min tjurighet, då skulle jag gått miste om det
här. En härlig sommarpromenad med en vacker kvinna.
Undrar vad hon ser hos mig? En ärrig gammal buse utan fina
manér och med bara en fot.

"Hur känner du angående din bror? Jag hörde att han dött. Är
du ledsen?"

"Nej, det kan jag inte påstå. Jag visste ju inte om honom och med tanke på att han kände till min existens och aldrig tog kontakt så finns inget att sörja."

"Jag förstår, men när du träffade honom, fick du då reda på något om din bakgrund du inte kände till?"

"Ja, en sak jag gått och grubblat på hela livet. Det var hur min mor kunde vara så fruktansvärt ond att hon lämnade sitt barn att frysa ihjäl. När jag fick höra att hon var så sjuk, kändes det lite bättre."

"Är det något man kan läsa om i din berättelse?"

"Nej, inte mycket. Det tillhör liksom inte mitt liv, om du förstår hur jag menar. Det är mest det jag själv kommer ihåg som jag skriver om. Allt annat vet man ju inte om det är sant."

"Nej, hörsägen förändras ju från varje mun och till slut återstår bara delar av sanningen. Nu är vi nästan framme. Hur går det?"

"Det går bättre än jag trodde. Lite skaver det, men inte mer än att jag står ut. Nästa gång kanske vi kan ta en ännu längre promenad?"

"Så där ja, nu var vi framme. Vilken tur att det finns en bänk att sitta på. Jag tror inte att jag skulle kunna ta mig upp om vi varit tvungna att sitta på marken."

”Det tror jag nog, så spänstig som du ser ut. Ett gammalt fejs på en yngre kvinnas kropp.”

”Skulle det där vara en komplimang?”

”Javisst! Du ser väldigt välbevarad ut. En riktig skönhet.”

”Men inte i ansiktet?”

”Jo, jag menade ju att du ser ovanligt ung ut för din ålder.”

”Men du sa att jag såg gammal ut i fejset.”

”Sa jag?”

”Ja, det sade du och det tar inte jag som en komplimang. Snarare på gränsen till oförskämt.”

”Ojdå, då ber jag så mycket om ursäkt. Det var i alla fall inte det jag menade. Du förstår att jag är inte så van att umgås med någon som du. Någon som är vacker både på utsidan och insidan och får mig att känna att jag inte är värld det.”

”Det var rart sagt, men du ska nog inte tro att du känner mig på insidan ännu. Så mycket har vi inte träffats. Du får akta dig så att du inte blir besviken.”

”Det tror jag inte. Sådant där känner jag på mig.”

”Nu häller jag upp kaffe och så tar vi varsin bulle och njuter av solen.”

***

Ja, vad ska man säga? Det var länge sedan jag kände mig så väl till mods. I Birgittas närvaro blir det liksom ett lugn som genomsyrar mig. Det känns nästan lite skrämmande och jag vet inte riktigt vad jag ska göra med känslorna. Det enklaste vore väl att jag bara borstade av mig alltsammans och fortsatte som om inget hänt. Jag ska tänka på saken och se vad det blir av det.

Men nu känner jag att jag får lust att fortsätta skriva. Det ömsom bär emot och inspirerar att försöka återge en period av galenskap, men det är nog bra om jag får det ur mig.

Sibylla började bearbeta mig med allt större frenesi. Det var sällan det blev en lugn stund och tankarna på att hon kanske hade rätt blev allt mer besvärande. Innerst inne visste jag så klart att hon bara var ett hjärnspöke, men kraften i hennes ord var stark och började sakta bryta ner mitt förnuft.

Snart började hon komma med konkreta saker. Hon ansåg nog att tiden var mogen och uppmanade mig att börja förbereda mig på den stora dagen då jag skulle göra avtryck till eftervärlden.

Det var lite vagt hur det hela skulle gå till, men det gick i alla fall ut på att jag skulle förse mig med ett vapen av något slag och sedan bege mig till samhället och där ta kål på så många jag kunde. Det var naturligtvis helt bisarrt när man tänker på det i efterhand, men just då verkade det faktiskt ganska rimligt.

Jag hade svårt att sova den natten då jag fått veta min uppgift. Tankarna for hit och dit. Konstigt nog så höll sig Sibylla undan. Hon tyckte nog att hon var färdig. I stället dök Ludvig upp som ur tomma intet. Han satte sig på en stol bredvid sängen och såg med sorgsna ögon på mig. Det var inte längre den skämtsamma och roliga gubbe jag tidigare träffat, utan en lågmäld och ledsen person.

”Hej Ludvig, det var länge sedan. Var har du hållit hus?”

”Jag har legat lågt men ändå varit närvarande. Du förstår att det är inte så lätt att komma till tals när Sibylla fått sådant stort inflytande över dig.”

”Nej, det kan jag förstå. Hon är ju ganska bestämd av sig. Men du vet vad hon har sagt va?”

”Ja, och det är det som gör mig så ledsen. Jag trodde faktiskt mer om dig än att du skulle låta dig manipuleras så lätt. Jag trodde du var en stark person.”

”Nu vet jag inte riktigt hur du menar. Är det något som är fel i hennes resonemang?”

”Ja, precis allt. Begriper du inte att det hon vill att du ska göra är helt vansinnigt och inget en normalbegåvad människa skulle ta på allvar.”

”Jag är nog inte en normalbegåvad människa. I alla fall inte just nu.”

”Där har du fel.”

Han sade det på ett sätt som inte gick att ignorera. Jag blundade det hårdaste jag kunde och försökte verkligen ta in det han sagt. När jag öppnade ögonen var han borta och jag var alldeles kallsvettig. Hur i helvete kunde jag låta mig påverkas av inbillade skepnader och röster?

Jag kunde inte sova en blund den natten och när jag på morgonen satt och åt frukost, kom Sibylla.

Hon verkade glad och uppspelt.

”Nå, Gunnar hur känner du dig i dag?”

”Inte glad ska du veta, men beslutsam och starkare än på länge.”

”Synd att du inte är glad, men stark och beslutsam är bra. Du har mycket att se fram mot och när allt är över ska du se att glädjen kommer tillbaka.”

Jag tittade stint på henne en lång stund och kände hur vreden började krypa fram."

"Du har nog missbedömt mig en smula. Min beslutsamhet rör inte det du vill att jag ska göra utan hur jag ska bli av med dig. Det får vara slut nu och du ska försvinna ur mitt liv och aldrig visa dig mer."

"Men Gunnar, är du alldeles från vettet? Förstår du inte vad du håller på med?"

"Jo, det är det jag gör. Du ska bort med en gång och har du inte försvunnit inom en minut ska jag slå dig i huvudet med stekpannan och straffknulla dig i arslet."

Jag vet inte om det var exakt så jag sa, men tanken var densamma. Sibylla såg ut som om hon skulle explodera. Hon stammade fram några ord jag inte uppfattade och sedan bleknade hon bort.

Det kändes som en av mina största segrar i livet. Inte för att de har varit många, men den här gången kändes det extra stort. Jag hade besegrat mina demoner och kunde se fram mot ett liv som kanske skulle kunna bli någorlunda normalt igen.

Det blev det ju så klart inte. Rösterna och skepnaderna kom snart tillbaka och de finns där än i dag. Men jag har lärt mig att ignorera dem och med insikten om att det bara är hjärnspöken, utgör de inte längre något problem. Faktiskt så känns det som en naturlig del i min tillvaro.

När Sibylla kommer, brukar jag förolämpa henne och komma med sexuella anspelningar. Det gillar hon inte och försvinner ganska fort. Ludvig däremot ser jag fram emot att få träffa då och då. Vi brukar ha mycket att tala om. Det finns flera, men inga jag fått någon närmare relation till. Tro det eller ej, men faktiskt så kan det ibland vara riktigt trevligt med den typen av sällskap. Det är inget som syns utåt då allt sker inne i mitt huvud och jag har heller aldrig berättat för någon om det. Det skulle vara omöjligt att begripa om man inte själv upplevt samma sak.

***

För att återgå till den gången då jag satte ner foten, så följde en tid med svår ångest. Jag klandrade mig själv för att jag varit så lättpåverkad och nästan låtit mig övertalas att begå en så avskyvärd handling. Jag bävade inför tanken på vad som skulle kunnat ske och låg ofta vaken om nätterna och grubblade. Sömnbrist och dålig mathållning gjorde att min kropp började ta stryk och jag sjönk långsamt in i ett djupare tillstånd av depression.

Det blev allt värre och till slut kände jag mig tvungen att ta
kontakt med sjukvården fast det bar mig emot.

Jag fick tid på vårdcentralen i Strängnäs och efter
undersökningen där skickades jag till Kullbergska sjukhuset i
Katrineholm och blev inlagd. Turligt nog var det mitt i
sommaren så Calle klarade sig bra på egen hand med lite
tillsyn av bonden som också matade hönsen.

Det tog en vecka med dropp innan jag började känna att
krafterna återkom. Jag fick besked att jag led av åldersdiabetes
och att min fot som skadats av motorsågen kanske inte skulle
gå att rädda. Här ska jävlar inte kapas några kroppsdelar,
tänkte jag och var övertygad om att det nog skulle ordna sig.
Doktorn fick mig i alla fall att inse att jag skulle vara observant
på vad som hände. Vid minsta tecken på kallbrand skulle jag
vara tvungen att omedelbart söka vård.

Våren 2006 kan jag säga att jag kände mig helt återställd så
när som på sockersjukan och min dåliga fot.

Det hade gått sakta och Calle hade stilla insomnat några
månader tidigare på grund av ålderdom. Han var mycket
saknad och tomrummet efter honom kändes tungt. Tankarna
på att skaffa en ny katt fanns ständigt där, men jag hade börjat
räkna på min egen livslängd. Jag var nu sjuttiotre år och skulle

mycket väl kunna trilla av pinn i vilken sekund som helst och då kändes det oansvarigt att skaffa något nytt husdjur.

Jag kan inte påstå att det var det var en tid jag tänker tillbaka på med glädje. Ålderdomen kändes som en tvångströja som sakta men säkert snördes till allt hårdare. Innan hade jag inte tänkt så mycket på att jag började bli gammal. Jag hade varit pigg och nog så stark som i unga år. Men nu började det gå utför med kroppen. Värk i leder och stel som en pinne. Att vakna med morgonstånd brukar ju anses som ett friskhetstecken och hade varit en bra indikator på mitt fysiska tillstånd. Nu var det också borta och det kändes inte alls bra.

Dagarna framskred med praktiska göromål som att hålla någotsånär rent och snyggt både ute och inne. Jag har aldrig varit någon pedant men heller aldrig uppskattat om det varit för mycket oordning. Det kommer nog från barndomen där mina föräldrar levde i ständig skit. Det såg för jävligt ut, rent ut sagt. Då när man levde mitt uppe i det, tänkte man inte så mycket på det. Jag hade just inga andra referenser och jag tyckte väl att det var så det skulle vara. Det var först i skolan som jag började förstå att något var fel. Ungarna ville inte gärna gå i närheten av mig och klagade ofta på att jag luktade illa. Det spelade ingen roll hur mycket jag än skrubbade mig med rent vatten och såpa. Lukten av mögel och gammal intorkad mat satte sig i kläderna och var nästan omöjlig att få bort.

Jag påpekade det för Ingeborg en gång då jag trodde att hon skulle vara mottaglig. Hon hade just ätit och blåst av bordet med sin sedvanliga brakskit som var lite av en tradition, ivrigt uppmuntrad av Harald.

"Skulle det inte behövas städas lite här hemma?" Pep jag fram och hoppades på en positiv reaktion. Det blev precis tvärt om. Hon blev skitförbannad. Harald stod som vanlig upp för henne och efter ett rejält kok stryk blev jag satt att städa och skrubba hela huset. Säga vad man vill om Harald, men lojal med sin fru var han allt.

Hur som helst så blev det i alla fall lite renare i huset. Jag var inte så insatt i hur man skulle gå till väga för att städa på ett effektivt sätt, men efter en tid så lärde jag mig och Harald och Ingeborg verkade nöjda med arrangemanget. Jag tror till och med att de själva började ta lite initiativ till att hålla bättre ordning. Inte för att jag såg att de gjorde något då jag var närvarande, men ibland när jag kom hem från skolan så kunde jag se att någon torkat bordet och till och med diskat.

Ja, så var det med det. Jag fick i alla fall mina dagar att gå
utan några större umbäranden. Höst blev till vinter och jag
ägnade mig mest åt att läsa böcker och titta på tv. Ett tag
kändes det nästan som om det inte fanns något mer. Som om
allt som återstod bara var en enda lång väntan på att livet
skulle ta slut. Ingen ångest eller så, utan mer en känsla av att
nu var det mesta avklarat och att inget mer skulle hända.

Men det visade sig snart att den känslan inte stämde. Det
skulle hända mer.

***

"Hur är det med dig Gunnar? Du kom inte ner till frukosten,
mår du inte bra?"

"Jodå, det är inget fel på mig, men jag var bara inte hungrig.
Det ska ju bli kålpudding till lunch och jag tänkte att jag ska
hinna bli riktigt hungrig till dess."

"Ja, det är ju en av dina favoriträtter så det var väl bra tänkt,
men låt inte det bli någon vana. Du vet väl vad jag brukar säga
till dig, att frukosten är dagens viktigaste mål."

"Jo, du brukar säga så, och det stämmer nog om man ska iväg
till jobbet. Men i mitt fall är det nog inte särskilt relevant.

Inlåst, utan sysselsättning och omgiven av en massa lallande idioter.”

”Men Gunnar då. Tycker jag mig höra någon som vaknat på fel sida i dag? Inlåst är du väl knappast och du skriver mest hela dagarna. Det är väl en sysselsättning så god som någon. Det är nog många som avundas dig att du har ett sådant intresse.

”Så särskilt intressant att skriva vet jag inte precis om jag tycker det är. Det gör jag mest för att få tiden att gå.”

”Det där tror jag vad jag vill om. Men du, hur går det med Birgitta? Ni umgicks ju flitigt ett tag och nu har jag inte sett er tillsammans på länge. Har det blivit en fnurra på tråden?”

”Hördu Elisabeth, det där ska du nog inte bry dig så mycket om. Det där är någonting som inte rör varken dig eller någon annan. Men om du är så jävla nyfiken så kan jag berätta att jag uttryckt en önskan att få vara ensam ett tag, och det har hon respekterat.”

”Ja, säger du det så, nu måste jag vidare. Glöm inte bort lunchen.”

Undrar varför jag sa så? Det stämmer ju inte alls. Sanningen är att Birgitta blev fly förbannad på mig sist vi pratade och har hållit sig undan sedan dess. Så här i efterhand kan jag begripa varför hon reagerade som hon gjorde.

Ibland pratar munnen innan hjärnan hunnit bearbeta klart och då kan det bli tokigt. I det här fallet satt vi och pratade om händelser i våra liv som gjort stort avtryck. Birgitta berättade om en gång då hon var ung och blev tillsammans med en ganska mycket äldre man. Det som från början varit så underbart, slutade med misshandel då det visade sig att mannen i fråga var sjukligt kontrollerande och inte tolererade att hon hade några som helst kontakter med någon av manligt kön. I stället för att bara lyssna och ta in, började jag raljera om hur tokiga fruntimmer var som envisades med att dra sig till karlar som var våldsamma. Det blev en ganska hetsig diskussion som slutade med att hon gick därifrån i vredesmod. Det kan jag förstå att hon gjorde nu när jag i efterhand analyserar vad som sades. Jag har ännu inte gjort något för att försöka ställa till rätta, men jag ska göra det så snart jag kommit på vad jag ska säga.

Nu har jag ett par timmar till lunch så jag passar på att fortsätta där jag slutade. Det är alltid bra att ha påbörjat en berättelse. Det gör det lättare att fortsätta efter ett uppehåll.

***

Det var just den där känslan av att allt nu var avklarat och att det inte fanns något mer, som gjorde att jag inte reagerade nämnvärt när det rullade upp en skåpbil på tomten. Det är väl någon som kört fel eller någon nasare, tänkte jag och gick ut. En senig liten karl klev ut från bilen och kom fram. Att det var en öststatare kunde jag gissa mig till. Dels var det en utländsk registreringsskylt och han hade de tydliga drag som utmärker någon från det forna östblocket som kommit hit för att söka lyckan bland godtrogna landsortsbor. Han hälsade artigt och frågade på knagglig engelska om vägen till närmaste bensinmack. Att det bara var skitsnack och en förevändning för att kolla läget begrep jag med en gång. Men jag blev inte särskilt orolig. Här fanns inte mycket av värde och det skulle han förmodligen inse då han såg sig omkring. Jag visste ganska väl hur den här sortens människor gick till väga då jag själv varit i samma bransch en gång i tiden. Det var enkelt att snabbt bilda sig en uppfattning om ifall det skulle vara värt att göra ett andra besök. En dyr bil var ett gott tecken och bara anblicken av fasaden och entrén gjorde att man kunde avgöra om det var fattiglappar som bodde där. I det här fallet rådde det ingen tvekan om att det inte fanns något att hämta. Det skulle inte vara värt besväret. Jag förklarade vägen till macken så gott jag kunde och gick in igen.

Det var först efter några dagar som jag fick reda på att det hade hänt något i bygden. På lokalradion rapporterades det om ett mord som skulle skett i närheten.

Jag reagerade inte så mycket på det utan tänkte bara att det var väl några fyllon som blivit osams. När det sedan kom på nyheterna på tv, höll jag på att sätta kaffet i vrångstrupen.

Jag kände genast igen var det var filmat. Det var hos bonden. Det hade skett ett dubbelmord på en man och en kvinna.

Känslan var en isande kyla som strömmade igenom min kropp. Jag hade ingen djupare relation med bonden och hans fru, men jag kände dem ganska bra och såg dem nästan som lite mer än bara ytligt bekanta. Jag misstänkte genast vem som låg bakom och skyndade mig att ta kontakt med polisen.

Inom en halvtimme kom en polisbil i hög fart och snart satt jag i förhör. Jag fick redogöra för mina förehavanden den aktuella dagen.

Det kom inte precis som någon överraskning att jag var misstänkt och jag hade full förståelse för att de ville vända på varje sten. Med tanke på min bakgrund var det inte konstigt att de agerade som de gjorde. Jag lyckades i alla fall få dem att ta mig på allvar då jag beskrev öststataren som frågat efter vägen till macken. Tydligen hade han frågat på flera ställen och min beskrivning av honom stämde väl in på vad andra sagt.

Bara några timmar efter att polisen varit hos mig, började det snurra helikoptrar alldeles i närheten. Senare fick jag veta att de funnit en övergiven skåpbil på en skogsväg inte långt från mig.

Det blev ett jävla pådrag och det sprang poliser med dragna
pistoler över min tomt. Jag kan inte förneka att det kändes
spännande, samtidigt som mina tankar gick till offren och
deras anhöriga.

Bonden och hans fru hade blivit fastbundna vid varsin
köksstol och sedan ihjälslagna med något trubbigt föremål. Det
visste jag inte då, men det stod senare i tidningen.

Det bekymrade mig att det fanns djur på gården som nu
saknade tillsyn. Men det löste sig tydligen ganska snabbt då
det fanns anhöriga som tagit på sig den uppgiften.

Efter flera dagars fruktlöst sökande efter gärningsmannen
började pådraget avta och snart var det lika lugnt som det
brukade vara. Det är klart att jag gick och tänkte på händelsen
men sakta började jag vaggas in i vardagen igen. Det mest
troliga var väl att gärningsmannen hade tagit sig vidare så
snabbt som möjligt. Att sno en bil är ju ingen konst och ju
längre bort från brottsplatsen man befinner sig, desto större är
chansen att man klarar sig.

Jag skulle snart få anledning att ompröva min teori beträffande
var mördaren befann sig.

***

”Hej Gunnar, hur mås det i dag?”

”Hej Gunilla! Det var ett tag sedan. Var har du hållit hus?”

”Jag har vickat på ett annat ställe. Det var en som blev långvarigt sjuk så jag fick rycka in där. Har inte Elisabeth talat om det?”

”Det kanske hon har men det har jag i så fall glömt bort. Blir du kvar här nu då?”

”Ja, i alla fall någon vecka, sedan får vi se. Det är ju inte så att man själv kan bestämma hur man vill jobba när man går som timvikarie.”

”Kan du inte försöka få en fast tjänst?”

”Jo, det kanske jag gör så småningom, men just nu så passar det här ganska bra. Det blir ju några lediga dagar ibland även om man inte vet när.”

”Men det blir väl inte här bland oss senila gamla reliker som du vill jobba fast?”

”Jo, faktiskt. Det här är det enda stället jag varit på som har tillräckligt med personal. Det är så skönt att ibland kunna stanna till och växla några ord med de boende, precis som jag gör med dig nu.”

”Det är ju för bedrövligt så det blivit, men det är väl sparkrav och vinstintressen som styr det hela?”

”Ja, bland annat. Men det är också en prioriteringsfråga för politikerna. Tycker man inte att de gamla ska ha det bra så blir det som det blir.”

”Hur kommer det sig att det inte är så illa här då?”

”Det beror nog mycket på chefen. Hon är ju ganska bestämd av sig och det är inte många som törs säga emot när hon lägger fram sin budget. Att ha tillräckligt med personal har alltid varit hennes högsta prioritet.”

”Ja, vi ska väl vara tacksamma över det och inte gnälla så mycket.”

”Så sant. Men nu måste jag vidare. Förresten, hur går det med skrivandet?”

”Jo, det är snart klart. Det återstår en episod som hände på äldre dagar, sedan är jag snart inne på tiden då jag kom hit och då finns inte så mycket mer att orda om.”

”Jag ska hjälpa dig att kopiera resten när det är klart. Det ska bli skitspännande att få läsa berättelsen i sin helhet. Vi ses!”

Jag har aldrig tänkt på det hon sa, att personalen faktiskt verkar ha lite tid till oss boende. Inte bara springa runt som yra höns och torka oss i arslet och slänga till oss lite mediciner som på andra ställen. Men det är väl som man blir van vid. Det ska alltid klagas lite.

Nu börjar det faktiskt kurra lite i magen och det lagom som det vankas lunch. Jag tar och går ner så jag kan vara först någon gång. Det vore ju trevligt om man kan få lite grönt från salladsbufén innan folk har kommit och hostat på den.

***

"Här borta Gunnar! Kom och sätt dig."

Oj då, Birgitta Järvheden i egen hög person. På gott humör verkar hon också vara. Jag sätter mig väl hos henne så får vi se hur det går. Kanske hon har glömt varför hon var sur på mig.

"Hej Birgitta. Värst vad du är tidig i dag. Är du extra hungrig?"

"Nej då, men jag tänkte få lite fräsch sallad innan folk börjar hosta över dem."

"Det var som fan, precis så tänkte jag också. Det var märkligt."

"Nej, men ganska logiskt. Vi har väl noterat hur vissa av våra vänner inte tar så mycket hänsyn när det gäller hur man fördelar sina baciller. Gärna på maten, där tycker de är en bra plats att placera sin hosta."

"Ja, det är ju konstigt att man inte blir sjuk oftare. Hur är det med dig då? Det var ett tag sedan jag såg till dig."

"Jo, så är det, och du vet varför."

"Ja, jag vet det och det var inte meningen att göra dig upprörd. Du får försöka förstå att jag inte är lika belevad och klok som du och att jag ibland kläcker ur mig saker utan att tänka."

"Jag har förstått det. Men nu skiter vi i det. Vi gör som Kungen och vänder blad. Vi kanske kan vara tillsammans i eftermiddag och spela kort eller nått? Eller du kanske planerar att sitta och skriva?"

"Nej, jag har inga särskilda planer. Lite kortspel låter kul."

"Då säger vi så."

"Gunnar! Titta på danskan. Hon har en snordroppe hänger och nu ska hon ta grönsaker. Tror du samma sak som jag?"

"Ja, vi ska se var den hamnar. Hoppsan! Nu var den borta, men jag hann inte se var den tog vägen."

"Fy fan! Jag tror jag kräks. Hädanefter kommer jag alltid att vara först vid salladsbordet."

"Ja, men tänk på alla de gånger du inte varit det."

"Tyst!!"

***

Så det är så här det känns att vara glad. Det är så sällan att jag nästan glömmer bort det. Birgitta och jag tillbringade hela eftermiddagen och kvällen tillsammans och det kändes jättebra. Vi spelade kort, pratade och gjorde upp planer för vad vi skulle hitta på resten av veckan. En vecka i taget, det är ungefär den framförhållning man kan ha i vår ålder. Ett tu tre ligger man där med näsan i vädret och ångrar allt dumt som man gjort eller inte gjort. Eller det gör man kanske inte? Förmodligen är man bara borta. Ja ja, vi får se. Kanske man skulle ta och bli religiös på gamla dagar. Det måste ju vara härligt att vara övertygad om att det finns ett liv efter döden. Fast om det livet inte blir bättre än det som varit så vet i fan. Nä, jag tror nog inte att jag ska chansa.

I morgon ska jag och Birgitta beställa färdtjänst och åka in till Trosa och gå på café. Det ska bli trevligt. Faktiskt så känns det nästan som det pirrar lite i kroppen, som det gjorde då man var ung och fick syn på någon snygg tjej.

Men nu ska jag skriva lite.

Det var ju väldigt dramatiskt det där med mordet på bonden och hans fru. Jag tänkte nog att det bara var en tidsfråga innan mördaren skulle åka fast och jag var nog tämligen övertygad om att han var på väg att försöka lämna landet. Det skulle snart visa sig hur fel jag hade.

Jag skulle plocka rönnbär. Hur jag kunde få för mig att plocka den där sura skiten som inte gick att äta kan jag inte begripa. Men i tidningen Land hade det stått att rönnbärsgelé var en delikatess till vilt och fågel och jag hade just nackat en fasantupp som flugit in i kraftledningen och ramlat ner på tomten.

Någon gång hade jag gjort saft med varierat resultat och gelé var en riktig utmaning. Med en halv burk rönnbär och humöret bättre än på länge, traskade jag hemåt då jag hörde en kvist som knäcktes. Jag såg mig omkring för att se vilket djur som var i närheten. Älgar syntes sällan till och vildsvin visade sig inte då det var ljust. Jag gissade på ett rådjur.

Jag blev inte rädd då han kom utrusande ur skogen. Snarare förvånad. Min första tanke var att det var någon som behövde hjälp, men då jag såg att han hade en pistol i handen förstod jag vem det var. Hur han hade klarat sig undan alla hundar som spårat honom kunde jag inte begripa, men de hade förmodligen letat på fel ställe.

Han verkade nervös och viftade oroväckande med pistolen, så jag tyckte det var säkrast att behålla lugnet och inte göra några snabba rörelser. I yngre dagar skulle jag nog kunnat övermanna honom, men nu kände jag att det inte var läge att ens försöka. Gammal och stel och med en dålig fot gav mig inte precis de bästa oddsen. Med tanke på vad han hade gjort sig skyldig till, gjorde jag nog säkrast i att ligga lågt.

Först började han rabbla någon rappakalja, men när han märkte att jag inte förstod, övergick han till knagglig engelska. Han pratade jävligt dåligt men jag förstod att han menade att vi skulle gå till mitt hus.

På vägen dit var han ganska tyst. Jag såg mig om några gånger och noterade att han hade pistolen stadigt riktad mot min rygg. Jag försökte koncentrera mig och tänka klart. Det här var ju inte första gången jag varit i knipa, men nu verkade det som en evighet sedan och jag hade svårt att komma på hur jag skulle kunna ta mig ur situationen.

När vi väl kommit in på gården såg han sig ivrigt omkring och frågade var jag hade bilen. Jag pekade på mina tvåhjuliga fortskaffningsmedel och förklarade att någon bil inte fanns i min ägo. Först verkade han inte tro mig men då han inte såg någon bil och inget garage eller uthus, verkade han fatta att jag talade sanning. Han viftade med pistolen och visade att vi skulle gå in.

Han verkade inte ha ätit något på länge för han började rota runt i kylskåpet och fick tag i en konservburk med en höna på etiketten. Han slängde till mig burken och menade på att jag skulle göra käk. Att det var kattmat hade han inte fattat och jag brydde mig inte om att tala om det. Jag öppnade burken och hällde innehållet i en kastrull som jag satte på spisen. Jag frågade om han ville ha lite ris eller potatis till, men han ruskade på huvudet.

Det var lite smått roande att se honom sitta och sleva i sig kattmat, men tydligen smakade det bra. Jag undrade hur han skulle ha reagerat om jag berättat vad det var han åt, men förmodligen skulle han inte bry sig. Den där kattmaten var nog bättre än mycket han brukade äta.

Jag försökte prata lite med honom under tiden han åt, men han var inte särskilt pratsam av sig. Jag fick i alla fall ur honom att han kom från Albanien. Det sade han nog utan att tänka sig för eller också var han för dum för att förstå hur mycket information man ska ge ut om man är eftersökt.

Han åt upp allt och frågade efter något att dricka. Då slog det mig att jag kanske skulle försöka få honom att dricka brännvin. De där öststatsjävlarna brukade inte säga nej till en rejäl fylla och då skulle det vara mycket lättare att övermanna honom. Det fanns ju så klart en risk att han skulle kunna bli oregerlig och kanske göra något överilat om han blev full, men jag beslöt mig för att ta chansen.

Jag ställde fram en öl och under tiden han drack, tog jag fram brännvinsflaskan och hällde upp en sup som jag försiktigt puttade fram till honom. Han tittade på supen och sedan på mig. Jag misstänkte först att han genomskådat mina avsikter, men efter en kort stund tog han glaset och drack upp innehållet i ett enda svep. Det märktes direkt att alkoholen gjort verkan och han knackade irriterat med glaset i bordet och visade att han ville ha påfyllning.

Efter fyra snapsar började han sluddra och glömde tydligen glömt bort den lilla engelska han kunde. Jag nickade och låtsades förstå vad han sa, då han drog sitt livs historia på albanska.

Snart var flaskan tömd och han börjad fladdra med blicken. Han hade nog varken sovit eller ätit på flera dagar och jag förstod att det bara var en tidsfråga innan han skulle slockna. Jag väntade tålmodigt.

Det dröjde en stund innan jag var helt säker på att han var fullständigt utslagen. Han snarkade som en gris där han låg lutad över bordet med ansiktet i tallriken. Jag ruskade honom försiktigt och frågade hur det var med honom. När han inte reagerade, bestämde jag mig för att slå till.

Jag stoppade på mig hans pistol efter att ha kollat om den var laddad. Sedan band jag ihop hans fötter med en svångrem och händerna tejpade jag ihop med kartongtejp som jag lindade så hårt att han aldrig skulle kunna ta sig lös. Nu var det bara att ringa efter polisen.

I samma ögonblick som jag lyfte telefonluren, slog mig en tanke som jag kände igen från förr. Det var det här med brott och straff, vad som är ett rimligt straff för den gärning man begått. Den här mannen skulle säkerligen fällas och få ett långt fängelsestraff. Ett straff som skulle innebära en skön säng, tre mål mat om dagen, tillgång till tv, böcker och tidningar och möjlighet att kunna ta emot besök. En tillvaro som förmodligen var mycket mer angenäm än det liv han var van vid. Visserligen frihetsberövad men efter en tid med gott uppförande skulle han få möjlighet till permissioner med restaurangbesök och andra trevliga aktiviteter. Jag visste ju hur det gick till då jag själv hade god erfarenhet av att sitta i fängelse. Han har mördat två oskyldiga människor och för det måste han få lida.

Jag lade på luren och funderade. Nästan genast så kom tanken på en skenavrättning. Att få honom att känna samma rädsla och ångest som hans offer hade känt, skulle vara rättvist. Men jag tänkte också på hur det hade gått senast jag fick ett sådant infall. Episoden med min galne granne fanns i färskt minne och även rent fysiskt i min onda fot. Jag hade lovat mig själv att aldrig försöka mig på ett sådant tilltag igen så jag slog ifrån mig de tankarna.

Jag satt en lång stund och brottades med mig själv, innan jag slutligen bestämde mig för att inte ta saken i egna händer hur mycket det än lockade. En sak skulle jag dock göra, men det fick vänta tills han vaknade.

***

"Nu tror jag att färdtjänsten kommer. Skynda dig Gunnar."

"Ja, jag kommer! Det är väl inte värre än att den kan vänta i några minuter. Kanske chauffören behöver gå ut och pissa?"

"Det tror jag inte. Kom nu."

Jaha, då var man på date igen. Birgitta verkar vara på strålande humör och det känns ju lovande. Hoppas bara att hon inte ska prata så mycket om sådant jag inte begriper. Då är det så lätt att säga fel saker som gör henne irriterad.

"Så fin du har gjort dig Birgitta. Det är nästan så att jag känner mig lite obekväm. En lurk som jag i sällskap med en sådan galant dam."

"Ta inte i så du spricker. Förresten ser du inte så pjåkig ut du heller. Riktigt stilig om jag får säga det. Nyrakad är du också. Du har väl inga skumma avsikter? Hihi."

"Det behöver du inte vara orolig för."

"Du, jag kanske är mer orolig för att du inte har några avsikter alls."

"Hörni turturduvor, då var vi framme. Det är beställt hämtning klockan halv fyra. Se till att vara här då för jag tänker inte vänta hur länge som helst."

"Den där chauffören var inte vidare trevlig. Hörde du vilken ton han hade."

"Jo, jag hörde. Jag släppte faktiskt en smygare innan jag klev ur bilen. Ett litet straff för hans dåliga attityd."

"Det var bra gjort. Nu går vi och fikar."

"Vad ska du ha?"

"Vet inte. Vad ska du ha?"

"Kaffe latte och wienerbröd sedan en tårtbit med nötkräm på, det ser så gott ut."

"Kaffe latte, vad är det för påfund?"

"Hallå där, var har du varit de senaste tjugo åren? Det är ungefär hälften kaffe och hälften mjölk. Jättegott."

"Det låter blaskigt. Jag tar vanligt kaffe och en toscakaka."

"Gör som du vill. Ska vi ha något till?"

"Vadå till?"

"Ja, lite likör eller sött vin till exempel."

"Ta det du. Jag kan ta en öl."

"Nej, vet du vad, man dricker inte öl till fikat. Nu tar vi in varsitt glas Madeira och det är en order."

"Okej då, Madeira låter bra."

"Du Gunnar, jag skulle vilja fråga dig om en sak jag länge gått och funderat på."

"Fråga på du."

"Hur kommer det sig att du hamnat på äldreboende? Du verkar kunna klara dig bra på egen hand och du är klar i knoppen. Du borde varit hemma med hemtjänst."

"Märkligt att du frågar. Precis samma sak har jag undrat över dig. Du skulle ju klara dig helt på egen hand och inte ens behöva hemtjänst."

"Ja, det kan tyckas så, men saken är den att jag är livrädd för att dö ensam. Det är min största skräck att hittas död av mina barn eller barnbarn i lägenheten. Både min pappa och mamma dog ungefär i min ålder, plötsligt och utan att vara sjuka. Jag tror det är mitt öde också. Det stod så mycket positivt i tidningen om det här boendet så jag bestämde mig helt enkelt för att avsluta mina dagar här."

"Men hur kom du in? Det är ju inte bara att välja."

"Har jag inte sagt att jag jobbade inom socialtjänsten i många år varav de sista tio åren som högt uppsatt chef."

"Jo, det har du nämnt någon gång. Så du har alltså myglat dig in?"

"På sätt och vis. Jag har utnyttjat mina kontakter."

"Då har du alltså tagit plats från någon som är mer behövande. Känns inte det lite fel?"

"Det är klart att det gör, men jag tänker så här. Hela mitt yrkesliv har jag försökt hjälpa människor som har det svårt. Skulle det då vara så farligt att vara lite självisk den sista tiden i mitt liv?"

"Nej, det ska du unna dig utan dåligt samvete, men är det här verkligen att unna sig? Att sitta på ett ålderdomshem med en massa människor som inte ens vet vad de heter?"

"Åja, nu är ju inte alla så. Det finns en hel del både roliga och klara personer här. Du till exempel. Vi har det ju så trevligt tillsammans. Men det viktigaste är att jag känner mig trygg. Om jag bott kvar i lägenheten skulle jag haft ångest och varit skräckslagen för att ligga och dö i sömnen. Nu är den rädslan borta. Det är underbart och för mig är det att unna sig något. Nog pratat om mig nu. Nu får du berätta."

"Ja, jag vet inte vad jag ska säga. Jag trivdes hemma i min stuga på landet och visst skulle jag väl kunnat bo kvar, men foten blev bara värre och värre och när den blev kapad var det som om all vilja försvann. Jag fick hemtjänst, men de gör ju bara det nödvändigaste och att se allt runt omkring mig förfalla, fick mig att må skitdåligt. Jag blev så gott som apatisk och till slut ansåg man nog att det var bäst för mig att flytta in på något boende. Att jag hamnade här var bara en slump."

"Då hade du väl tur. Inte verkar du särskilt apatisk nu? Du tycks trivas ganska bra."

"Ja, kanske. I början kändes det mest som skit, men sedan då jag började skriva så har det blivit bättre. Och så tycker jag bra om personalen."

"Jag förstår att du menar Elisabeth och Gunilla. Ni verkar ha fått bra kontakt? De brukar berätta om dig när de är hos mig. Särskilt Gunilla, hon verkar intresserad av det du skriver."

"Ja, hon hjälper mig att kopiera och föra över till elektroniskt, eller vad det nu är hon gör."

"Brukar du tänka på döden?"

"Det händer väl, men det är inget som bekymrar mig. Det enda som känns lite obehagligt är om det kommer något efter. Om det nu skulle vara så illa att man återförenades med personer man haft att göra med och jag fick träffa mina föräldrar igen. Det skulle vara riktigt jävla illa."

”Ja, du har ju berättat lite om att de inte var några trevliga personer. Kan du inte berätta lite mer?”

”Nej, det vill jag inte, vi är här för att ha trevligt och mina föräldrar är inget trevligt samtalsämne. Om du vill läsa när jag skrivit färdigt så kommer du att förstå.”

”Jag vill gärna läsa. När tror du att du är klar?”

”Det är inte mycket kvar nu. Om någon vecka finns nog inget mer att skriva om.”

”Vad händer sedan? Ska du skicka det till något bokförlag.”

”Det har jag inte tänkt på. Det är nog inget förlag som skulle vara intresserat att ge ut något som en gammal gubbe skrivit. Inte skriver jag något bra heller. Nej, det blir nog liggande i skrivbordslådan och skingras för vinden då jag inte finns mer.”

”Nu är du så där negativ igen. Jag som trodde att jag börjat få dig på andra tankar.”

”Det har du, Birgitta. Var så säker.”

”Nej hördu, nu är klockan tjugo över tre. Bäst att vi stapplar iväg så inte den där tjuriga chauffören behöver vänta.”

Ska jag summera gårdagen så kan jag säga att det utföll till belåtenhet. Birgitta och jag pratade mycket och som jag tyckte, kom vi ganska nära varandra. Det var vad hon också sa. Jag tycker bara mer och mer om henne och det börjar närma sig en liknande känsla som när jag var tillsammans med Anna. I alla fall i början. Hoppas nu bara att det inte blir samma elände som med henne. Men det tror jag nog inte. Nu är det för sent för mer elände. Det enda som kan hända nu att man blir sjuk eller dör.

I alla fall så känner jag mig riktigt taggad att fortsätta skriva.

I kväll har Birgitta bjudit in mig på lite kvällsvickning. Då ska jag prova att ge henne en kyss så får jag se hur hon reagerar. Hon kanske blir så till sig att hon vill krypa ner under täcket och rumla runt lite. Det vet i fan hur det skulle gå? Jag har inte haft något liv i kuken på jag vet inte hur länge. Men det får bli som det blir. Varför bekymra sig över det?

***

En mördare i mitt kök. Svårt att ta in, men det var ett faktum. Jag tog upp telefonen och ringde larmnumret till polisen. Där jag fick tala med en pajsare som inte riktigt ville tro på det jag berättade. Till sist så verkade han i alla fall fatta och uppmanade mig att bli kvar i telefonen tills polisen anlände. Det hade jag inte tid med, så jag lade på.

Nu hade albanen vaknat och började skrika och väsnas som en besatt. Jag flinade åt honom och visade pistolen jag lagt beslag på. Han ryckte och slet och försökte desperat att komma loss. Men jag var trygg med hur jag hade bundit honom.

Jag gick fram och tog tag i hans nacke och dängde ner huvudet med full kraft i tallriken med kattmatsrester. Han såg inte klok ut med bruten näsa och fullt med kattmat i ansiktet. Hans blick var full av hat och han tänkte nog febrilt på hur han skulle kunna komma åt mig. Jag tog tag i nacken och dängde hans huvud i köksbordet igen. Den här gången hade näsan tryckts in ordentligt och jag såg att han var på vippen att förlora medvetandet. Fegt att ge sig på en bunden man, kan man tycka, men det här var bara frågan om vedergällning och att han skulle få känna lite smärta och förnedring innan han låstes in på hotell.

Jag kastade en blick på köksklockan och förstod att polisen skulle komma vilken minut som helst. Jag hann bara tänka tanken, så hörde jag sirenerna.

Polisen stormade in med dragna vapen och tog hand om albanen. Innan de gick ut genom dörren, vände han huvudet mot mig och skrek att han skulle hämnas. Hade jag varit yngre skulle jag nog haft anledning att bli orolig, men nu skulle jag med största sannolikhet inte vara kvar då han avtjänat sitt straff.

Jag blev förhörd och fick redogöra för hela händelseförloppet inför en allvarlig konstapel. När jag fick frågan om varför gärningsmannen var så illa tilltygad i ansiktet, svarade jag bara att det uppstått slagsmål innan jag kunde övermanna honom. Konstapeln flinade lite och skrev ner några krumelurer i sitt anteckningsblock.

När allt var över och jag åter var ensam i huset, var det som vanligt igen.

Jag sov gott den natten men när jag vaknade på morgonen fanns tomheten kvar. En tomhet som plågade mig allt mer i takt med att värken i foten blev värre.

Jag stod ut i några månader, men till slut var jag tvungen att ta mig till sjukhuset. Där fick jag foten opererad och utskrivet en massa mediciner som skulle dämpa smärtan och påskynda läkningen.

Att gå omkring med kryckor och inte kunna uträtta särskilt mycket, var påfrestande och jag började dricka igen. Först blev det lite mer än vanligt, men det eskalerade och snart var jag en fullfjädrad alkoholist. Det har sina sidor att vara beroende men det kan kännas ganska skönt när man väl fått lite i sig. Det där kände jag igen från tiden då jag var fast i droger. Värre var det när ruset försvunnit och begäret pockade på att tas omhand. Därför drack jag hela tiden. Det där var ju så klart inte hållbart i längden. Nog för att jag klarade av det rent fysiskt och jag var ju ensam så ingen behövde fara illa av mitt missbruk. Men det kostade mycket och med min ynkliga pension blev det snart inga pengar kvar att köpa mat för. Det började gå brant utför med gubben och till råga på allt började mina hallucinationer att återkomma. Sibylla verkade se sin chans och blev allt mer ihärdig med att försöka påverka mig att göra något dumt. Att jag förolämpade henne verkade inte bita som det tidigare gjort och snart var jag fast i hennes grepp.

Åter igen kom Ludvig som en räddande ängel och fick mig att bryta mig loss från Sibylla. Med några enkla ord förklarade han hur det låg till och att jag var tvungen att ta mig samman och bli min egen herre igen. Jag har många gånger funderat över hur han lyckades, men har hittills inte fått något svar. Hade jag varit religiös, skulle jag nog trott att Ludvig var Gud och Sibylla var Djävulen, men som ateist är det en omöjlig tanke. Någon form av sinnessjukdom är nog det enkla svaret och det har jag förlikat mig med.

Jag slutade supa lika hastigt som jag börjat. Visst kände jag suget, men det var inte värre än att jag kunde stå emot.

Jag utmanade mig själv några gånger och drack mig ordentligt full för att sedan vara avhållsam. Det fungerade och jag kände hur jag var herre över min egen kropp igen.

Tjugohundratalets första decennium avverkades utan att jag egentligen förstod var tiden tagit vägen. 2011 var jag sjuttioåtta år men kände mig som hundra. Det enda jag gjorde om dagarna var att sitta och tänka på vilket skitliv jag levt. Jag anklagade ingen förutom Harald och Ingeborg och även mina biologiska föräldrar. Men på det stora hela var det mina egna val som styrt mig genom livet.

Ibland kunde tankar dyka upp som gjorde mig lite gladare. Jag mindes hur mycket roligt vi hade på ungdomsanstalterna. Om vänskapen med luffaren Ivar och det friska friluftslivet i hans sällskap. Hur härligt det var att på sjuttiotalet få känna sig som lite förmer. Ibland tänkte jag på Anna, men det var med blandade känslor. Mestadels drogs mina tankar till min tidiga barndom och då var jag tillbaka på botten igen.

En gång var det så illa att jag kastade repet över en gren på den stora björken i trädgården. Jag hade varit på väg förut men alltid ångrat mig i sista stund, men den här gången var det faktiskt riktigt nära. Jag klev upp på en trappstege, satte snaran runt halsen och skulle just sparka undan stegen när jag hörde hur det jamade nere vid vägen. Jag tvekade i några sekunder men nyfikenheten tog över och jag klev ner från stegen för att se vad det var för en katt.

Där stod han och tittade på mig med nyfikna ögon. Han var stor och svart med lite vitt på svansspetsen. Ganska smutsig och tovig i pälsen så jag förstod att han hade blivit övergiven. Troligen en sommarkatt som någon känslokall idiot lämnat åt sitt öde. När jag kallade på honom kom han fram och strök sig mot mina ben. Då drog jag ner repet från grenen.

Katten flyttade in hos mig och jag döpte den till Fredrik efter Fredrik Reinfeldt som var stadsminister vid den tiden.

Jag vet inte vad det är med katter? Dessa ganska vidriga varelser som inte vett att bete sig. Men på något vis påverkar de en del av oss människor på ett mycket påtagligt sätt. I alla fall känner jag så. Det kanske beror på hur de visar sin tillgivenhet? Kromar sig, spinner och pockar på uppmärksamhet utan att låta sig kuvas. I alla fall så kan jag säga att Fredrik räddade mitt liv den gången då han jamat nere vid vägen.

Jag var nog lite för ivrig då jag döpte katten. Döm om min förvåning när han kom i släptåg med tre små kattungar en solig morgon i mitten av maj. Först fattade jag inte hur det hade gått till men erinrade mig snart att jag tagit för givet att det var en hankatt utan att ha undersökt saken närmare. Att den blivit tjock trodde jag berodde på den goda aptiten, men nu i efterhand kan jag skratta åt min egen dumhet. Jag döpte genast om katten till Fredrika.

***

"Gunnar! Jag har läst klart och jag måste säga att jag är oerhört nyfiken på fortsättningen. När får jag läsa resten?"

"Hej Gunilla. Trevligt att du tittar in. Få se nu, om en vecka är jag nog helt klar. Då finns inget mer att berätta om."

"Du måste skicka in det till ett bokförlag. Jag är säker på att de skulle bli intresserade."

"Det tror jag inte. Vem skulle ha intresse av att läsa om mitt skitliv?"

"Det finns nog många och förresten så skriver du på ett sätt som griper tag även om det ibland går lite till överdrift. Är det verkligen sant allt det du skriver?"

"Det är sant, till och med viss underdrift ibland."

"Det är ju inte klokt. Men fortsätt skriv. Jag måste vidare. Vi ses."

Det känns faktiskt riktigt bra att få höra någon uttala något positivt om det man gör. Det är jag inte bortskämd med.

Men det är klart, så mycket positivt har jag väl inte uträttat under min livstid att det varit värt att uppmärksammas.

Nu ska jag göra mig i ordning för kvällen. Duscha, raka mig och ta på mig det finaste jag har. Protesen ska putsas och så ett stänk av rakvattnet så ska jag nog vara presentabel så det duger åt Birgitta Järvheden.

"Hallå där, kommer jag för tidigt?"

"Nejdå, du är så välkommen. Det är till att ha klätt upp sig ser jag. En riktigt stilig herre i sina bästa år. Det verkar lovande. Titta här vad jag dukat fram."

"Oj! Det var inte dåligt. Räksmörgås och vitt vin. Hur har du kunnat ordna det?"

"Det var min dotter som hjälpte mig. Hon och min dotterson var här på förmiddagen. Tycker du om räksmörgås?"

"Ja, det går ner."

"Jaså det går ner. Ja det var ju en entusiastisk kommentar"

"Du vet väl hur jag brukar uttrycka mig. Det ska bli väldigt gott och trevligt."

"Hoppas det. Jag vet ju att du inte är någon vinälskare men jag tyckte ändå att det skulle passa så bra."

"Jag tycker visst om vin, det är bara det att jag inte är så
kunnig och aldrig riktigt förstått det här med olika vinsorter till
olika slags mat. Det är väl mina smaklökar som inte är som de
ska."

"Det är nog inga fel på dina smaklökar. Man tycker olika om
smaker. Så är det bara."

"Du har nog rätt, men man blir ju lite fundersam när man ser
på tv hur experterna sörplar och vispar runt med tungan och
berättar om alla fantastiska smaker som kommer fram."

"Det där är nog mest högfärd. Vin är en god måltidsdryck och
för mig kan det räcka med det. Hugg in nu, jag är riktigt
hungrig."

"Du Gunnar, jag skulle vilja fråga dig om några saker och jag
vill att du svarar ärligt."

"Fråga på du bara. Jag ska svara om jag kan."

"Tycker du om att umgås med mig?"

"Ja, det är så klart. Det märker du väl. Annars skulle jag inte
vara här."

"Vad känner du när vi är tillsammans? Är det bara ett
tidsfördriv eller finns det några djupare känslor?"

"Oj, nu kommer vi in på områden där jag inte är så bra på att uttrycka mig. Men jag ska försöka så gott jag kan. Det jag känner när jag är med dig är någon form av glädje. En slags kamratskap som känns annorlunda än vad jag är van vid. Jag är ju en ganska bitter och tjurig gammal gubbe som inte kan uttrycka mig så bra och som inte är van vid att ha någon djupare relation med någon. Men med dig känns det som om du tycker om mig trots mina fel och brister."

"Men det där var väl fint sagt. Du kan nog uttrycka dig bättre än du tror om du lägger manken till."

"Ja, kanske det. Det har inte funnits så många tillfällen till övning i mitt liv."

"Nu får du inte bli generad, men känner du någon form av attraktion? Jag blir inte ledsen om du svarar nej, jag är bara nyfiken."

"I början tyckte jag att du såg bra ut och när vi började prata så blev det ännu bättre. Så svaret på din fråga är kort och gott ja."

"Vad tro du jag känner för dig då?"

"Ja, det vet i fan. Inte kan det vara någon större attraktion i alla fall. En ärrig gammal man med plastfot, ful som stryk och med en historia svart som satan själv."

"Jag blev faktiskt attraherad redan första gången jag såg dig. En väderbiten man. Senig och ärrig, någon som levt ett hårt liv. Lite som Clint Eastwood."

"Oj! Det var oväntat. Det var en fin komplimang. Men den känslan försvann väl ganska fort då vi började prata?"

"Ja, men den kom faktiskt tillbaka. Jag upptäckte att bakom din oputsade fasad fanns en människa som jag inte behövde göra mig till för. Vill du ha lite mer vin?"

***

"Gunnar! Dags att vakna. Frukosten väntar."

Å fy fan, är klockan så mycket?

"Jag kommer Elisabeth, jag ska bara klä på mig."

"Du har väl inte varit uppe och rumlat i natt din filur?"

"Nädå, jag kom i säng innan midnatt."

Ja, jag säger då det. Mycket har man varit med om men det här tar nog priset. Birgitta blev mer och mer frågvis och efter två glas vin började hon prata om sådana privata saker som jag helst håller för mig själv.

Jag blev nästan generad som hon höll på. Kände mig nästan
som en skolpojke. Röd i ansiktet som en tomat och tupp i
halsen så fort jag skulle säga något. Det är ju för fan komiskt.
Det var nästan tur att hon blev sömnig, annars vet man inte
hur det skulle slutat. Jag fick i alla fall veta en hel del om
henne. Det är klart att det är bra om man är rättfram och ärlig,
men det här var nästan på gränsen. Vem kunde tro att hon var
en sådan liderlig kvinna. Ta mig fan så spretade det i
kalsongerna när jag blev väckt. Det var säkert femton år sedan
jag hade morgonstånd senast. Nu blir det en nervös väntan tills
nästa gång. Hon var tydlig med hur hon ville ha det och jag vet
i fan hur jag ska kunna leva upp till hennes förväntningar.
Men det får väl bli som det blir.

Nu ska jag i alla fall ha frukost och sedan blir det till att skriva
resten av dagen.

***

Jag levde enbart för mina katter ända tills den dag då två av
dem försvann. Jag sökte nog av flera kvadratkilometer innan
jag gav upp. Nere på ICA fick jag höra att det var fler som hade
blivit av med sina katter och senare visade det sig att det
troligtvis fanns flera lodjur i trakten.

De där jävla kannibalerna. Om jag hade haft en bössa skulle jag ha gjort processen kort med dem. Tre av mina ögonstenar hade de tagit och det var väl bara en tidsfråga innan den fjärde skulle råka illa ut. Jag försökte hålla den inne så mycket som möjligt, men den trivdes inte med det. Det fick bli kattens vilja som styrde och precis som jag befarat så var den bara borta en dag.

Jag var åttiofyra år, hade värk i foten så det bara skrek om det och jag saknade mina älskade husdjur till förbannelse. Vad fan fanns det att leva för? På nätterna drömde jag om allt djävulstyg som Harald och Ingeborg utsatt mig för och på dagarna kom de där jävla rösterna och gestalterna och snattrade så jag blev galen. Nej, nu fick det väl ändå vara slut på det här skitlivet. Skulle jag göra något åt det själv, eller bara vänta på att naturen skulle få ha sin gång?

Jag väntade och med facit i hand kan jag nog säga att jag gjorde rätt. Jag har det ganska bra nu även om det inte alltid låter så. Men det är bara så som jag är. En bitter gammal surgubbe med en liten gnutta livslust kvar.

"Gunnar, du har väl inte glömt vad vi kom överens om?"

"Nej, för tusan Birgitta. Börjar det bli dags?"

"Så kanske jag inte skulle uttrycka det, men om du inte har något särskilt för dig så kan vi väl ses i kväll. Jag har mer vin och så kan jag be min dotter att köpa lite goda ostar. Skulle det smaka?"

"Det låter gott. Ska jag komma till dig?"

"Gör det. Vi hoppar över kvällsmaten så kan du komma vid sjutiden."

Jaha, då var det dags för eldprovet då. Tänk att man skulle få den här känslan på gamla dar. Som jag nämnt tidigare så har det här med det intima aldrig tagit någon större plats i mitt liv. Tack så jävla mycket för det, Harald och Ingeborg! Men nu är det annorlunda. Tänk att efter alla dessa år få känna att man längtar efter att få vara nära en kvinna. En förälskelse, jag törs knappt säga ordet.

Det gör det samma om det går åt helvete, bara den här känslan var värd att vänta på.

"Välkommen. Åh, har du blommor med dig? Så omtänksamt. Var har du fått tag i dem."

"Jag plockade dem faktiskt ute i trädgården i förmiddags. Det kanske finns ett och annat ogräs. Jag är inte så kunnig på sådant där."

"De är jättefina. Jag sätter dem på bordet. Slå dig ner nu så hugger vi in på ostarna."

"Nå vad tycker du?"

"Om vadå?"

"Ostarna så klart. Vad det gott?"

"Ja mycket. Men jag har svårt att koncentrera mig på smaken, jag sitter mest och tittar på dig. Du är så vacker i kväll."

"Det var rart sagt Gunnar. Men du kanske inte tycker likadant när jag tar av mig kläderna, för du stannar väl som vi kom överens om?"

"Det är klart jag gör. Och bekymra dig inte för hur du ser ut. I mina ögon är du grann som en kviga på en klöveråker.

"En kviga?"

"Ja, eller det kanske blev fel ordval. Jag menade bara att det var positivt hur du ser ut."

"Hmm... En kviga, ja jag säger då det. Tycker du att jag ser ut som en ko?"

"Så klart inte. Haka inte upp dig på detaljer. Du vet väl att jag ibland uttrycker mig lite tanklöst. Det kom sig av att jag såg framför mig en nyutsläppt kviga på en klöveräng. Så lycklig och full av livslust. Det såg jag som något vackert."

"Råmade jag också?"

"Nej."

"Jag skojar bara Jag vet att du bara menar väl."

"Ja, det hoppas jag. Om det finns något att bekymra sig över i utseendeväg, skulle det väl vara min protes i så fall. Den är väl inte precis någon lustframkallande attiralj."

"Den bryr jag mig inte om såvida du inte ligger och klapprar med den mot sänggaveln. Drick upp vinet nu så går vi och lägger oss. Du kanske blir upphetsad av tidelag? En kviga har du väl aldrig provat på förr?"

"Sluta nu."

"Jag förstår inte varför du har varit orolig. Det här fungerar ju jättebra. Känns det bra för dig? Hallå! Hör du mig?"

Gunnar! Gunnar!! GUNNAR!!!

***

Den åttonde januari 2020, klockan halv elva på kvällen dog Gunnar Brage. Den sista tanken som for genom hans huvud innan allt blev svart, var hur lyckligt lottad han var som fick sluta sitt skitliv på det här sättet.